当代最具实力作家散文选·吴克敬卷

知 性

吴克敬 ◎ 著

中国言实出版社

图书在版编目（CIP）数据

知性 / 吴克敬著 . -- 北京：中国言实出版社，
2018.7
（雄风文丛 / 王巨才主编）
ISBN 978-7-5171-2824-3

Ⅰ . ①知… Ⅱ . ①吴… Ⅲ . ①随笔—作品集—中国—
当代 Ⅳ . ① I267.1

中国版本图书馆 CIP 数据核字（2018）第 140173 号

出版发行	中国言实出版社

地　　址：北京市朝阳区北苑路 180 号加利大厦 5 号楼 105 室
邮　　编：100101
编辑部：北京市海淀区北太平庄路甲 1 号
邮　　编：100088
电　　话：64924853（总编室）　64924716（发行部）
网　　址：www.zgyscbs.cn
E-mail：zgyscbs@263.net

经　　销	新华书店
印　　刷	三河市祥达印刷包装有限公司
版　　次	2018 年 8 月第 1 版　2018 年 8 月第 1 次印刷
规　　格	710 毫米 × 1000 毫米　1/16　14.5 印张
字　　数	228 千字
定　　价	40.00 元　ISBN 978-7-5171-2824-3

何妨吟啸且徐行

王巨才

二十世纪最后几年，文学界一个引人注目的景观，就是散文热的再度兴起。进入新世纪以来，这种热度仍在持续升温。这其中，尤以反思历史与传统文化的"大散文""新散文"理念风靡盛行，出现一批思接千载、视通万里、谈古论今、学识渊博的作品，给散文园地增添了新的色彩和样态。与此同时，传统意义上靠阅览、回忆、清谈、抒怀等书写人生百态的散文作品，也有一定变革，多数作家不再拘于云淡风轻的个人世界，从远离红尘的小情小感中脱离出来，融入充满生机与活力的现实之中，写出大量贴近大众生活的优秀作品，受到广泛赞誉。大体来说，这二十多年来我国的散文领域一直保持着潜心耕耘，不惊不乍，静水深流，沉稳进取的良好态势，情形可喜。

这套"雄风文丛"的十位作家中，吕向阳和任林举是专以散文创作为职业和志向的散文家，曾先后获得鲁迅文学奖和冰心散文奖，是散文领域的佼佼者。石舒清、王昕朋、野莽、肖克凡、温亚军、吴克敬、李骏虎和秦岭八位则都是久负盛名的小说家，他们的小说作品曾分别获得过鲁迅文学奖等奖项。这些小说家绝不是"跨界融合"，他们的散文毫不逊色，从作品的质量和数量上看，他们从来没把散文当作小说之余的"边角料"，而是在娴熟驾驭小说题材、体裁的同时，也倾心散文这种直抒胸臆、可触可感的表达方式。从这些小说家的散文里，更能感受到他们隐藏在小说后面的真实的人生格局和丰赡的内心世界。

宁夏专业作家石舒清，小说《清水里的刀子》曾获第二届鲁迅文学奖，并被改编为同名电影在东京电影节获得大奖。这本《大木青黄》是他第一本综合性随笔集。书中的"读后感"类，是阅读过程中就一些作品所作的印象式点评，借以体现和整理自己的审美取向和文学观点；"写人记事"类，写到生活中一些印象深刻的人和事，字里行间充满深长的思绪与感怀；第三部分涉及个人的兴趣爱好，比如喜欢体育、喜欢淘书、喜欢书法、喜欢收藏等等，笔致生动活泼，读之饶有兴味；"作家印象记"，知人论事，是对自己"有斯人，有斯文"这一观点的考察和验证。其他如"文友访谈"及往来书信等也都是作家本人工作、生活、思想情感的多侧面展现和流露，从中可以感受到一位知名作家疏淡的性情、厚实的学养和开阔的思想境界。

王昕朋是位饶有建树的出版人，也是创作颇丰的小说家，出版有长篇小说《红月亮》《漂二代》《花开岁月》等多部作品。他的散文视野广阔，感觉敏锐，情思隽永，文笔清新，从中可以看出，他写东西并不求题材重大，也不迎合某些新潮的艺术习尚，而是铺开一张白纸，独自用心用意地去书写自己熟悉的动过感情的生活，从中发掘自然之美，心灵之美，感受生活的芬芳，人间的纯朴。一组美文，构思精巧，意蕴深长，绘山山有姿，画人人有神，充满浓郁的诗意和睿智的哲思。生活中，美的呈现是多样的，刚正不阿、至诚至勇是美，敦厚谦和、博大宽宏也是美。王昕朋发现了这些生活中的人性美，并且抓住极富典型意义的美的细节和刹那间美的情态，用点睛之笔，透视出人物性格的光彩和灵魂的美质，给人以强烈的感染。

天津作家肖克凡的小说获奖无数，让他久负盛名的是为张艺谋担任编剧的《山楂树之恋》。他的散文《人间素描》以老练精短的文字记录一个个普通人物，从离休老干部到"八零后"小青年，极力展现社会生活百态，从而构成生机盎然而又纷繁驳杂的"都市镜像"。在《汉字的望文生义》中，作者讲述中日韩三国文字含义的异同，如日文"手纸"、韩文"肉笔"等汉字闹出的误会，涉笔成趣，令人忍俊不禁。《自我盘点》是作者自我经历的写照，体现了"文学的生命是真诚"的写作观，不论是遥远的往事还是新近的遭逢，都留有成长和行进的清晰足迹。《作思考状》其实是对某些对社会现象的严肃思考，有批判也有自省。《怀旧之作》的一个个人、一件件事、一桩桩情感，虽没有惊天动地的事件与杰出人物，却是作者真情实感的记录。《我说孙犁先生》，文字朴实，情感真挚，表达了对前辈作家独特的认识与由衷的景仰，在伤逝感怀文章中别具一格。

与唯美派的散文形成对应，野莽的文字如删繁就简的三秋之树，力求凝练和精准。他在所谓的文化大散文和哲理小散文中独寻他路，主张并实践着散文的思想性和历史感。他往往在颜色泛黄的岁月里打捞记忆，以情绪沉淀后的淡淡幽默再现特殊年代的辛酸和苦涩，每每发出含泪的笑。书中写到的"右派"父亲喂猪的故事正是如此。在文体理论上，他对散文的诠释是自然形成于诗与小说之间的一片辽阔的芳草地，在这里，小说家可以摘下面具，以真身讲述真情和真事；飞天路上的诗人也可以暂回人间，轻松地打开自己的心灵。国外大学选译他的散文作为中国语教材，想来自有道理。

温亚军的短篇小说获得过第三届鲁迅文学奖。与小说的虚构不同，他的散文完全忠实于自己的人生经历，大多取材于早年的记忆。他的童年和少年都是在西北乡村度过，记忆中，乡村的生活虽然艰辛，但充满着温暖和亲情。童年的愿望简单而质朴，他写怀揣这个愿望及至实现愿望过程中的满足和愉悦，叙事平实，情感真纯，每每能唤起读者共鸣。记忆的深刻性与性格乃至人格紧密相关，他的记忆之所以筛选出的多是温情暖意，是因为艰苦的乡村生活和淳朴的生长环境塑造了他宽厚善良的品格，《时间的年龄》《低处的时光》等都是通过一段记忆，构成一种考问，一种自省和盘点、一种向往与追求。而像《一场寂寞凭谁诉》等篇什中那些从历史洪流中打捞的点点滴滴，那些被作者的目光深情注视、触摸过的寻常事物，经由他的思考、探索和朴素的表达，也总能引发人们内心的波澜和悸动。

陕西作家吕向阳曾获冰心散文奖。他扎根关中大地，吸吮地域沃土和民间风俗的营养，相继写出《神态度》《小人图》《陕西八大怪》等五十万字的系列长篇散文，这在城市化的车轮即将碾碎老关中背影之际，无疑有着继绝存亡、留住民间烟火的担当。三万字的《小人图》是作者从凤翔木版年画中觅得的一组"异类"和"怪胎"。民间艺人把"小人"的使坏伎俩镌刻成八幅版画，吕向阳的剖析则由此生发开来，重在考问国民的劣根性，着力于诫勉与警省。《神态度》系列是从留在乡民口头的"毛鬼神""日弄神""夜游神""扑神鬼""尻子客"等卑微细碎的神鬼言说中梳理盘辨出来的，这些言说最早在西周之前就出现了，如果忽略它们，将是关中文化的损失，也是中华传统文化的失血。这些追述关中民风村情的散文，需要智慧，需要眼界，更需要广博的知识与执着的耐力，吕向阳付出的心血令人尊敬。

吉林的任林举以报告文学《粮道》获得第六届鲁迅文学奖。他的散文在精神取向上，一向以大地意识和忧患意识见长。他的诸多散文，突出表现即为情感的浓烈和哲思的深刻。而从文章的风格和技巧上考量，他又是一位最擅长写景、状物的作家。凡人，凡事，凡物，一旦经过任林举的笔端，定然会获得不同寻常的光彩或光芒，有时，你甚至会怀疑那人那事那物是否是一般意义上的文学客体；显然，其间已蕴涵着作家独到的理解与点化之功。至于那些随意映入眼帘的景物，经过他的渲染，便有了"弦外之音"和"象外之象"，有了一番耐人寻味的意蕴、情绪或情怀。这一次，任林举以《他年之想》为题，一举推出近六十篇咏物性质的散文，读者或可借此窥得其人生境界或散文创作上的一二真谛秘笈。

吴克敬是第五届鲁迅文学奖获得者，他进入文坛，是一种典型，从乡间到了城市，以一支笔在城里居大，他曾任陕西一家大报的老总。他热爱散文，更热爱小说，笔力是宽博的，文字更有质感，在看似平常的叙述中，散发着一种令人心颤的东西，在当今文坛写得越来越花哨越来越轻佻的时风下，使我们看到一种别样生活，品味到一种别样滋味。从吴克敬的作品中，能看到文学依然神圣，他就是怀着这样的深情，半路杀进文学界的。他五十出头先写散文,接着又写小说,专注于文学创作的他,看似晚了点,但他底子厚、有想法,准备得扎实充分,出手自然不凡。社会生活的丰富多彩和纷扰烦乱,在他人,只是领略了些许表面的东西,吴克敬眼光独到,他能透过表面,发现潜藏在深处的意蕴。他写碑刻的散文,他写青铜器的散文,都使我们惊叹其对历史信息的捕捉与表达,更惊叹他对现实生活的挖掘和描述,散文《知性》一书,充分展现了他的文学才华。

作为鲁迅文学奖获得者,山西作家李骏虎以小说成名,但从他的创作轨迹不难发现,他的散文写作历史更长。他以散文写作开始文学生涯,兴趣兼及随笔和文学评论。在把小说作为主要的创作形式后,李骏虎从来没有放弃散文,他的笔触始终跟随脚步所到之地,无论出国访问还是国内采风,都"贼不走空",写出一篇篇具有思想华彩的散文作品,体现出朝学者型作家迈进的趋势。《纸上阳光》是李骏虎近年读书阅史沉潜钻研的成果,从"纸上得来未觉浅"和"阳光亮过所有的灯"两组系列文章不难看出,一个具有小说家飞扬想象力和史学家严谨治学态度的人文学者是如何苦心孤诣辛勤笔耕的。

近些年来,实力作家秦岭在《人民日报》《光明日报》《中国作家》《散文》《文艺报》等报刊发表大量散文随笔,叙说自己在生活与文学之间行走的发现与思考。他善于在历史和时代的交叉点上思考人生与社会,注重视角的多重选择和主题的深度开掘,既有对乡情的深深眷恋和回味,也有对自然和生态的无尽忧虑和追问,更有从自身阅读和创作经验出发,对当下文化、文学现状的深刻反省和诘问,从而使叙事富含思辨色彩、反思力量和唤醒意识。构思新颖、意境高远、韵味悠长。其中《日子里的黄河》《渭河是一碗汤》《走近中国的"大墙文学"之父》《烟铺樱桃》《旗袍》等作品,多被北京、广东、天津等省市纳入高中语文联考、高中毕业语文模拟试卷"阅读分析"题,受到专家好评和读者的欢迎。

文章合为时而著,歌诗合为事而作。在众多文学样式中,散文是一种最讲情理、文采,最能充分表达作家对时代生活的真情实感,也最能发挥作家艺术修养和文字功力的文体。《文心雕龙》讲:"情者文之经,辞者理之纬;经正而后纬成,理定而后辞扬,此立文之本源也。"情有健康晦暗之分,辞有文野高下之别。作家的使命,是以健康思想内容与完美艺术形式相结合的作品去感染人、影响人、塑造人,进而推动历史发展和社会文明进步。纵观"雄风文丛"的十位作家,他们经历各不相同,创作各有特色,共同的是,他们都把文学当作崇高的事业,始终以敬畏的心情对待每一次创作、每一篇作品;他们与人民群众保持着密切的联系,坚持从丰富多彩的现实生活中获取创作资源和灵感:他们有高尚的艺术追求和鲜明的精品意识,竭力以精美的精神食粮奉献广大读者。正因为如此,他们的作品总能较为准确地反映时代的本质、生活的主潮、人民的呼声和愿望,总能给人审美的愉悦、心智的启迪与精神的鼓舞与激励。或者换句话说,在我们看来,这套丛书里的作品,正是当下社会需要、人民期待的那种弘扬主旋律,传播正能量,有道德、有温度、有筋骨又有个性和神采的作品。中国言实出版社精心组织这样一套丛书,导向意图不言自明,其广受读者欢迎和业界重视的效应,自可期待。

（作者系中国散文学会会长、中国作家协会原党组副书记）

目录

第一辑

花有话说

白菜花

　　原来身在乡间时，是见过白菜花的，散散碎碎的一点黄花，都只为了夏种时取其籽实而栽植，觉其凡俗而庸常。可这次在朋友家豪华的客厅再识白菜花，心里竟有了别样的感觉，觉得凡俗的黄花堪称花中的绝品。

　　不可否认，大白菜是凡俗的，是庸常的，太缺乏特色了，只不过是老百姓家里的一道小菜。讲究食不厌精、哙不厌脍的时尚人物，如今有这个福气，也有这个条件，忽视凡俗庸常的大白菜。随便到哪家菜市场上和超市里去，满架满筐，什么菜品没有？反季节的蒜薹、西红柿、香椿芽等等春令夏令蔬菜；秋冬季节照样有，胡萝卜、土豆、鲜辣椒等等秋令冬令的蔬菜；春夏时节也照样有，而且南菜北上，北菜南下，一年四季想吃哪种菜就有哪种菜，而哪一种菜品好像比白菜的凡俗庸常（以价格论）都要名贵一些。大白菜不仅在今人，就在古人眼里也是极凡俗庸常的，"初春早韭，秋末晚菘（大白菜）"，实在是既单调又寡味。

　　大白菜就这么不显山不露水地流传至今。虽然凡俗庸常，却深为平民百姓所钟爱。它之被钟爱，或许正是那凡俗的品性，与庸常百姓的口味相合。

　　首先是大白菜好种好作务，一把种子撒在地里，肥地也好，瘦地也好，平地也罢，坡地也罢，有墒就能长。再有储存方便，拉回家随便哪个角落堆着，苫上一层干草，就能度过一个冬天。二十世纪的六十年代初，至八十年代中期，大白菜对于平民百姓的贡献，自在人们心中。民谣，"半年

白菜花　3

稀汤，半年菜"的困难时期，能果腹充饥的，大白菜是头一份功劳。曾几何时，百姓的日子已经好过了，北京人，其菜篮子唱主角的还是大白菜。每年入冬前，都由政府动员，机关单位厂矿学校，警察军队，都要为冬储大白菜忙上一阵。那些日子，北京的报纸、电台、电视台，也都把这破事儿当成主要新闻予以重点报道。

上海人把大白菜叫胶菜，说得不恭敬一点，是他们见识得迟，从胶东输送而来，误认误叫，便叫成了"胶菜"。上海地处南方，在还没有种植大棚菜之前，就比北京的菜蔬品种要多，因此不像地处北方的北京人那么钟情大白菜，但也属居家过日子的常备蔬菜，煮粉丝，炒肉丝，熬排骨汤……都少不了大白菜的搭配。吃过一款上汤大白菜，感觉真个是好，清清的，淡淡的，既利口，又爽胃，吃过一回，竟念念不忘，隔三岔五的，寻着哪家会做的餐馆点上一份，解去心中念想的那一口馋。

总之，北方和南方，老百姓都对大白菜亲。如今，北方人不再冬贮大白菜了，南方菜市上的大白菜销售也日衰一日，使人不免心生忧虑，觉得过上了丰衣足食的好日子，忘了瓜菜代的苦日子。要知道还有一部分人依然在贫困线以下苦熬，这是我们须臾不能忘记的。我们要时刻心存大白菜情怀，发扬大白菜精神，也才能体味大白菜滋味，晓民情，知民苦，解民忧。

话说远了。回头来看朋友精心培育的白菜花，感觉真是美不胜收。一个小小的圆得饱满，圆得可爱的素色玻璃瓶，泡着几块晶莹剔透的雨花石。色彩斑斓的雨花石簇拥着一株大如鸡蛋、白如脂玉的根块，其上抽出一枝茎秆，浅绿色的质地，圆润似手工雕琢的工艺品，有枝杈分出，简约有致，开满了细碎的、鹅黄色的小花。

初识竟不知何物！朋友让我猜，仔细地端详了一阵，不揣冒昧地说："白菜花。"话音才出口，就遭到朋友友善的掌击，喃喃地说给我听："你是头一个猜对的人，恐怕只有你能猜对了。"

正值羊年年关，来朋友家串门的人肯定不少，肯定有不少人被这株白菜花吸引，肯定都猜过，而都没有猜出来。我与朋友同从乡下进城，同在乡下见识过白菜花，然朋友把俗如白菜的根块，培育成这么一株绝美的瓶花，着实让我大为惊异。

讨教其方法，却也十分简单。朋友偶回乡下，思念起曾经"半年稀汤，半年菜"的日子，生出一股对大白菜的特殊情感，随便在收获大白菜的田埂上走去，俯身拾起一块大白菜根，竟不忍舍弃，乃至带回城里的家中，洗去泥污，用雨花石固定在玻璃瓶中，添上水，放在有暖气的地方。过了十天半个月，竟然生出茎秆，开出黄花了。

我被朋友的匠心感染，心情为之激荡不已，思想自己与朋友有着同样的乡土经历，却少了朋友那深深的乡土情怀。一株白菜花，映照得我的脸发烧发烫，泛起一层层羞愧的红浪。于是心想学着朋友的样，也来作务一株嫩黄的白菜花，然季节已过，只有等来年了。

告别了朋友，在回家的路上我不能自已地想着，思绪依旧不离那盛开着的白菜花：俗物大白菜，却还有如此大雅的花期。看来，凡是大俗的物事，都有大雅的一面。问题是人，可有一双慧眼，发现和培育无处不在的美？

南瓜花

在关中乡村，南瓜还有一个别称：饭瓜。

这不奇怪，乡村人的生活经验里，南瓜确实是一道填充饥肠的饭食。特别是生活困难的时期，人在吃上的灵感和智慧，会有一个异乎寻常的发挥。比如南瓜，平素很不起眼的东西，突然身价倍增，代替了锅案上的一切，成为独霸灶房的宠物。把一只南瓜切成两瓣，掏空瓜子，再在南瓜的里瓤子上划出一条一条的刀口，把淘在瓦盆里的小米，装进南瓜的腹腔里，上笼蒸了，就是一餐南瓜蒸米饭。把南瓜简练地切成一个一个的月牙儿，笼上蒸了，就是纯粹的一餐干蒸南瓜饭。而最为出色的一餐南瓜饭，是要配合上面饼来做的，细细白白的面饼，在热锅里翻上两翻，烙得半生不熟，出锅来，切成菱形小块，备在一边，再把麻将大小的南瓜块，熬在锅里，猛火火烧，烧出南瓜特有的香味，趁着热闹劲，把面饼拌进去，拌匀了，慢火再焖一会儿，让南瓜的味道充分地浸入面饼中去……回忆当时的南瓜饭，不由人的舌苔上，会汩汩地流下涎水来。

不怕人笑话，南瓜饭虽是解困的贫家伙食，没吃过的人，还真是一个遗憾哩。

还好，现在的南瓜大有脱胎换骨之势。从乡村灶台昂首阔步走进了都市的饭店酒楼，聪明的厨师除继承乡土南瓜的风味之外，还推陈出新，创造性地烹制出南瓜八宝饭、南瓜素火腿、南瓜麻饼、南瓜美点、南瓜色拉以及南瓜什锦糖等等，不一而足，看之眼福大饱，食之齿颊溢香。近日闻听，陕北的延安，有人以当地优质南瓜，经过冷冻干燥，加工而成的南瓜粉，大受国际市场青睐，被誉为纯天然的"特级保健食品"。

营养学家对南瓜的食用价值推崇备至，认为南瓜除了含有蛋白质、脂肪、果胶等人体所需物质外，还饱含多种维生素和多种矿物质。其中所含一种酵素，分解人体内的致癌物质亚砂胺有特别功效，可以减少消化系统的癌症发生率，以及肺癌、乳腺癌的早期发生率；仅此还不能完全传达南瓜的特异功能，常食、多食，能够促进人体胰岛素的分泌，增强肝肾细胞的再生能力，从而有效地防治糖尿病、高血压和一些肝肾疾病。

话说得远了，暂且打住不说。让天马行空的心思收回来，放纵到关中的农村来，到那里去看一看，会有一些新的发现。因为地少人多，虽然家家户户都种南瓜，却绝对不在成片的耕地里种，全都见缝插针地种在住家与住家之间零散的空地上。我们家有一个大院子，房前屋后的空地开出来，到了清明的时节，父母亲就会把南瓜子下进去，跟着一场春雨，便会顶破土皮，露出一芽胖胖的嫩梢。有苗不愁长，嫩梢一节一节拼命地长着，扯得长长的茎蔓会覆盖了裸露的泥土，扇子一般的大叶子，撑起一层又一层波浪。其中，便有淡黄色的南瓜花，从层层叠叠的叶儿中间，探出亮灿灿的脸儿来，一朵、两朵、三朵、四朵……花儿笑着，人也笑着，笑着的是生活的希望。

南瓜的花儿，有一些是公花，因为不结南瓜，也叫荒花的；有一些是母花，因为要结南瓜，便叫成了实花。两种花儿开在茂盛的南瓜蔓上，倒是要结南瓜的实花，比起不结南瓜的荒花，似乎还显萎缩逊色一些，然而却特别受人保护，手不能动，脚不能踩，因为开始只是一朵小小的南瓜花，等到秋后，就可能是一个大大的南瓜了。而鲜艳恣肆、奔放张扬的荒花，就难享受人的保护了，不仅得不到保护，而且大多数处在要开未开时，还会被人掐下来，在开水锅里一打，捞出来凉调了，当作一碟下饭的小菜。侥幸未被掐下来，开成一朵大花了，不能作为小菜下饭了，就有一只脚踩上去，把黄灿灿盛开的荒花踩得稀烂。这不是人的残忍，是南瓜生长的一种需要，清除掉荒死的花，南瓜才会聚精会神，会全力以赴地长个头，长营养。

南瓜的荒花，可以凉拌，也可以热炒，配上葱蒜仔，也不要在锅里炒，取来长杆儿炒勺，滴上少许一点菜油，在锅底的明火上爆炒，勺底是火，勺上是火，大火爆炒的南瓜花，保持着原来脆生生的清香，能够拌在面条里吃，能够拌在面糊里吃，还能拌在玉米面搅团和玉米糁子里吃，怎么拌怎么好吃。

习惯了的物事，久别之后，往往会转化为眷念，或重或轻，忽明忽暗，个中原因，说不清也道不明，一有机会，这种坚韧的眷念，会顽强地驱使着你，使你不能自禁。那一日中午，楼下的樱花树上虫鸣蝉噪，我到小区的蔬菜摊上买菜，蓦然发现一束南瓜花，在一堆红红绿绿的蔬菜当中，亮黄亮黄，十分地抢眼。菜贩的用心我是知道的，无非是利用南瓜花的嫩黄映衬蔬菜的鲜脆。但是久居城市，很少再见南瓜花的我，突然地看见了，心里能不喜悦？忍不住问了摊贩一句，他竟慷慨地应承下来，与我拣在菜篮里的黄瓜西红柿，以及葱蒜菠菜一起出让给了我。

因为还是含苞未放的南瓜花，拿回家里，不像在农村时，凉拌了，热炒了下肚。而是很随意地取了一只细瓷的小碗，接上水，把成束的南瓜花扎在水碗里，放在餐桌之上，虽然不能一饱口福，却能一饱眼福。

餐桌上原来摆着一束绢花的，南瓜花现在取代了绢花的位置，到吃饭时，三口人围坐在餐桌前，妻子女儿对我刻意烹制的几道凉盘和热炒，好像并不怎么买账，却对摆放在菜品中间的南瓜花颇多兴趣，赞赏有加。特别是女儿，还从花束中取出一朵，硬要插到母亲的头上去，惹得她的母亲一脸的红晕，而女儿仍然不依不饶，嘴里边还抑扬顿挫地吟诵着宋代女词人李清照的那首《醉花阴》的后半阕：

> 东篱把酒黄昏后，
> 有暗香盈袖。
> 莫道不消魂。
> 帘卷西风，
> 人比黄花瘦。

女儿韵律感极强的吟诵还未落音，妻子先自笑得弯了腰，我亦揽过女儿，在她亮晶晶的额头上亲了一口。

一束南瓜花，使我们家的餐桌，变得无比温馨和快乐。

是夜，我做梦了，梦见一群村童，夜持灯火，敲着锣打着鼓，为我们家送来了一只大南瓜，南瓜上插着南瓜花，有一对笑眉笑眼的小面人，双双站在南瓜花上，舞之，蹈之，好不欢乐……正在梦境里乐着，妻子在一旁摇醒了我，问我笑什么，我把梦里的情景说给了妻子听。对民俗颇多了解的妻子，知道这是关中乡村的一个风俗，乡誉很好的人家，每有新人要进门，就会有村上的老人导演，为那家人送去南瓜双福，祝愿新人生儿育女，香火不绝。妻子举起拳头，在我胸前擂了一下，嗔怪地说："梦里头娶媳妇，欢喜一场空。"

怎么会是空欢喜呢？

南瓜花带给我们家的欢乐，比我梦中所愿更为实际。早晨起来，脸未洗，牙未刷，三口人争先恐后地聚在南瓜花周围，而南瓜花有了一个夜晚的生长，在这个清朗的早晨开放得愈加璀璨迷人了。

豌豆花

阅读关汉卿的散曲，是我闲暇时的一大乐事，感觉他那自写身世、抒发胸中抱负的文字，特别地诙谐老辣，笔力横肆，充满了自负、自嘲、自乐的情趣。在《南吕·一枝花》之《不伏老》一篇中，他自比豌豆，说：

> 我是个蒸不烂、煮不熟、捶不匾、炒不爆、响珰珰的一粒铜豌豆……我也会围棋、会蹴鞠、会打围、会插科、会歌舞、会吹弹、会咽(嗍)作、会吟诗、会双陆，你便是落了我牙、歪了我嘴、瘸了我腿、折了我手，天赐与我这几般儿歹症候，尚兀自不肯休。则除是阎王亲自唤，神鬼自来勾，三魂归地府，七魄丧冥幽。天哪，那其间才不向烟花路儿上走！

何故如此糟践自己呢？仔细品味关汉卿的言下之意，忽然明白，他所极端崇信的豌豆精神，不正是他一个平民艺术家的伟大理念吗？坚持与社会底层的烟花艺伎一道，不惧压迫折挠，奋战不息，至死方休。可赞赏的，还有他在表述自己堂堂正正的思想抱负时，所采取的俏皮诙谐、佯狂玩世的文字，神韵独具，妙趣横生，活脱脱地显现了他戏剧家多才多艺的高贵艺术品质。

豌豆，在关汉卿的内心，经过他智慧的熔铸，便有了一种金属的质地，坚韧，顽强，不屈。但在酿酒一行中，却不这么认为，他们极单纯地视豌豆为酿酒的一个原料，特别是山西杏花村的汾酒，更是不能少了豌豆，少了也便不能酿出风味独具的"汾香型"汾酒来。

蒸不烂、煮不熟、压不扁、炒不爆的豌豆，在汾酒制作作坊，必须炒熟了、磨碎了、煮烂了、蒸透了，才能与晋中平原出产的高粱、大麦等几样粮食搅和一起，制成糖化发酵的"青茬曲"，这是汾酒品质的基本保证，非如此不足以为汾酒。

> 清明时节雨纷纷，
> 路上行人欲断魂。
> 借问酒家何处有？
> 牧童遥指杏花村。

唐代诗人杜牧去没去过山西的酒乡杏花村，历来为人所质疑，但这并不影响《清明》诗对杏花村，对汾酒的广告宣传作用。到清代李汝珍撰写《镜花缘》时，他列举了五十余种国内佳酿，"山西汾酒"当仁不让地排在首位。

没有豌豆配酒曲，汾酒能有这样的美誉吗？

然而美酒再好，与普通百姓似乎离得还是远了点儿。百姓认识豌豆，了解豌豆，都是从自己庸常的生活出发的。农家汉子，不像现在耕种土地，有先进的机械化作业，过去就只有人工了，人不能为的事情，还得借用牛、马、骡、驴的力气，驾车拉犁，碾打驮载，牛、马、骡、驴是最好的帮手。人们口头上的一句话，"要得马儿跑得好，还得马儿吃好草"，实际是，马儿（今指一切家畜）仅仅吃好草是不够的，还得有"干料"做基础，这个"干料"就是豌豆。活儿再累，干得再乏，有一掬豌豆送到牲口的嘴边，咯嘣响脆地吞进肚子，扬鬃抖毛，昂脖子长叫一声，就又抖擞了精神，蹄声嘚嘚地干起活儿来了。

在关中农村生活了多年，我对豌豆是太熟悉了。当时的生产队，养着几槽的牲口，一年当中，安排大田生产时，都不忘给宝贝牲口种三五十亩的豌豆。

种豌豆是有些研究的，不能种在厚地里，也不能种在薄地里。地厚了，担心豌豆疯长成灰；地薄了，又担心豌豆弱生没收成。怎么办呢？如农谚所云："割了糜子种豌豆——正合茬。"我在农村所看到的，全是这样，夏季麦收了种糜子，秋季糜子收了种豌豆，一茬接一茬，地里不得闲，却都是好收成。

卧了一冬的豌豆，在雪压霜冻的磨炼下，只要有一场春雨，就会蓬蓬勃勃地长起来。长到藏得住人的时候，豌豆花儿就开了，有纯洁的白色花儿、灿烂的黄色花儿、娇艳的粉色花儿，又繁又密，像是随风而来的蝴蝶，在碧绿的豌豆蔓上舞蹈翩翩，那一份颤颤巍巍的娇羞，一份雅稚嫩嫩的挑逗，早已使馋涎欲滴的人们按捺不住了，随便地撸一把豌豆花儿，带着花带着露，塞进贪婪的嘴里，香香甜甜地咀嚼起来，嚼得一嘴的沫。小一点的人儿，干脆猫了腰，饿鬼一般钻进豌豆地，匍匐在灿烂粉艳的豌豆花下，盯着月牙儿一样胖胖的嫩豌豆角，手忙脚乱地偷摘起来。一边偷摘着，一边往嘴里塞，齿舌轻轻地一碰，嫩豌豆角特有的香甜，便不可抑止地在口腔里弥漫开来；吸溜着的嘴角，禁不住还会有鲜脆的汁液流出来，染绿了衣领和前胸。敏感的味觉，在记忆的光盘上，刻下了嫩豌豆角奇异无比的印象，感觉世上没有比嫩豌豆角再好的口福了。

　　同样有着农村生活经验的妻子，说起嫩豌豆角，有着同样的感受。她说，小人儿偷摘嫩豌豆，既是为了贫困的吃，更是为了贫困的娱乐。妻子所说的"娱乐"，我是极为赞成的，苍白单调的农村生活，小人儿以"偷"为"乐"，实在是一件迫不得已的事。偷嫩豌豆角，小人儿是不会害羞的，被人抓住了也不要紧，没理他要犟出几分来。这有当时非常流行的两句童谣为证：

　　　　豌豆不纳粮，
　　　　过来过去叫人尝。

　　小人儿一般喊出这两句童谣，抓的人就不会太认真，顶严重的，拧一拧耳朵，呵斥两声；轻一点的，在小人儿屁股上拍一把，立马放人。妻子说她就被抓住过一回，那一回她不但偷了嫩豌豆角，还扯了一条花繁叶茂的豌豆蔓，编了一个美轮美奂的花环，戴在头顶上，招招摇摇地在田间小道上走……她的母亲迎面逮住了她，母亲从她头上抓起花繁似锦的豌豆蔓花环，没轻没重地抽在她的头上和脸上，粉艳的豌豆花，有些碎在了她的头脸上，有些就脱落在脚下边，被暴躁的母亲踩成了花泥！

　　女儿不是一次偷摘嫩豌豆角。偷摘了回来，母亲也未斥责，常常还会讨来一把半把的，与女儿共享美味。这一回是怎么了？女儿已经成了我的妻子，也已有了一个女儿，还不明白母亲那一回是怎么了，那么不讲情面地责打了她一顿。她母亲一次进城来，在家里吃饭，炒了一盘豌豆苗，大家吃着，妻子问起了那一回的账，做母亲的依然怒气冲冲，义正词严，说："偷一把嫩豌豆角没什么。农村苦呀，小人儿没口福，偷吃嫩豆角谁又能说个啥呢？但你不能糟蹋豌豆蔓，豌豆蔓上有那么多开着的花儿，一朵花儿就是一个豌豆角，实在是不该糟蹋哩！"

妻子一边听着，脸上蓦地升起一片愧疚的红潮。

小区门外原有一家花店，整日姹紫嫣红，倒也怡心养目，可生意清淡，小老板便撤了花店的牌子，原地开了一个麻辣烫的摊子，生意却出奇地好，店内的几张锅台根本满足不了食客的需要，小老板就把锅台支到了街面上来，同时支到街面上的还有那个角铁焊制的菜架子，分门别类地陈列着穿在竹扦上的肉品和蔬菜，大凡市场上卖的肉品这里都有，大凡市场卖的蔬菜这里也都有。麻和辣的味道，对我也是一种诱惑，时常不能忍受，便到麻辣烫的锅台边，烫几串肉和菜，以解心中馋。清人吴其浚，在他撰写的《植物名实图考》中，对豌豆一目写了不少文字，其中"豌豆苗作蔬极美"一句，我是过目不忘，不知麻辣烫的小老板可知这句话。总之，在他的铁制菜架上，什么时候都少不了豌豆苗。我在锅台的滚汤中，汤得最多的也是豌豆苗。

母亲节那天，上学的女儿警告我，务必代她买一束花送给她的母亲。我嘴上答应着，心里却大有抵触，很是不以为然，至晚下班回家，也未代女儿买花。可是，当我走在小区门口，向麻辣烫的店口瞥了一眼，便不由自主地改变了行走的方向。我向麻辣烫的店面走去，看见小老板的菜架上，有几串豌豆苗开了花，有几朵白，有几朵粉，鲜鲜艳艳，粉粉嫩嫩，不容迟疑，伸手取了过来，声音几乎有点发颤地给小老板说，把这几串豌豆苗卖给我。

做过花店生意的小老板看着我，有那么一会儿的迟疑，很快就明白过来，友好地告诉我，喜欢，就拿去好了。我掏出钱来，还想争辩几句，却见小老板的脸有些红，很是怪罪我的样子，我不再坚持了。

我手捧着几串豌豆花，在回家的路上走着，一会儿就编成了一个美不胜收的花环，我想象得到，在我敲响家门，妻子看见我手捧的豌豆花环，一定也会喜不自胜惊呼起来，而到我把花环戴在她的头上，她也一定会像当初戴上豌豆花的花环一样，轻盈地旋转出一连串各姿各雅的舞步来。

苜蓿花

那把苜蓿被扔在楼下的垃圾车里，叶子枯萎发黄。苜蓿的颜色不该是这个样子，它是绿色的，很沉很沉的那一种绿。我多看了一眼那把苜蓿，看见了苜蓿芽尖上那序状的花蕾，便听到我的心尖叫了起来，四下里瞅瞅，竟如一个贼人似的，拾起那把苜蓿，悄无声息地回了家。

还不知晓我把枯黄了的苜蓿会怎么样。

回到家里，一下子就有了主意，小心地摘去黄叶，只留下光溜溜的秆儿和秆儿芽尖上的花蕾，找了一根小女用过的红丝带，把散散的一把苜蓿束起来，又找了一只矮粗的鼓形罐头瓶，装了水，把苜蓿小心地插进去。

我不指望罐头瓶里的苜蓿能开花，只是觉得应该让它得到善意的呵护。

自小长在乡下，对苜蓿有着难以割舍的情缘。两千多年前，汉武帝派遣大臣张骞出使西域，带回了苜蓿的种子，中华大地这才有了苜蓿的繁衍和流传。张骞深知汉武帝的雄心大志，深知汉武帝扩疆广域的野心，苜蓿能助汉武帝的一臂之力。汉武帝的军队太需良骥骏马了，西域的汗血马就很理想，还有像汗血马一样优秀的其他马种，都是吃着苜蓿生长的，苜蓿是汗血马和西域其他优秀马种不可缺少的优秀饲料。没有苜蓿的营养，很难说就有汗血马和西域其他优秀马种的繁衍生息。张骞带回了苜蓿的种子，目的是为了喂马。当然骡、马、牛、羊也吃，吃了同样长得好。但最初的目的，还是为了养马，给雄才大略的汉武帝饲养出万万千千能征善战的好马，在疆场上驰骋搏杀，建功立业。应该说，张骞带回苜蓿种子的首个目的是达到了，汉武帝把汉家的江山放在马蹄如风的奔跑中，得到了最大限度的扩展。我这么说是有根据的，检索互联网，在苜蓿条目里，有这么一句话：上林苑，汉代长安苑囿。汉武帝自西域引入苜蓿，植于上林苑以饲马。

聪明的张骞是应该欣慰了。

但张骞可否知道，饲养马饲养一切家畜牲口的苜蓿，在长长的中华民族历史进程中，所起的作用，远远超出那个简单的最初目的，在一次又一次的饥馑到来时，苜蓿理所当然地成了人们果腹填口的佳品？

看过一份资料，苜蓿在我国两千多年的栽培史上，已进化出十七个品种，著名的新疆大叶苜蓿，河北的蔚县、沧州以及山西的偏关、晋南小叶苜蓿，都是一种什么样子，我无缘亲眼所见，关中西府的紫花苜蓿，在我的心里扎下了深深的根，留下了深深的情。

在我长到六七岁的时候，一场铺天盖地的生产"大跃进"，没能使生产得到真正的大发展，而又使苦难的百姓遭受了一场罕见的大饥荒。粮食是很少了，生产队的仓库里只剩下一点留作来年的籽种，黑明昼夜，都有背枪的民兵看守着，我的大哥有几次就饿昏在看守籽种的仓库门外。人们寻找一切能吃的东西，野菜挖尽了，就去剥树皮，还有一些过去没人尝过的树芽儿，如皂角树芽、柳树芽、椿树芽，自然跑不脱，摘完了，有人就去摘苦楝子树芽、枸树芽、楸树芽……生产队的几十亩苜蓿也长起来了，当然也是派了民兵看守的，但到夜幕降临后，地头上的民兵扛着枪在巡逻，苜蓿地里却也是人头攒动。花白了头发的是年迈的老人，青丝飘飘的是童稚的少年，都是豁了出去，不要脸了，偷撷苜蓿的嫩芽儿。在那个年月里，嫩嫩的苜蓿芽儿，是人们口舌上最美味的食物。我也混在撷苜蓿的大军里，撷回来，母亲给我们蒸苜蓿疙瘩，蒸苜蓿麦饭，煮苜蓿拌汤，熬苜蓿糊儿……破鼓似的肚皮里，装的就都是苜蓿了。苜蓿的好处是，撷了一茬儿，还会再长一茬儿，真是人们度荒的好物料。在那几年里面，苜蓿没有开过花，不是不开花，是等不及开花，就被人们撷回家吃进了肚子，拉出一泡泡苜蓿味、苜蓿色的稀粪。

此前和此后，我是见过苜蓿花的，每序花有三二十朵小花束相拥一起，冠似翩翩欲飞的蝴蝶，紫莹莹的颜色，招来无数的蜜蜂，从这一序花上飞起，又落到另一序花上。风吹来了，接天连地的苜蓿地，就像一片紫色的花海，在白云飘动的蓝天下涌动着，荡起一波一波的花浪，就有浓郁的苜蓿的花香，冲着人的鼻子撞来，叫人大有醉入花海的情景。

我读书了，读到了许多关于苜蓿的诗篇。我忍俊不禁，常会跑到花开烂漫的苜蓿地来，对着风姿娇艳的苜蓿花，高声地吟诵起来：

> 天马初从渥水来，
> 郊歌曾唱得龙媒。
> 不知玉塞沙中路，
> 苜蓿残花几处开。
>
> ——唐·张仲素诗

> 昔我尝陪醉翁醉，
> 今君但吟诗老诗。
> ……
> 试问凤凰饥食竹，
> 何如驽马肥苜蓿。
>
> ——宋·苏东坡诗

> 此岁无秋畎亩空，
> 病骖难遣啮枯丛。
> 仓储自益驽骀肉，
> 独尔空嘶苜蓿风。
>
> ——元·完颜寿诗

我阅读的典籍越多，获知的苜蓿诗越丰富，好像历朝历代的著名诗人，都对苜蓿产生了特别深厚的感情，这从他们创作的诗歌中，能够得到最为饱满的领悟。我在苜蓿花开的地头，吟诵的只是少而又少的几首，还有太多太多的苜蓿诗，在浩若烟海的中华诗册中熠熠生辉，光芒闪烁。

不敢奢望的物事，却常会成为现实。

我小心捡回的那把苜蓿，有了水的滋养，渐渐地脱去枯萎的形色，有了它本该具有的绿色，特别是那序状的花蕾，有了一个休养生息机会，竟然也绽开了一朵一朵小小的花儿。我出差在外，电话中妻子告诉我这个消息时，我有点不相信耳朵，一声跟着一声问："是吗？是吗？"再次得到回答后，我便归心似箭了，夜里做梦，尽都是罐头瓶里养着的苜蓿花。

苜蓿花摆在我书房的桌子上。

终于熬到回家了，一进门就扑进了书房里，我期盼看到如水一样鲜活的苜蓿花，我会把它捧起来，在鼻子上和嘴巴上热辣辣地亲吻一番。可我看到的却是一束枯萎的苜蓿花。

妻子小心地跟在我身后。

妻子说："苜蓿花开的几天，真是太漂亮太妖艳了。"

女儿说："苜蓿花的味道好香好香，咱们家那些天都泡在苜蓿花的香味里了，人都要醉了呢。"

妻女的用心我是知道的，我给她们讲过苜蓿对于我的感情，她们不希望苜蓿的枯萎使我难过，尽量拣着好听的话说。我也相信她们说得对，说的是实情，苜蓿在几天时间里，给她们带来了很大的乐趣，同样给我带来了很大的乐趣。这就够了，我们不应该奢求太多，这是苜蓿所拥有的品质，它所奢求的本就很单薄，有一把泥土就能生长，即使被人攫断了，没有了根茎，甚至枯萎了，被人丢弃了，你再捡回来，摘掉黄叶，插在有水的一个废弃的罐头瓶里，苜蓿还是顽强地活了过来，开了花。这就够了，苜蓿生着，就是为了那一次灿烂的花开。它开过花了，我还奢求什么呢！

脸上浮出了知足的微笑，我把罐头瓶里的水倒掉，再把枯萎的苜蓿花插进去。现在已成干花的苜蓿花，依然占据着我红油书桌的一角。

生姜花

　　去老师家闲坐，客厅里一株针叶纷披、微露花黄的盆花吸引了我的眼球。老师去年从教授的岗位上退下来，但没有退了他手中的笔，常有精短美文面世，引来读者无数欣羡声。我到他家闲坐，其实一点都不闲，目的只有一个，把他的精短美文搞到手，在我供职的晚报上刊发，内部评个好编稿。老师原来教学笔耕两不误，现在只有笔耕一样事，便有了养花种草的闲情。

　　活该老师与花有缘，不像我，也曾附庸风雅，种过月季、杜鹃、刺玫等等的花儿，结果自己太多情了，早起浇水，晚来施肥，没过多久，花儿根烂枝枯、香消玉殒。总结经验，原来是我太勤快了，把花儿都给浇死了。自己又去养鱼，同样的十分多情，总怕鱼儿饿肚子，骑着单车，到城外的河沟捞来鱼虫，只要鱼儿张口，我就丢鱼虫，岂料鱼儿欢欢地食着，却翻过肚皮，仙逝归天。我还怀疑是鱼虫的错，带着毒素什么的，说给有经验的人，责备我太在乎鱼了，不歇气地喂，把鱼儿喂死了。恰在其时，单位一个要好的同事，与人置气，本来不算个啥，他愣是想不开，活活把个人气毙了命。三件互不相干的事，在我心里堆着，突然就有了一个醒悟：花是浇死的，鱼是喂死的，人是气死的。我把这解悟告诉过我的老师。他轻轻地笑了笑，同样轻轻地对我说了一句话：知道了就好！

　　此后一段时间，我不再养花，不再养鱼，但我还是很喜欢花草鱼虫的。在老师家里，看着他的花，他的草，还有他客厅半面墙大的鱼缸里游游荡荡的鱼儿，我的心总能得到一种纯粹的抚慰。

现在我又种花养鱼了，却总难种养出老师的境界。就说今天看到的这盆针叶纷披、微露花黄的花儿，便觉得特别雅气。老师看出了我的眼神，问我可识得那盆花儿。我只有摇头了，回答是：似曾相识。

老师便浅浅地笑了：一盆生姜。

我噌地站起来，不相信自己的眼睛，凑到那盆花前，仔细看看，确实就是一盆生姜，便自觉赧颜。因为我太知道生姜了，少小的时候，就跟在父亲的身后栽种生姜，大学读书时，带给老师的礼物中，就有家里出产的生姜。

我是很知道生姜的好处的，老家人的口头话"上床萝卜下床姜"和"早吃三片姜，赛过喝参汤"，都是经验之谈。而我自小养成的习惯也是，每餐饭都要生食醋泡生姜，还把这一习惯推荐给了老师，老师也跟上习惯了，还说他在外边吃饭，也要告诉店家，给他弄一小碟的醋泡生姜。老师的总结是：醋泡生姜，暖胃活血，解毒散寒，很有效哩。

记得在乡下的时候，我给姜田送粪扭了脚筋，当下扑坐地上，脚背眼看着肿成了一块大馒头，走动不了。父亲不急不慌，在姜田刨出一块嫩姜，还向过路的一个菜贩讨来半截葱白，在手心里碾成烂糊，敷在我的脚面，不过两天，痛消肿退，我又健步如飞了。

上了大学，在图书馆夜读，偶然翻到介绍生姜的文章，始知一个普通调味的俗物，竟含有姜醇、姜烯、芳樟醇、姜酮、天门冬素等多种物质，所以对消化、循环、呼吸、神经、分泌诸系统，都有良好的作用。于是我想起乡下的生活，冒雪淋雨回家，迎接我的，总是母亲熬给我的红糖姜汤，让我温中逐寒，不生感冒。

孔老夫子对于生姜，亦然情有独钟。《论语·乡党》记载，老先生用餐时"不得其姜不食"。生姜作为烹饪原料中的一分子，不独做鱼烧肉可以解腥去膻，还可以切片拉丝，当作菜品的主料之一，例如姜汁子鸡、瓜姜鱼丝、芽姜牛肉等等，生姜的用料，几与鸡、鱼、牛肉同。我在家中的锅灶上，就有一道保留菜，或者是小白菜、小青菜，或者是娃娃菜、莴苣头，都与切片的生姜一起来烹，不仅配菜青翠酥糯，姜片也鲜脆出味，食之颜红腮容，薄汗毕露，身心为之通泰。

可恶的是市场，却在无情地谋杀着生姜。

不良商贩为了使生姜看上去美观好看，竟然用硫黄熏蒸。硫黄是有毒性的，纵然生姜能解毒散寒，然此毒恐难以解，所以让吾辈好吃生姜的人，在市场上欲买生姜，总是徘徊复徘徊，唯恐买了有毒生姜回去，害了自己。

好在我有种植生姜的经历，知道生姜并非美观就是好姜。如硫黄未熏之生姜，一般色彩黄中发暗，略显黑丑；而硫黄熏过的生姜，晶白亮黄，干爽清洁。因此，我是看见并不美观的生姜才肯买的，菜贩便常恭维我是识家，即使这样，我还是上了几回当。此后买了生姜，先不吃，放在水池边，等着生姜发芽。我想，发芽的生姜总不至于被人毒害吧？我把这一心得，告诉了和我一样好食生姜的老师，老师自然非常高兴，说我是有心之人。

可是，有心之人的我，却一时连老师栽培的生姜花都没认出来，能算有心吗？

老师才是有心人，居然在家里栽培生姜，还能使生姜开出花儿，我就只有钦佩的份儿了。要知道，在大田里种植生姜，也难得见到生姜开花，因为生姜的繁育是不用种子的，历来都以姜块进行无性栽培，而且对日照的要求极弱，如果是强光曝晒，生姜的生长倒会大受影响。因此，等不到生姜开花，就被姜农赶着时令挖刨出来，交售到市场上了。

生姜的花太美了，像是一颗颗黄中泛绿的米粒。

老师就说了，两千多年以前，人们就很欣赏生姜的花儿。《三辅黄图》这古书中记载，有专门的人培植生姜花，供扶荔宫主人养眼，姜花叶如披针，花瓣黄紫，颇多姿态。不知道这个扶荔宫主人是谁，但他的这一份雅兴，着实让人要刮目相看了。

老师还说，他之栽培生姜花，还是受了我的启发哩。我让他把生姜买回来，先别急着吃，放在水池畔待姜生芽，而后选择吃还是不吃，如有姜芽生出，可以放心食用；如不发芽，甚至烂掉，就是硫黄熏过的毒姜，就要坚决扔掉。老师说他那一次买多了，放在水池畔，待生了姜芽后一时吃不了，就选了芽子壮硕的两个姜块，栽种进花盆里，居然顺顺当当地长了起来。一直也没太留意姜苗是怎么生长的，放在阳台上，隔天给其他花草浇水时，也给姜苗浇一次，不知不觉长高了，开出花来了，这才移进客厅来。

原来老师是"无心插柳柳成荫"了。我感叹着，心里想起那句快要烂了的话"姜还是老的辣"，但我没有说出口，与老师还拉了一阵关于生姜的话题，便告辞离去了。回到单位才想起，我是去向老师索稿的，因为一株生姜花，竟然忘得干干净净。

过了些日子，打电话问候老师，很自然地问了那盆生姜花。老师说花谢了，刨出根来，却没有了应该有的姜块。老师纳闷：开花的生姜不结姜？

应该是的吧，开花的生姜不结姜。

香芋花

爸爸，快来看！

看什么呢？女儿惊惊诧诧的呐喊，牵引着我的脚步，踱到阳台上去了。女儿指着一个空花盆，欣喜地说："发芽了。"学校给他们同学发了打破碗碗花的种子，让他们在家自己动手种植，培养他们的生物知识和技巧。不晓得他们同学的劳动可否有了成果，总之，女儿的辛勤种植眼看没有希望了。女儿记录着她下种的日子，记录着此后每一天的动态，都已过去十五天了，潮润的盆土里没有丝毫的萌动，好像她把打破碗碗花的种子下在了石头上。现在有了新芽的破土，女儿怎么能不高兴呢！

我像女儿一样高兴。但我看着一夜之间发出来的绿芽，不敢相信会是打破碗碗的花苗，倒像是我在农村时每年一种的香芋苗。

香芋就是我们常说的土豆。天下所有的植物，没有哪一种像土豆有那么多的名称了，法国人称其为苹果，德国人称其为地犁，意大利人称其为地豆，美国人和爱尔兰人称其为豆薯，俄罗斯人则称其为荷兰薯；即使在我国，因为地域的区分，也有多种多样的叫法，云南、贵州叫洋山芋，广西叫番鬼慈薯，山西叫山药蛋，还有一些地方叫了土生、黄独、白薯、地蛋、土卵、蔓生、土芋、爪哇薯、红毛薯等等不一而足，只有东北诸省称其为土豆，而我生长的关中西府，在把土豆叫洋芋时，还颇具想象力地叫了香芋。

女儿的自尊是不好打击的，她还分辨不出打破碗碗花苗和香芋苗的区别，我也就不去揭穿了，看着女儿为那株侥幸发芽的香芋苗浇水管护。女儿不无骄傲地说过，他们同学种植的打破碗碗都没有出苗，她的这一株是唯一的花苗了。

香芋的苗子渐长渐大，女儿拿了图样对照，怎么看都不像打破碗碗花的样子，就很不解地说："怎么越长越不像呢？"我还能再瞒着女儿吗？再瞒就是对女儿的不尊重了。于是我对女儿说："那是一株香芋苗儿哩。"

女儿就很沮丧了，嘟囔着说："老师也骗人哪！"

这个问题不好说，也许老师是一片好心，老师也许被人骗了，买来霉变的打破碗碗花种，让自己背了黑锅。

女儿知道了真相，对那盆香芋苗顿然失去了兴趣，而我却接过女儿的辛苦，天天为香芋操心了，浇水松土，忙得有滋有味。

我还追究香芋种的来历，心想可能在冬前买那盆杜鹃时，就有花农把香芋种和着泥土装进盆子了。冬过了，杜鹃花枯萎死去，我剪了花茎，让女儿种植她的打破碗碗花，这便把香芋催生出来了。俗常的一株香芋苗，就这么不期而至，成了我家阳台上的又一点绿。

可能是香芋种先天不足，它在花盆里长得很艰难，个头矮矮的，叶色也不是很绿，让我没少费心。我便想起在西府老家种植香芋的情景，还是人民公社大集体的时候，生产队一种就是一大片，三二十亩还是小块地，垅接垅，片连片，洋洋大观。县里的文化馆办了一份油印杂志，我写了一篇小文章寄了去，不久还刊登了出来。

我是这样写的：

　　如果在灿烂的银河上，遥望富饶的西府，你会看到一片又一片盛开着的花朵。那美丽的花朵全是穗状的，金钟般垂吊着，在星河下摇曳出迷幻的色彩——那就是生产队的香芋田。你敛了声儿，屏了气儿，仔细体会风儿的抚慰，你的灵魂，首先就能闻到香芋花经久不息的芳菲。你落泪了，泪珠儿从高远的星河坠落，敲打金钟般的花朵，发出铮铮仿佛金属般悦耳的轻响。你为你所种植的香芋而自豪了，骄傲了。

离开了故土，但我的心还牵系着那里的一切，自然包括了血肉相融的香芋，梦里不止百次地见到了景象绚烂的香芋花。

恩惠人类的香芋啊，最先在印第安人的土地绽放着文明的光芒。两千八百年前，他们便在生产和生活实践中，成功地培育出了二百多种香芋品种，有的耐寒，可以种植在海拔四千多米的高原上；有的耐热，可以种植在气候温和的地区；有的耐旱，可以种植在山坡缺水的地带；也有的耐贫瘠，可以在任何恶劣环境下生长。有朋友自秘鲁旅游回来，说他们品尝了印第安人的一道香芋大餐——巴恰曼卡，主料为香芋，与鸡块和驼羊等碎肉搅在一起，拌上佐料和菜蔬，盛放在一只大盘子里，上面覆盖几层青绿的芭蕉叶，小心地推进一个烧红了鹅卵石的地灶，经过三两时辰的熏焖，揭开芭蕉叶，就是一盘香气四溢的佳馔了，还没有动刀叉，舌尖上早已涎水涟涟了。

的确是，世界上如果没有香芋，我们的胃将是多么失落。直到明朝万历年间，香芋传入中国，也只限于宫中的达官贵人享用。清朝初年亦然，皇帝诏令，香芋只能在皇家菜园种植，专门服务于皇室宗亲，平头百姓是不能种植食用的。然而，到了乾隆朝，人口大量增长，而且提出"永停编审"，户口管理放松，农民可以自由迁徙，香芋才走出皇家菜园，成了百姓田里的种植物、百姓灶上的寻常餐。发展到现在，其品种不断翻新，吃法也百色千彩、无法穷尽。

家常的吃法，有烤香芋、烧香芋、炒香芋……到了陕北，一个香芋叉叉，还吃出了中华民族的一次大振兴。

高档的吃法，有烧香芋片、炸香芋条、蒸香芋泥……改革开放后进入中国大陆的美国连锁店麦当劳和肯德基，卖得最火的还是香芋制品。

听说在美洲大陆香芋研究者还独创了一门香芋医学。在专门的医院里，医生把生切的香芋片敷在患者的骨伤部位，可以达到活血化瘀愈合伤口的作用。用香芋片生擦患者头部穴位，能够缓解头痛风寒之症；风湿了，胃寒了，香芋也有专门的验方可用。

无所不能的香芋，孤独的一株静静地生长在我的阳台上，时令已到仲春，该是它开花的时候，可它却不开，让人多少有些不安。有什么办法呢？就只有任其自由生长了。好在这一放任，到了七月的中旬，香芋的枝叶间顶出一个一个的花蕾来，这个发现让我兴奋不已，喊来女儿，告诉她："事情就是这么荒诞，你种的打破碗碗花不见踪影，却催生了一株香芋的生长。现在香芋就要开花了。"

女儿也被即将开花的香芋鼓舞着，每一次放学回家，都要到阳台去看香芋，这就看到了一朵纷红的香芋花先自开来，悬悬地垂吊在浅绿的香芋枝叶间。有了这一朵的引导，就有三朵五朵、八朵九朵、十三十四朵香芋花的盛开，原来寂寞的阳台，一下子热闹起来了。仅有一株的香芋，却开出红色的、紫色的、白色的好几色香芋花……心儿怯怯地欣赏着香芋花，我便想起了几句无名氏的诗句：

香芋是泥土的供词
它们有黝黑的皮肤、凝雪的心脏
喜欢聚拢在一起，小声嘀咕
告诉我一个古老而贫寒的故事
让我放心汲取它的身上的热量
来拖动未来灿烂的阳光

香芋的花谢了，枝枯了。我和女儿在盆土里刨着，欣喜还有两粒小如指肚的收获。我们计划着，来年再种进去，让它生根发芽，生发出今年一样娇美明艳的香芋花儿！

萝卜花

看到过这样一种情景，驴子负重不肯走路的时候，鞭打也是没有用的，再打还会四蹄一软，卧在地上，任你打死也无所谓了。驮夫就会取来一棵大白萝卜，挂在驴子的眼睛之前、唇吻之上。至于驴子能不能吃到萝卜，什么时候可以吃，全得看驮夫的心情了。

驮夫的聪明自不用说，而驴子不再对抗，极为配合地赶着路，眼前唇边的萝卜，让驴子馋涎欲滴，有了一个拼死也要得来的欲望。应该说，驴子的这点欲望算不得贪婪，不就是一棵大白萝卜吗，且它背负重驮，也是需要那一棵萝卜的滋养，使它有力气走向前路。如此看来倒是人的问题，人不该给驴子预设诱惑，那是不道德的，有悖于驴道主义的。

茫茫人海，人海茫茫，我发现挂在驴眼之前、驴吻之上的那棵大白萝卜，通常也挂在人眼之前、唇吻之上的。只是人在看自己时，看不见自己的脸面，也便看不见那棵大白萝卜，如果看见了，一拥而上，不挤得头破血流才怪！因为有的人的欲望比起驴子来，不知贪婪多少倍。当然，一棵萝卜也是不会放弃的，我们因此常见，有人吃到了那棵萝卜，便欢呼狂喜；有人吃不到那棵萝卜，便怨天尤人。人间没有一天平静，只是围着那一棵萝卜，就演绎出一个又一个惊心动魄的故事。

不过，还有一些人，是很不在乎那棵大白萝卜的，有也罢，没有也罢，生活是平静的，生命也是平静的。在他们的耳畔轻轻响起的，是一首泉水轻溅的童谣：

花猫花狗动物园，

灵魄灵魂安乐园，

花心萝卜花小妹，

痴种来自果菜园。

　　童谣说了个大实话。前面把一棵萝卜说得沉重了，让人可能不舒服、很羞愧了。那就撂下不说，说些轻松的，想来想去，轻松的说法还是个吃。在乡间，勤劳的农人六月下种，七月抽胎，九十月就可收获了。在一个长长冬季，萝卜是餐桌上不可或缺的一道家常菜。农谚总结得好：冬吃萝卜夏吃姜，不用请医开处方。这是不会错的，南朝梁陶弘景之《名医别录》就有研究，认为萝卜性凉味甘，入肺、胃二经，可消积滞、化痰热、下气贯中、解毒，用于食积胀满、痰咳失音、吐血、衄血、消渴、痢疾、头痛、小便不利等症，均有不错的疗效。

　　现代医学研究发现，萝卜还有抗癌作用。大白萝卜的木质素含有分解致癌的亚硝胺，使之失去致癌能力。由此可见，平凡普通的萝卜，既是时蔬，也是良药。文豪兼美食家苏东坡，早在北宋时期，就很关注萝卜的营养和药用价值，他在谪居惠州时，因水土甚为不服，常闹些小灾小病，他便自己动手，垦荒地，种萝卜，把收获的萝卜和稻米捣烂，一起煮食，灾去了，病没了，他心中甚觉安慰，给他的这一食物起了个很精美的名称：玉糁羹。并写诗一首赞之：

秋来霜露满东园，

芦菔生儿芥有孙；

我与何曾同一饱，

不知何苦食鸡豚。

　　芦菔就是萝卜，另外还叫莱菔，都是古名了。苏东坡有了他独创的萝卜稻米玉糁羹，美得他连鸡和豚都轻看了。

　　不仅苏东坡盛赞萝卜美味，明代的农学家徐光启，在他的《农政全书》

里，亦充满感情色彩地写道："萝卜，生平陆，求之不难烹易熟，饥来获之胜粱肉。"还有药物学家李时珍，也为萝卜所感动，说："萝卜，根、叶皆可生可熟，可菹可酱，可豉可醋，可糖可腊，可汤可饭，乃蔬中之最有利益者。"

名人大鳄的感慨和感动是对的。在我家的食谱上，就有好几种萝卜菜肴的名目：一为生拌，二为清炖，三为羊肉萝卜煲。

生拌最为方便，取萝卜一棵，切丝装盘，加盐调醋，再滴少许生菜油（注意，必须是生菜油），均匀搅拌，吃起来最是明脆爽口了。

清炖就更简单，把萝卜切块，投入沸水，配上一定量的葱段和香菜，有两片橘皮更好，汤汤水水一大锅，又吃又喝，发一头汗，浑身都轻松。

羊肉萝卜煲相对麻烦一些，先把羊肉切片，再取砂锅一个，装水放上姜片、花椒、大料包，烧到水沸时，投入羊肉片和萝卜条，炖至烂熟时，再加少许胡椒粉，撒上葱花香菜节就能吃了。一口羊肉，一口萝卜，羊肉有了萝卜味，萝卜有了羊肉味，一鲜加两鲜，是怎么吃也不嫌够的好配方。

二〇〇四年，一家人到海南岛且游且逛，回到家时，发现买来放在厨房的蔬菜全都蔫了，只有那棵大白萝卜，无端地长出了几片青翠的叶子。我知道，生了叶子的萝卜就糠了心，是不好再吃的，打算与那蔫了的菜蔬一起扔掉。倒是女儿有心，夺了叶翠的萝卜，说她要把萝卜养起来，看看萝卜花是什么样子。

虽然我生长在农村，也种植过萝卜，却也没有见过萝卜开花。因为留作籽种的萝卜才让开花的，花开以后，萝卜就不能吃了，种植萝卜的农户就控制着不让萝卜开花。女儿现在这么一说，我的心倒是一惊，同样有了一睹萝卜花芳容的盼望。于是，很配合地取来一个玻璃花瓶，无师自通地装上半瓶的水，把萝卜搁在瓶口上，只让一点点的萝卜根浸在水里。从此就有了一个念想，回家头一件事就是观察萝卜的生长，起初的变化很小，还就是顶头上嫩嫩绿绿的几片叶子，插在一个洋气的玻璃花瓶上，看上去颇不协调。

却一点也不妨碍我们的审美情趣，早早晚晚，看上一眼，平淡的日子也就有了小小的一点乐趣。日子渐渐变暖，奇迹也就发生了。

先是临水的一头，生出了雪白的绒绒的须子，越长越长，悬垂在清亮亮的水中，仿佛一个得道成佛的高僧，催生着顶头上的绿叶，一天天地长大，长到一日早晨起来，倏忽发现顶头的绿叶中间，抽出了一株壮硕的基苔，一家人情不自禁地欢呼起来了。没几天，就蹿得老高，不出半个月的光景，基苔上就是一片紫莹莹的花红了。

萝卜的花儿太小，小得像是一群彩蝶，静静地停息在基苔的芽尖上，似乎不知疲倦地颤动着翅膀，要飞了去的样子。

萝卜的花儿竟是这样醉人！

韭菜花

　　朋友自云南来，带给我一罐曲靖的韭菜花。先不说韭菜花的味道如何独特，只那一个包装用的陶罐，就已使人爱不释手，牙白色朴素的釉面上，彩烧着五代书法大家杨凝式的《韭花帖》。

　　　　昼寝乍兴，辋饥正甚，忽蒙简翰，猥赐盘飧。当一
　　　叶报秋之初，乃韭花逞味之始。助其肥羜实谓珍馐。充
　　　腹之余，铭肌载切。谨修状陈谢，伏惟鉴察，谨状。

　　实话实说，我对书法的感觉十分迟钝，市廛上甚嚣尘上的一些书家作品，在他人已是欢呼雀跃，而我却无知懵懂得要命，即便人家送我一幅，也会顺手送给他人，如他人不好接受时，我更会撕了扔掉。因为我有一个怪念头，凡是刻意而为的，多不是什么好东西，倒是率性而来的，大约都是需要认真收藏的。像王羲之的《兰亭集序》、颜真卿的《祭侄季明文稿》、苏轼的《黄州寒食诗帖》……自然还有杨凝式的《韭菜帖》，都不是他们的刻意作为，虽然他们的名头响彻古今，而为后人所最推崇的，却都是这些不经意的生活小品。

　　我是买了一本《韭花帖》的字帖的，闲来捧于手上，翻看比画，时日愈久，愈觉心爱。仅有的七行笔墨，因为是笔札，随手而写，每个字都趋于平和简静，意趣闲逸，而通篇又独具装饰意味，给人一种疏宕旷远之感。

在字的结构上也极富变化，如"谨修状陈谢"中的一个"谢"字，本是左中右的结构，一般写来，都是三部分均衡，而《韭花帖》却将左边的"言"旁写得很大，占了一半的位置。这种打破均衡后的不均衡，实在是美不胜收，极具神韵。明代的董其昌便大为激赏"杨氏章法"，清代的王文治为此还写诗赞之：

> 韭花一帖重璆琳，
> 千古华亭最觉香。
> 想见昼眠人乍起，
> 麦光铺案写阴秋。

不知道获得《韭花帖》的杨氏友人是谁，却知道他一定是个有心人。他把朋友间"陈谢"的一幅小札，很珍贵地保存了下来，传之宋朝，为宋之宫廷珍藏。以后王朝更替，都城迁移，一纸《韭花帖》总不离皇宫，成为皇室不可多得的至宝。

为此，还派生了许多传说。一说乾隆年间，有位蓝翰林为皇帝管"三希堂"法帖，每日临摹《韭花帖》，至晚岁达到形神兼备足可乱真的地步，便假以乾隆晚年不常习字的空儿，蓝翰林以摹本换下杨凝式的真迹，偷运出宫私藏家中。这还罢了，再说到了清朝末年，那个力倡君主立宪的杨度大人，在北京的大八胡同结识了一个美伎，便把他三万银圆从古旧市场淘来的《韭花帖》，送给了那个令他心仪的美伎。杨大人的这一风流壮举，真可谓惊世骇俗，一时遍传京师，他熟悉的朋友当面可以调笑他为"杨韭花"，他也巧笑纳之。

传说只能是传说，是当不得真的，但杨凝式的《韭花帖》不会是传说，实实在在地存在了一千多年。他因为吃了一盘韭菜花，而草就一幅传世珍品《韭花帖》，能说不是韭菜花的一个大幸！

不知道杨凝式那个时候是怎么吃韭菜花的，从《韭花帖》的谢札可以看到，同为陕西乡党的杨凝式是配着羊肉一起吃的，大概与我们陕西人现在的吃法差不多，坐在一个炭火熊熊的涮锅前，把羊肉片儿在滚水里上下涮涮，夹出来放在油碗里，蘸上调料就是满嘴好味道。所谓油碗，要调上蒜泥、芝麻酱、香菜和盐，当然还有韭菜花，少了其他哪一样犹可，少了韭菜花就不行了，就不是涮羊肉的味道了。

《诗经》中亦有食韭的记载："四之日其蚤，献羔祭韭。"羊肉和韭菜花相配而食，居然经历了这么长的时间，数千年不变，让人不禁感慨顿生：任尔天翻地覆，沧海桑田，而我们的口味是不变的，现代人享的还是古人的福。

去坊上（西安城回民居住区）买来三斤羊肉，现场切片，拿回家来，生起涮锅的炭火，一家人幸福地吃着涮羊肉。妻女知道，吃这一顿涮羊肉，都只为那罐曲靖的韭菜花。应该说，那确是一种特产，不比我们陕西当地的韭菜花，是用老酱腌制的，色彩不是很艳亮。而曲靖的韭菜花就不一样了，色彩白里透青，与切得细如发丝的苤蓝同腌，味道不是很咸，蘸着羊肉吃起来，有一股说不出的甜香在齿舌。

一边兴高采烈地吃着涮羊肉，一边看着韭菜花包装罐上的《韭花帖》，觉得瓷烧的书法，虽然少了纸印书帖的古朴，却多了一种瓷的质感，看起来同样惹人喜欢。

韭菜之于饮食男女，是有太深的感情了。记得幼时，自家的院落有一块闲地，父母都是要栽种上韭菜。没有多少文化的父母，凭着民间口口相传，却也说得出"夜雨剪春韭，新炊间黄粱""韭菜照春盘，菰白媚秋菜""韭黄犹短，玉指呵寒剪"等等美妙的诗句，而这些诗句在我读书以后，知道还都是杜甫、黄庭坚、王千秋等大名家的佳句。现在想来父母对这些诗句的理解不会太深，只不过是几种韭菜的吃法，一为"春韭"，二为"韭黄"，三为"韭白（即韭薹）"，四为"韭花"，按着季节的变化，吃法亦跟着变化。

韭菜花秋天开放，花簇洁白似雪，顶在纤纤的一根韭薹上，恍如绿腰俏佳人，在风中摇摇摆摆，甚是惹人怜爱。然而不等它完全开放，就会被人采摘下来，在臼窝里，在石碾上砸碎碾烂了，腌制成酱。

母亲每年都要做一缸韭菜花酱的，我是母亲少不了的帮手。把采摘来的韭菜花碾碎时，常有一种怜惜的情愫在心头悸动，看着在石臼和石碾的碾砸下粉身碎骨的样子，真是情何以堪，太可怜了。可到封缸三日后，再打开来食用时，我把一切都忘记了，觉得微辣中四溢的韭香，还有什么美味比得了！

如今进得城来，已是二十余载，许多乡间生活都还在心头悬着，眼一闭还能看得见。

在一个月色明亮的晚饭后，我们一家人围在父母身边，或蹲或站，晒着月亮，相互说着一些无关痛痒的闲事和闲话，听得见村外池塘边青蛙的啸叫……说着说着，都没了话说。静了一会儿，母亲说，我教你们唱儿歌吧。我们自然喜欢，拍起手来，一句一句地跟着母亲学：

　　　　月光光，照柴房，
　　　　柴房背，种韭菜，
　　　　韭菜花，给亲家，
　　　　……

妻子买回了一把韭薹。韭薹上都挑着一个将开未开的花苞。我蓦然又想起母亲给我们儿女教唱儿歌的那个傍晚，便不舍得把韭薹切成寸段油锅炒着吃了。把那只吃空了的曲靖韭菜花酱罐洗出来，盛上半罐的清水，把韭菜薹散散地插进去，摆在了老红漆的餐桌上，期待韭菜花的开放。

功夫不负有心人，两日后的晚饭时节，家里已经满是韭菜花的清香，一家人扑到餐桌上，看见韭薹上原来裹得很紧的花苞，悄悄地都裂开了口子，正有月光样的白花一点点地露出来。

莲菜花

　　"哎呀！这也是莲菜吗？"听到妻子不解的大声询问，我湿着一张脸，急猴猴从卫生间扑出来。告诉妻子，那不是莲菜，快放下，轻轻地放下。我的神情把妻子吓着了，吃惊地看着我，又吃惊地看着拿在她手里的两截莲根，一时非常茫然。包揽家庭饮食的妻子，做了大半辈子的饭食，其中没少做莲菜，在她的日常菜谱上，有水里打过凉调的炝莲菜，有切成段再拉成片的肉炒莲，有莲孔灌上江米红糖的蒸莲菜，她怎么就不认识莲菜了呢？

　　说来是我的错，没有及时告诉妻子，她拿在手里的莲根也确是莲菜哩，而且是莲菜中的上品，或炝，或炒，或蒸，都是比普通莲菜要好吃的那一种。只是它太小了，不似市场上到处贩卖的那一些，粗粗壮壮的，正好作为菜莲，而它的小，几乎小得只有小儿的手指一般，嫩嫩的，白白的，让人顿生爱怜之感。因此，是极珍贵的，只配养起来，看着艳鲜的莲花开。

　　换一句话说，这非食用莲，是为观赏莲。

　　莲花盛开的季节，我有幸出差湖北，在这个有着"千湖之省"美誉的地方，所到之处，不可逃避地都要陷入莲花的芬芳中，尽情地领略诗画交融的莲花世界。荆楚大地，无处不种莲花，江河港汊，湖泊池塘自不待说，就是农家小院的大盆小缸里，也有盛开的莲花。著名的洪湖、梁子湖、汈汊湖、沙湖、东湖……真可谓"如云莲花白，似火荷花红"，清幽醉人的白莲红荷，漂浮在连天接地的绿色海洋中，微风吹拂，如同仙女莲步轻移，款款而行，置身其间，凡夫俗子也有了诗人的灵性，也会吟诵"接天莲叶无穷碧，映日荷花别样红"的佳句了。

忘了询问，湖北省会的武汉，莲花可是他们的市花。但在友人的热情介绍下，去了东湖的荷花研究中心。如果说一个湖北省是一朵硕大的莲花，东湖的莲花研究中心就是莲花的花蕊了。

幸运中却有不幸，莲花研究中心的王其超、张行言夫妇不在，听说被澳门特区政府邀请去了，在那里帮助他们搞反季节莲花栽培，力争在年末时的回归纪念盛典上，出现莲花盛开的奇观。

我们知道回归祖国的澳门，地形酷似一朵莲花，因而素有"莲花宝地""莲花福地"的称誉。回归后的澳门，区旗、区徽，理所当然以莲花图案为标志。听说被人誉为"莲花夫妇"的王其超、张行言几度下澳门，带去了二十多个莲花名贵品种，几经试种，已经获得反季节种植莲花的宝贵经验，相信在不久的将来，莲花能够在寒冷的冬季绽放出娇艳的姿容。

我为他们夫妇而祝福。因为我手上就有一份资料，知道他们夫妇为了莲花，遭受了怎样不堪的打磨。史无前例的"文化大革命"中，他们夫妇精心培育的数十种名贵莲花遭毁灭性的破坏。

"文化大革命"的狂风暴雨，可以摧毁几十株名贵荷花，却不能摧毁夫妇俩热爱莲花的痴心。不能明目张胆地搞培育，就背着人的眼睛搞，直到改革开放，夫妇俩又把原来被毁灭的名贵莲花培育了出来。他们无愧"莲花夫妇"的亲切美誉。

我感觉我的眼睛不够用了。走过了"荷映翠柳"，走过了"眺荷行吟"，走过了"荷风桥"……一路走着，耳听朋友骄傲的指点，这是"东湖红莲""东湖春晓"，那是"玉碗""大红袍"，还有"粉娇""艳阳天""红千叶""重台莲""大洒锦"……眼睛看不过来了，心也记不下来了。

这就走进了那个玲珑别致的"碗莲园圃"。在这里，一排排、一行行的小缸、小盒中，培育着碧绿的"泽芸"、浅紫的"小芙蓉"、淡黄的"脂玉环"。酒盅那么大小的脂粉莲叶上，有珍珠般的水滴在滚动，更有可乐瓶盖似的各色莲花，亭亭玉立，千态百姿，柔情万种，娇嗔可人。它们都有自己闭月羞花般的名字："墨荷""晓霞""小龙飞""黄飞舞""小舞妃""粉松球""玉楼人醉""案头春"等等。我只有听，只有看，只有惊讶了。特别是看到"并蒂莲""千瓣莲""重台莲"时，我是怎么都不敢相信的，在别处所见到的这些莲花，开放时，一般都如海碗大，而在"碗莲园圃"里，却都统统小如拇指。

老天啊，怎么会这么小呢？小得让人心痛，小得让人怜惜。这些可都是"莲花夫妇"的心血啊！虽然无缘见到他们夫妇，但我感觉我的心与他们是相通的，我的眼光抚摸着那一朵朵美不胜收的莲花时，就如我与他们夫妇在做深情的交流。我不假思索，便掏出钱来，买了其中几种小小莲花的根茎。

我把在武汉的见闻说给妻子听，她同样惊讶不已。

有一只养鱼的小玻璃缸，正好闲在沙发下，妻子取出来，东找西找，又找来一只小陶缸和一只小瓦缸，统统清洗出来，把小孩手指般的莲花根茎放进去，小玻璃缸放进的是"案头春"，小陶缸放进的是"小舞妃"，小瓦缸放的是"粉松球"。担心细嫩的根茎在小水缸里扎不稳根，就又找来一大堆南京的雨花石，像我们春节时养水仙花一样，把石块拥在莲花的根茎周围，红是红，白是白，看上去倒也别有一番韵致。

总以为养在家里的小小莲花，也会如东湖"碗莲园圃"里的莲花一样，长出碧绿的叶子，抽出挺拔的花茎，开出小小的美艳的莲花。因此，回家来，是妻子，是女儿，还是我，都会先到三个形色不同的小缸前来，看望沉睡在水底的莲花根茎。可是热切的目光，却只看到养在小瓦缸里"粉松球"有了叶芽的萌动，而养在小玻璃缸和小陶缸里的"案头春"和"小舞妃"仿佛沉睡不醒的小玩偶，一直不见变化，到后来换水时，才发现已经悄然地腐烂着了，这使我们特别失望。好在还有小瓦缸里的"粉松球"，一家三口便把全部的精力都用在了幸存的"粉松球"上。妻子建议我去郊外，挖来河塘里的淤泥培在"粉松球"的根茎上，取来河塘里的净水灌在小瓦缸里。然而一片好心，并未得到好报，在一个清早起来，女儿最先发现"粉松球"已经浮出水面的叶子蔫缩了回去，于是，吃惊地唤来我们，三双期盼的眼光都只有暗淡了下来，同时发出一声长长的叹息：唉！

是西安的水土养不了小小的"粉松球"，养不了小小的"案头春""小舞妃"？还是我们的心不诚，没有像培育了它们的"荷花夫妇"那样，把自己的一生都献给了"花中君子"的莲花？

荠菜花

　　它只是一种野菜，却有几个很好听的名字，地米菜、地仙菜等等不一而足。而我的家乡，是把它叫荠儿菜的，那我就只能让别的名称靠边站着，坚持叫它荠儿菜了。

　　按说，荠儿菜是朴素的，就是开出的花儿也很朴素，但在我远离故土后，再次注意它的时候，却发现它在我的心头变得复杂了。不想隐瞒什么，记忆中的故土上，到处都是荠儿菜的身影，特别在易受践踏的路边或者田坎上，它却生得似乎更为顽强。一直以来，荠儿菜潜存在我的意识里，该是苦命的那一类，没人注意它是怎么发芽的，它是怎么成长的，全凭着自身的努力，跻身在大地万物之中。记得有一个冬尽春来的日子，天上落着薄雪，我到田野上，没有目的地转悠着，没有目的拨开一堆雪，意外地看见了几株荠儿菜，循寒而绿，我的心蓦然有了一阵激动。可怜的荠儿菜，它的身上压着霜雪，缠着腐草，它就只有扑爬着身姿，显得那么的散碎猥琐、瘦骨伶仃。然而它却是无畏的、刚毅的，不以物喜，不以己悲，在它生长的地方，尽情地展现着它的存在，哪怕它的存在是细小的、微不足道的……我是这样感动着了，面对着几株霜雪覆压、腐草羁绊着的荠儿菜，深为它们那细碎的绿，那恬淡的青，并那隐忍的白，想要发出一声呐喊。遗憾的是，我没有喊出来，原因是我想起了白居易，他在一首《春风》的诗里就已写了荠儿菜的绝唱：

荠花榆荚深村里，亦道春风为我来。

乡里人锅灶上的荠儿菜，原是不值钱的，却突然摇身一变，成了城里人齿舌上的美味，不仅菜市场上有卖，连规模盛大的超市里也有卖的了，而且即使过了季节，啥时想买啥时有，我奇怪了。因为只有冬春两季，野生的荠儿菜是能吃的，过了季节就不能吃了。去问人家，这才知晓，现在的种菜专业户，看到了城市市场的需求，把荠儿菜的种子撒进了塑料大棚，运用现代化的手段，实行规模化的种植。

在家乡养成的口味，进了城市也变不了。到菜场里去买菜，见到了荠儿菜，自然地要买一把了。我买荠儿菜，一般是要挑挑的，只挑茎叶纤瘦、叶尖下凹的像一个勺子的那一种。唯这一种，乡里人是叫荠儿菜的，其他肥胖一点的、叶厚光亮的那一些，虽然也可以称其为荠儿菜，但乡下人对它们还有一些更细的区分法，比如叶片胖一点的叫沙荠菜，亮一点的叫麦禾荸……别嫌这些乡土的区分法啰唆，能分就有分的道理，舌苔上的味蕾知晓，我挑拣的那一种，比起别的那些，味道肯定是最地道的。

前日买菜，就很侥幸地买了一把我要的那种荠儿菜，其中的几个起了薹子，半茬高的菜薹上，很有规律地分出几枝小叉，而小叉上，则又很有规律地生出许多花蕾来。我心疼那小小的花蕾，拿回家，只把没有花蕾的荠儿菜择出来，凉拌了，助我下了几口酒，而把有了花蕾的几株，不甚经意地插在一个水碗里，端了放在阳台上。

阳台上是养了许多花的，君子兰、绣线菊、勿忘我等一溜排，我把水碗里的荠儿菜夹进它们中间，不指望与它们争芬斗艳，但只放了两日，到一个早晨起来，我去阳台上呼吸清早的空气，却发现荠儿菜开花了，蓬蓬勃勃的一碗白花啊，我激动得不知说什么好了，心中默念起宋朝诗人辛弃疾描写荠儿菜的一首小诗：

城中桃李愁风雨，春在溪头荠菜花。

辛诗的意境堪可咀味，他把荠儿菜超乎寻常的生命力，极尽完美地展现出来了。好像还不只是辛弃疾，历史上我所感动着的伟大诗人，似乎无一例外地爱着荠儿菜，歌着荠儿菜。不用翻开书本查阅，不用启动电脑搜索，张口吟诵出来的就有南宋诗人范镇的一首：

> 春入长安百万家，湖边无日不香车；
> 一株柳色吾无分，看杀庭前荠菜花。

　　无尽的奢华，与常存的朴素，在诗人敏感的眼里有了一个鲜明的分界。虽然诗人明白地说他"看杀"了荠菜花，而暗藏在心的却满是对荠菜花的感情了。他爱荠菜花，为如他一样的荠菜花鸣着不平，并感到身在陋室，抵抗着自然风雨和社会风雨的他，能有小小的一株荠菜花为伴，他的感情，也便多少获得一些慰藉。

　　是的，只有经历过苦难艰辛，经历过风雪霜暴的诗人，才会大发对荠儿菜的感慨。前头提到的白居易、辛弃疾、范镇是这样，还有李端、苏东坡、谢应芳也是这样，他们对荠儿菜有着各自不同的切肤感受，或者苦痛无奈，或者压抑自怜，便都借着荠儿菜的身世叙发出来了。

　　仔细地听吧，李端苦吟着了：

> 菊花开欲尽，荠菜泊来生。

　　仔细地听吧，苏东坡浅唱着了：

> 久知荠麦青，稍喜榆柳黄。

　　仔细地听吧，谢应芳哀叹着了：

> 检方医故疾，挑荠备中餐。

　　一字一句，在诗人们喷溅的神经末梢上，就都是锥心剜肺的感情了。在阳台上，我面对盛开在水碗里的荠菜花，温习着记忆里诗人们对荠儿菜的诗句，知道那个叫陆游的人，比起我所列举的这一串诗人，他该是最有感情的一个人。关于荠儿菜的诗作，他一生写了多少，我做不出准确的统计，但我可以确定，他是历史上写得最多的一个人。尤其在他六十六岁那年，"鼓唱是非，力说张浚用兵"而被罢官陋居山阴之后，眼之前头，脚之前头，就都是荠儿菜的身影了，诗作里自然也就多有荠儿菜的位置，如《幽居》里的"荠菜挑供饼，槐芽采作菹"，如《春荠》里的"食案何萧然，春荠花如雪"，如《贫居时一肉食尔戏作》里的"汤饼挑春荠，笋蕨正登盘"，如《野炊》里的"农事未兴思一笑，春荠可采鱼可钓"，如《自诒》里的"天付吾侪元自足，满园春荠又堪烹"，如《郊居》里的"地炉炽生柴，唤客烹荠糁"，如《乍晴行西村》里的"买鱼论木盎，挑荠满荆筐"……我可仰止的陆游老先生啊，你把小小的荠儿菜写得绝了，让后来人还怎么对荠儿菜运墨着笔！按说，他在写下这些有关荠菜诗时，他的心情应该是忧愤的、痛伤的，一片爱国之心的诗人，看得见南宋小朝廷的软弱无能，看得见北方铁骑的耀武扬威，他是不甘心的，不甘心骑着一头驴子，远离报国的疆场，幽居在山阴之侧，扛着把锄头，背着个竹篮，邀几位农人，野行而乐。这是他吗？这不该是他，但却真真切切的是他，在报国无门的不甘中，就只有在荠儿菜的世俗世界里寻找安慰了。这个安慰如他人生的理想一样，本该是颓废的，却还看不到颓废，本该是悲悯的，却还看不到悲悯，自然就更看不到自暴和自弃，依然地热爱着生活，乐观豪迈，向往着未来。

客厅里的妻子叫着我了。

猛抬头，感觉看了一时的荠菜花，自己的眼睛竟然有些湿润了，举手抹了一把，慢慢地转过身来，去了客厅，与妻女用起早餐来。而早餐便是荠儿菜的包子，荠儿菜的拌汤，我很随意地食用着，妻却看出了我心头的异样。

妻问我，包子拌汤不好吃？

我浅浅地笑着，虽然胃口不怎么开，却不能说包子拌汤不好吃，尤其是包了荠儿菜的包子、下了荠儿菜的拌汤，怎么能不好吃呢？过去，我是特别好吃这一口的，特别是在春三月的日子，在菜市场买不到荠儿菜，我和妻就会骑了自行车，到郊县的麦田里去，剜来荠儿菜，小心地择了吃的。我剜的荠儿菜，碧绿的叶子和白色的根须上，还附带着一些细细的沙土，小心地择去黄叶，抖净沙土，用清水淘洗，就更见叶子的绿、根须的白。捞出来剁碎，拌上豆腐、粉条、鸡蛋，再加葱、姜、菜籽油，或者包成包子上锅蒸，或包成饺子下锅煮，怎么做怎么好吃。而她还有一手更绝的活儿，那就是她还会把择净的荠儿菜在滚水锅里焯过，和上细白的麦面，千般地揉，万般地搓，混合成一个绿色的面团，擀成薄薄的面片，可以切成韭菜叶子般的长面条，也可以切成三角形的旗花面，在开水锅里煮熟了，汤吃干调，可都是吃之不厌的好味道。吃了这一顿，还要想着下一顿，这是因为，荠菜不但好吃，还是一味良药，具有清热解毒、凉血止血、明目降压的作用，正如《名医别录》中所记载的：荠菜，甘温无毒，和脾利水，止血明目。

我回答妻子，好吃着哩。

妻就催逼着，那你吃呀，多吃一点。

我便连着吞了两口包子，喝了两口拌汤。吃喝毕了，我才不能忍耐地告诉妻子，阳台的荠儿菜开花了。

妻子听了，好像还有点不信，看我的神情不是说白话，转身就去了阳台，随之在阳台上发出一声惊叹。

我跟着去了，看见妻的眼神被荠菜花拉直了，脸上红扑扑的。与我一样，妻也是从农村走进城市来的，内心深处的乡土情结，使她对荠儿菜有着十分特殊的感情。我轻轻地掐了一茎散碎的荠菜花，想要插在妻的发髻上，不成想，却被妻拒绝了。

妻半嗔半喜地说："我又不是王宝钏。"

是啊，谁愿意是王宝钏呢？秦腔《五典坡》演绎的那一个故事，我不知看了多少遍，知道那位唐朝王相府的三姑娘，其性情之刚烈，世上是太少见了。父母搭起彩楼，让她抛彩选婿，闻讯而来的人，聚集在彩楼下，所能看见的可都是穿绸挂缎的王孙公子，他们伸长了脖子伸长了手，眼巴巴瞧着彩楼上站着的王宝钏。她才冠长安，貌冠长安，谁都想要得到捧在她怀里的彩球，可她偏偏地看中了躲在人后的薛平贵，破衣烂衫的他，几乎就是一个乞丐了，偏偏的，王宝钏看出了他的不凡，运了运气，把她的花彩绣球抛到了他的怀里。出身贫穷的薛平贵，虽然得到了王宝钏的定情彩球，却不能获得王相爷一家的认可。无可奈何，薛平贵当兵吃粮去了，而王宝钏心里还放不下薛平贵，执意抗拒父命，被逐出了家门，来到长安郊外的五典坡，在一孔荒弃的寒窑里住了下来，为果腹，她每日手拿一把小铁铲，去野地里剜来荠儿菜，苦苦地度过了一十八个春秋，终于等回了从军归来的薛平贵，两个相爱的人团聚在王典坡上，好一番痛哭与追念。其情其景，每一次看戏，都看得人几欲肝肠寸断，张口来也能哼唱几句：

窑门外拴战马肝肠痛断，妻望夫夫望妻擦泪不干；
三姑娘你本是千金女眷，跟随我薛平贵受尽磨难。

听我起板哼着《五典坡》中王薛苦恋的折子小唱，妻不再多看水碗里盛开的荠菜花，她低了头，从阳台上退回到客厅里，我猜得出来，妻如我初见荠菜开花时一样，眼睛该是湿润的了。

生而为人，谁都不想成为寒窑里三餐荠儿菜的王宝钏，但偏偏的却都可能成为王宝钏，不在过去，就在未来，这实在是件说不准的事啊！

山桃花

桃花是被误解了。

那年去了成都，在望江亭的薛校书（唐之才女薛涛）墓园，发现植了几棵桃树，便觉是对她的大不敬，其所隐含的轻蔑意味，是太明白不过了。因为她不幸成为一个发配益州的官伎，有了这样的身份，她的诗名，她的书名，都不重要了，就只有被轻视了。我为桃花喊冤，所依凭的首先是这件事情。

再是孔尚任《桃花扇》里的女主角李香君，其所倾心的人是复社名士侯方域，为避阉党阮大铖的迫害只身出走。李香君立誓要为侯方域守身的，恶贯满盈的阮大铖自然知晓，但他却一而再，再而三地逼迫李香君下嫁他的党羽田仰，李香君岂能从之，万般无奈，以头撞墙，额血溅扇。此扇为侯公子临别时赠予她的定情物，血溅扇面，充分地验证了两者感情的坚贞不渝。

复社社友杨龙友，夙有画名，依着扇面上的血滴，点染成几笔折枝桃花，并缀以绿叶。

我想，李香君飞溅扇面的额血，在杨龙友发挥想象点画时，应该有几个选项的，桃花是其一，还有梅花、海棠花等可以选择，无论如何，梅花的凌霜傲雪、海棠的明艳脱俗，都是众人有口皆碑的。偏偏是他，与侯方域、李香君交好的杨龙友却选择画了桃花，这叫人不能不去追索李香君的身世了，谁叫她曾是秦淮河上卖笑的名妓呢！"记否桃花留扇底，一回首处一销魂"，有人在额血点染的桃花扇上题了这样的诗句，无论是谁，想来读后，都要为之动容的，但谁又能抹去那隐匿在桃花背后的轻蔑呢？孔尚任是有心为桃花正名的，他著《桃花扇》，借李香君之名，并以兴衰黍离之思，为亡国莺花之记，用墨缠绵悱恻，用情恳切遥深，到头来，却也只能是一声悲叹，又岂能奈何传统的偏见！

　　君不见现世社会，漫天飘飞的报刊文章，哪一日少得了"桃色事件""桃色陷阱""桃花运气"等种种染上桃色的新闻？这样的新闻，总是为人所诟病，以致嚼烂舌根子。这便使我非常沮丧，知道我们民族禁忌中为桃花预设的那个形象，仅凭我的力量是很难改变得了的。这个形象，在藏族民歌里也有反映，"姑娘是生在桃花树上的吧！她的心变得比桃花还快呢！"流行极广的相书上，亦有明确的说教，认为男人桃花眼者，是好色的标志；女人桃花颊者，是克夫的象征。凄艳的桃花呀，怎么这般红颜薄命？乃至民间，又还给了与桃花同病相怜的桃木一个更为残忍的功能：避邪！哪座屋里兴妖作怪，哪座墓里作怪兴妖，现成的方法是，请来阴阳先生，斫几根桃木的橛子，钉在那座屋子和那座墓上；再还镇压不住，就要刻削桃木的妖怪，放火烧了，祈求安宁。

　　我没经历过焚烧桃妖的事情，不知道那样的方法是否真实有效。但我看得明白，所有对于桃花的误解，并没有阻碍人们对于桃花的喜爱，正如在薛涛墓周栽植桃树一样，并未低贱了薛涛的诗名和书名，反而使她长留人们的心间，成为一代万世不灭的女中英杰。

　　好了，西安的北郊种植了万亩桃林，阳春三月，正是桃花盛开的时节，我知道久居城里的人们，是很艳羡那里的明艳和鲜丽的，好几年了，都会不辞劳苦地寻了去，在接天连地的桃花丛里感慨沉醉。老实说，我该是其中最痴心的一个人。

　　西安的地理是，渭水从西流来，在这里淌过了三五十里，留下一大片的荒地，莺飞草长，便被人叫作了草滩。滩者，地老天荒之所谓也。每年秋汛起时，河水北泄南浸，就有野草没入水中，高挑挺拔的芦苇却不畏水，反而在水中生得更为茂盛，《诗经·秦风》里的《蒹葭》一段，描写的就是这里的远古情景：

蒹葭苍苍，白露为霜；

所谓伊人，在水一方。

溯洄从之，道阻且长；

溯游从之，宛在水中央。

原谅我不能把全诗都抄下来，理由是这最初的一段，便已足够我们感知这里景色的朦胧凄苍、意境的悠深飘逸。可惜时过境迁，此一时的草滩，非彼一时的草滩了，远古"蒹葭苍苍"的草滩，让位给了现在"桃之夭夭"的草滩。对于这样的变迁，我说不出悲喜，说不出愁怨，觉得"蒹葭苍苍"的草滩很好，"桃之夭夭"的草滩也不错。

现在，我就身在万亩桃林里，衣裳染上了桃红，脸颊染上桃红，就是风儿吹得散散的头发上，也染上了灼灼的桃红。

身染桃红的我，在拍了几张小照后，飞扬的思绪扑啦啦跃过了日新月异的西安城，去了城南郊的一处名为"桃花庵"的地方。郁郁寡欢的崔护，在大唐长安的诗坛实在算不上个了不起的人物，泱泱《三百首》的唐诗竟然也不收他一首诗；而其时，他的政治命运也不怎么顺畅，闷着头出门踏青，这就到了桃花庵，侥幸邂逅了一位山野村姑。当然，自恃才学超群的崔护，不会完全倾情于这位村姑的，他只是把她当作生命中一次偶然的艳遇，转身回了长安城的宅院里，求诗名而不能得，求官声而不能达，依然地郁郁寡欢，就又无可奈何地过了一年，到了春暖花开时节，心眼里蓦然又浮出那个桃花庵里清纯宜人的山野村姑。于是，就又走上了出城踏青的阡陌，应该说，这时的崔护，心是欢愉的，情是急切的，然而等待着他的，却是一盆兜头浇来的凉水，他思念着的山野村姑已经不见了踪影，是嫁作了他人妇？还是病笃而逝？真个叫崔护牵肠挂肚，心如刀绞了，踯躅在桃花庵里的桃花树下，心意儿蹉跎，情意儿癫迷，当场吟诵出一首经久不衰的唐诗绝唱。诗曰：

去年今日此门中，人面桃花相映红；

人面不知何处去，桃花依旧笑春风。

凭着这首小诗，落第秀才崔护顺利地跻列群星璀璨的盛唐诗人群中，不能不说他是染了桃花的颜色，沾了桃花的光彩，是绚烂的桃花激活了他紧闭的诗心。

不独崔护痴迷于桃花，还有诗仙李白，就曾留下"桃李出深井，花艳惊上春"的诗句；还有诗圣杜甫，也曾留下"桃花一簇开无主，可爱深红爱浅红"的诗句；稍后一点的王维，亦曾情不自禁地写下"雨中草色绿堪染，水上桃花红欲燃"的诗句，厚厚的一本全唐诗，有多少诗人歌赞了桃花，我没有研究统计，但我敢说，绝不只是我所提到的这三位，他们只是众多状写桃花的诗人代表而已。

有宋一朝，诗人与词人，在桃花树下的抒怀，比之于盛世大唐，似乎有过之而无不及。著名如欧阳修者，便按捺不住他欣悦的心情赞美桃花了："蕙兰有恨枝犹绿，桃李无言花自红"；著名如苏东坡者，亦然不能抑制他激荡的心绪歌颂桃花了："野桃含笑竹篱短，溪柳自摇沙水清"；再是著名如徐府者，怕是坐了船要去访友，或是探亲，总之，他的心情是欣欣然的，看看沿江盛开的桃花，禁不住咏诗而赞："夹岸桃花蘸水开"，他们的心性，他们的情感，不加掩饰地融入明艳的、丰腴的、富于质感的桃花了。

其不绝如缕的人文关怀，还原了桃花的本色。

似乎还不只是他们，往前数更有东晋朝领一代隐士风流的陶渊明之于桃花，其心贴得似更近些，其情化得更浓些。看到过史学家陈寅恪先生写的一篇《桃花源记旁证》的文章，以为陶渊明的远祖陶侃"少时作渔梁丈"，在"寻阳西南一带取鱼"，"杂处五溪之内"，被同时人温峤称为"溪狗"。而湖广之地，史载为避汉末以后频繁的战乱，多有世居深山，持险而守，不与外人交通的"幽邃民人"。这一番旁证，陈先生想要告诉我们的是，桃花源并非人们惯常所以为的一个幻想中的理想国，是厌恶了世情的陶渊明为自己描画的一处聊以自慰的乌托邦。

如此说来，陶渊明的避世，仅只能是避其身，而不避其心的。他的心之于桃花源，是把"土地平旷，屋舍俨然，有良田、美池、桑竹之属；阡陌交通，鸡犬相闻"的桃花源当作自己生命的情人，尤其是火热的、恣意张扬的桃花，就更是灿烂在他心尖尖上的肉，是须臾不可舍的，正像《红楼梦》里写的那样，"桃花帘外东风软，桃花帘内晨妆懒。帘外桃花帘内人，人与桃花隔不远。"是啊！深情于桃花源的陶渊明，又岂能与桃花相隔绝呢？他凄迷的眼睛，就满是健康活泼、色艺双全、不忍玷污、不能玷污的桃花了，秘藏于内心深处，但随时光的流转，那一岁一枯荣的桃花，就成了水，成了女人，成了艳情、幽情、凄情、悲情的酒曲，发酵着，不断发酵，就成了醉人的美酒，深陷其中，而不思自拔。

官场失意的陶渊明小隐于山，梦断桃花源，而他千年后的唐伯虎，似乎也未能仕途畅达，失望时心死桃花岛，吟诵出"姑苏城外一茅屋，万树桃花月满天"的洒脱以及"酒醒只在花前坐，酒醉还来花下眠"的无奈。风流倜傥的唐伯虎，大半生贫困潦倒，你让他怎么办？肆无忌惮地吟唱桃花，并且把他借以栖身的茅草屋也命名为"桃花庵"，就不能不说是一种反抗了。

我赞成这样的反抗，如陶渊明之隐身桃花源，唐伯虎之避世桃花岛。如此，我就有些明白，桃花原来是开给失意人的，是失意人残存在心头的那一抹不能隐退的艳红。

那么像我一样的俗人呢，其实也有割舍不了的桃花情结。自然地，这个情结不同于旧时文人的凄迷，不同于民间传统的轻慢，而带着十分浓厚的山野趣味。知道果实的桃子，很像人的一颗颗心脏，痴情男女表达自己的感情时，会送给对方一只桃子，而要给我们的前辈做寿，需要敬献的还是一只桃子。

植物的桃树，有着一个奇特的功能，它在把明艳的花朵和甘美的果实高举奉献出来时，却把体内的毒素悄悄地排入根梢，久而久之，它自己先会中毒，以至枯败。自甘毒害的桃树，不惧它的枯败，迎着春的气息，踏踏实实地生着，勤勤恳恳地开着。在古城北郊的桃林里，涌动着的人潮，莫不为那艳红的桃花而陶醉。我夹在游人之中，看见桃林边上走着几个农人，兀自扛着犁仗，举起他们亲切的巴掌，拍打着健硕的黄牛。那人那牛，拍打之间，表现出的都是一种撒娇的姿态，人为牛而撒娇，牛为人而撒娇，在漫天遍地的桃花色里，显得既隔生又和谐。

在城市的郊区，这样的情景已很少见了。我被吸引着，走出了桃林，尾随他们走到一处春草泛滥的空地上，看着他们吆牛拉犁，劈开泥土，把一粒一粒玉米种子埋进地里的劳动。点种人是一位身穿桃红色衫子的少妇，她挎在肘弯上的竹篮子，插着她折来的两枝桃花，一步一颤悠，映着她的脸颊，仿佛她的脸上开着娇艳的桃花。

扶犁的男子问我了："来看桃花的吧？"

我应着："是哩。"

男子又说："看桃花哪比得上吃桃花？"

我惊讶了！

男子笑了笑，说："没吃过吧？不要紧，待我把这几行早玉米种了，你跟我去，让我家里给你做个汤余桃花鱼，保你吃得一头汗。"

一旁默不作声的少妇，受了鼓舞，也开口说话了："人家什么没吃过，新鲜咱那一口桃花鱼！"

我怕被拒绝，话赶着话，说："新鲜，咋能不新鲜呢？"

果然是新鲜的，果然吃了我一头的汗。

而我也确实吃出了桃花鱼的味道，是有非凡的地方，那便是桃花的作用了。在湖北的秭归，我是吃过一道桃花鱼的名菜，还问了那个菜的做法，其实并不复杂，先将鱼洗净淋干，用葱姜汁、盐、绍酒腌至全无腥味；再烧一锅鸡汤，把鸡肉茸和黄颡鱼茸分别挤在桃花鱼上，下汤锅余熟，待浮起，放一把嫩绿豆苗点缀成趣。这是一个过去了许多年的记忆，而且还在心里存了一份疑惑，不晓得秭归的人何以把这道菜呼为桃花鱼。因为吃净了鱼肉，喝干了鱼汤，是不见一瓣桃花的。而在古城北郊的这户农家，吃到的桃花鱼就不同了，感觉比在秭归吃到的还要鲜一些，是因为下汤余熟浮起的一整条鱼脊上，撒放着的嫩豆苗上，还点缀了亮红的桃花吧！

一定是这样了。

当然还有别的一些不同，秭归的桃花鱼用汤为鸡架所熬制，古城北郊农家的桃花鱼用汤却为羊骨所熬制。这使我想起古人发明汉字所造的那个"鲜"字，分拆开来，不就是一"鱼"一"羊"吗？鱼＋羊＝鲜，如此一分一合，妙趣尽在其中，而再配上烂漫的桃花，焉有不叫人沉迷的道理！

柿子花

真的是一朵花呢，向天招摇着一抹迷人的艳红。

但我要说，那不是花，只是一个留在柿树顶上的柿子。这是乡间的一个习俗，无论扶风、岐山、凤翔的西府，无论合阳、澄县、韩城的东府，纯朴的乡民，都很自觉地遵守着这样的习俗，在摘卸柿子树上的果实时，都不忘在柿树顶上留下一个。

读中学的女儿显然是被柿树顶上的柿子迷惑了，惊诧地赞叹：多么凄艳的一朵花。

我笑了，告诉女儿，那不是花，那是一个柿子。

女儿的心头震颤了。但她似有疑虑，举头看着柿树顶上孤独的红柿子。已是深冬时节，柿树上的叶子全都落尽了，光秃秃的枝干上，承受着一场大雪的累积，绒绒的积雪，使黑黝黝的柿树枝杆多了一重银色的装饰，愈发地显出柿树的苍古与博大。雪花还在飘舞，满世界银装素裹的模样，招摇在树顶上的柿子，因为雪的缘故，就更显得触目惊心，妩媚妖娆。

我给女儿说了，人不能贪心，要懂得感恩。卸柿子时留下一个，就是感恩天的惠赐，是敬天的。

女儿嘴里喃喃地，哦，敬天！

我说，是啊，敬天。

女儿的神态和我一样，就都有些肃然。同样的问题，乾隆朝的状元王杰，向他孝劳的乾隆爷也讲述过。可以想象，他在讲述时的样子，其神态一定也是肃然的。从韩城乡下的一介学子，鲤鱼跃过龙门，成为乾隆的御前大臣，王杰有这样的身份，有这样的条件与乾隆拉几句闲话的。他想起老家的柿子树，想起了柿子树上留着敬天的柿子。学富五车的王杰就很为家乡的这一风俗而骄傲了。

怎么个骄傲法呢？

还真不是一两句话就能说得清，就只有难以讨好地再现历史了。骄傲的王杰一拍他的大腿，跪下身子，叩谢乾隆皇帝，说，托圣上的福，我们韩城那个地方，民风淳厚，善于经营土地，千百年来，广植柿子树。民谚说得好，旱天涝地，柿子树不亏。啥意思呢？圣上，请听我说，就是摊上啥样的灾害，柿子树照样结柿子，所谓铁杆庄稼矣。而且还不影响树下种麦子，经冬过夏，一样样的，都是好收成。

爱听好话的乾隆皇帝，当下龙颜大悦，嘱王杰起来说话。

当然，乾隆皇帝还有他的问题，听王爱卿之言，你们韩城是天上收一料，地上收一料了？

王杰点头称诺。

乾隆皇帝就有御旨从口中说出来了，朝廷做事，以公平为上。既然你们韩城天上有收成，地上有收成，那就不能只收地上的税，放了天上的税。过去的不追究了，从今往后，对你们韩城，天上、地上都纳税。

王杰不傻。我相信哪怕是一个傻瓜，也不会出卖自己的父老乡亲，在漫长的日子里，多纳一份不该承担的皇粮国税。然而，王杰的一句骄傲话，造成这样一个结局，他一定是始料不及的。

他会心虚流汗吗？我们今天的人不得而知，但可以猜想，他肯定是懊悔的，肯定是尴尬的。而且还可以肯定地说，他脸上的神采是巴结的，是献媚的……差不多所有做官为宦者，在这样的情况，都只会是这样一种模样。

王杰还有话说，说了留在柿树顶上的柿子。

具体的说辞，在今天已没法复述了。我们只有想象，文采斐然的王杰，绝对是动了情了，绝对是挑拣了一些好听的词儿，告诉乾隆爷，柿子树上留个柿子，是用以敬天的。

谁是天呢？乾隆爷呀，您就是天啊！

然而，能起什么作用呢？想要乾隆收回成命，不收韩城的双茬税吗？金口玉言，乾隆爷高兴听王杰恭敬他的话，却没有收回征收韩城双茬税的御旨，无辜的韩城百姓，因为他们的状元公王杰的一句话，悲苦不堪地多背了一个沉重负担。

一九八六年的深秋，我随杜鹏程先生去他们韩城故里，看到满山遍野红透了的柿子，听杜老说了这个故事。杜老说得一本正经，不像一个传说。可我至今认为，那只是一个传说。但接着，博闻多识的杜老又说了一个人，这个人叫党崇雅，与王杰同朝为官，因为他是西府人，杜老便笑言你们西府人心眼稠，不像韩城人，老实吃大亏。

杜老说得不错，我是西府人，但不是所有西府人的心眼都多。如党崇雅者，或许只是西府人的一个特例。

特例的党崇雅，不会听不到乾隆爷与王杰有关柿子树的闲聊，心里就想，如果他也有幸，与乾隆爷聊起他的故乡，他该怎么说呢？这个问题还闷在他的心里，想不出个所以然时，乾隆爷就召见了他，向他问了别的问题后，话锋一转，就又说到了柿子树的话头上了。乾隆爷的心情还沉浸在王杰老家地上收一料，天上收一料的奇妙景象，便问党崇雅，你与王杰乡里乡党，你们那里怎么样？也有柿子树吗？也是地上收一料，天上收一料吗？

不等乾隆爷的话说完，党崇雅便跪倒地上，声音哽咽地说，微臣要让圣上失望了。十里水土不同，臣与王杰的家隔着几百里地，他们那里的情况如何，臣不敢乱说，臣只晓得自己的家乡，虽然也有柿子树栽植，但做不到地上收一料，天上收一料。不过，臣的家乡也有一样好东西，长好了有半人高，吃起来又脆又甜，不比梨儿差。

乾隆爷同情上党崇雅了，听他这么说便问，是个什么好东西？

党崇雅回了话，大白萝卜。

乾隆爷笑了，心想，我还以为啥稀罕物儿。但他正发着同情心，随口对党崇雅说，方便的话，可给朕捎来几根，叫朕也尝上一口。

皇帝的话不是随便说的，党崇雅领旨谢恩，把话传到他的故里西府，选了几个人，扛着大白萝卜进京来了。来的是怎样的几个人呢？说出来怕笑破了大家的肚皮，都是西府山里患了柳拐子病的人，身长不足三尺，而且又瘸又跛，有的在脖子上，还扛着个大得吓人的瘿瓜瓜。这样一支人马，上得紫禁城的太和大殿，把萝卜贡献给乾隆爷时，大家可以想象乾隆的举动，先是吃惊，再是伤情。

"慈悲为怀"的乾隆爷大大地发了一回同情心，他让进京贡献的西府使者，好生在京将养了一些日子，回去后，只管经营好自家的日子，如果也要交纳皇粮国税，那么从今往后，全都免了，不再交纳了。

胡碰乱撞，横插进来的两则故事，如党崇雅的大白萝卜，只能说仅有些插科打诨的味道，而王杰的柿子就不同了，就是一个很好的证明，证明上不得大席面柿子，之于老百姓的生活，还是不能轻视的。

栽植了柿子树的关中农村，确如王杰所总结的，地上收一料，天上收一料。天上收获的柿子，虽然不能作为主食对待，却也不能否认，作为一种副食还是很有资格的。

西安回民坊的油炸柿子饼，就很受人们推崇，如我一般，时常会拐进西城区的回民坊里，寻着柿子饼的踪迹，掏钱买来一个两个，也不挪窝，一边品尝柿子饼的甜香，一边欣赏炸制柿子饼的技巧，感觉真是好不开心。搅稀了，和糖了，再选上好的白面，一点一点地掺进柿子糊里，边掺边搅，搅匀了，合量了，备在一边，就等着生炉子架锅，热油炸制了。看得见的工具，有白铁敲的几个圆形提子，全都锡焊了一根长长的铁丝弯柄，半指高的口沿上，又都匀称地敲上一圈花式凹槽，拍上一团柿面的糊儿，沉入油锅炸了，提出来，黄灿灿架在油锅沿支着的两根同样黄灿灿的铁筷子上，沥去多余的油渍就等着顾客来买了。

以往探亲回家，给年老的母亲，都要买些柿子饼带上。我知道母亲稀罕那一口。然而母亲不会白吃我带的柿子饼，到我要回城里时，她又会把她制作的、挂着一层白霜的另一种柿子饼，装上一大包让我带走。母亲的柿子饼，用现在的话说是纯天然的绿色食品。既不需要掺进面粉，更不需要油炸，只在柿子初红的时节，摘下来削了皮，摊在屋面的青瓦上晾晒，也不要晒得太软，差不多能够压成圆圆的一个饼子，收起来，窝在一口瓦缸里，和泥封了缸口，十天半月的样子，挂霜凝糖的柿子饼就能入口了。城里的妻女自然也稀罕母亲的这一口。

事有蹊跷，明知道母亲嘴上的福气，稀罕西安回民坊的油炸柿子饼，却在母亲病重辞世的那一次回家，忘了去买，但母亲没有忘，弥留之际，给我说的话里，就有一句"柿子饼太好吃"的话。当时我便哭得跪在地上，悔恨自己没能叫母亲吃上最后一口油炸柿子饼。

以后，我能做的是在祭奠母亲的日子里，带回一些油炸柿子饼，供献在母亲香烛袅袅的灵位前。

油炸柿子饼好吃，但毕竟奢侈了些。老百姓俭省的心里，是舍不得那样消费的，简单的办法是，在柿子将熟未熟时，卸下一笼半笼，暖在大黑锅，淡淡地点上一把火，暖上一个黑天，拔除了涩味，就是一种享受了。

还别说，这样的食法是很能顶些饥饱的。

生活在西府的农村，我是经历过几个荒年的。好像到了荒年，才更能显示柿子的身份。天旱不怕，旱得死地上的庄稼，旱不了柿树上的收成。为了果腹，饥饿的人们就都在柿子上大做文章了。暖吃青柿子是一种方法，熟红了，蛋糖了，捏着吃软柿子是另一种方法，而更为叫绝的方法是拌着炒面吃。在我的记忆里，粮食不够时，母亲就把采来的灰条、蒿籽、麦皮、醋糟等物加上三把两把的白豆、黑豆炒干了，混合在一起，摊在石碾上粉碎成炒面糊口。这样的炒面太难下咽了。拧着眉头灌进肚子，响屁连天，但就是不下来，憋在肠胃里一天两天还能捱，三天就不能了，就生出沉塘跳沟的心了。好在母亲会想办法，她把软柿子卧在炒面里，搅和了吃就不难吃了，不仅不难吃，还使肠胃得到润滑，把肚子里的积食很顺利地排了出来。

历历还在眼前的一个情景是，在我酣畅淋漓排出积食的时候，一直愁苦着脸儿的母亲笑了，她甚至不无得意地唱了一首我此前从没听过的歌谣：

柿子花，黄又黄，苦涩果儿待秋霜；
霜降柿饼过年用，小年祭完大年尝。

《柿子花》的歌谣，在母亲嘴里一经唱出，我便喜欢得不得了，缠着母亲教给我唱。母亲去世了，可她教唱的歌谣不会去世，现在我把《柿子花》的歌谣又教了我的女儿，相信我的女儿还会教给她的后来人。

母亲去世在深秋，距离柿子树开花还有一个漫长的冬季，来年春风一吹，满树柿叶碧透的日子，会有点点微黄点缀其中，那便是柿子花了。一个柿子花就是一个柿子果，花在柿子果的头上顶着，随着柿子果的一天天长大，柿子花就会坠落地上，那个有着四个棱角的样子，虽然不大，却极肥厚，很有一些温润的玉的质地。常常地，就有爱美的婆娘女子捡了起来，穿成串儿，当作项链戴在孩童的脖子上，倒也十分耐看。

母亲的坟就在一棵苍古的柿树下。深冬时节，西府的风俗是要给母亲添衣裳的，我和女儿就是赶着这个时节回到故乡的。在去母亲坟头的路上，莽莽苍苍地生着一棵一棵的柿树，虽然不成林子，却也很有规模，一棵一棵的柿树顶上，就都留着一个一个鲜红的柿子。女儿没有见过如玉一般嫩黄的柿子花，就把敬天的柿子当作花了。

也确实是，孤零零挑在柿树尖上的敬天柿子，倒真是比实在的柿子花更像一朵花，一朵叫人心旗摇荡的花啊！

小麦花

侄子西夏的案头，有一束未及变色的麦穗，插在一个白瓷花桶里，绿蓁蓁地，虽然干得冒烟，却还保留着本初的模样，便是麦穗上的花儿，繁如米粒，亦如生着时一般鲜活。

我去西夏的家里串门，一眼看见了那束麦穗，心跳立即变得快了起来。

我听西夏说过，那是他父亲在最后的日子里种下的。父亲那个时候好好的，能吃能喝，也睡得着觉，却在秋后种下那一季麦子后，给西夏不无感伤地说，我怕是吃不上这一茬新麦了。西夏埋怨父亲瞎说八道，你种的麦子你吃不上谁吃得上？别是嫌我们做小的不孝顺吧。父亲笑着摇了头，说他不冤枉儿孙，他已经很知足了。再说活人总有个头的，生世能吃几料麦子都是命定的，我吃够了，多吃就是糟蹋。西夏挡不住父亲的说叨，可也没把父亲的话当回事。但他哪里知道，父亲竟一语成谶，在小麦吐穗扬花的日子，给西夏捎话说，他要走了，果然就走了，果然没能吃上那一茬新麦。

西夏回家安埋父亲，把他坟头要占的那一块地上的麦穗掐了一束，用一根深绿色的丝带扎了，带回到他的案头，说他看见麦穗，就能看见父亲。愁苦一生的父亲，才五十多岁，就像这一束麦穗一样，还没有熟黄就走了，这成了西夏心头一个挥之不去的痛。

绿干了！西夏给我说这话时，一脸的悲凄感伤。

我便想，这怪不得西夏的父亲，也怪不得西夏，是谁也怪不得的。如一个人，活着贪一口好吃，贪一口好喝，结果能贪到什么？任啥都贪不来，正如西夏父亲说的那样。还有就像官场，有人是很贪恋权位的，但都没办法，年龄一到，立即走人。

我这么劝说西夏，使西夏的心好受了些。

西夏还说，他父亲就是这么说的。

然而我的心，却因为令侄西夏案头的那一束麦穗沉重了起来，时常地，眼前总会有那绿干了的麦穗在摇曳……摇曳成一堆小山似的麦秸垛。

多么熟悉的麦秸垛啊！

我和西夏的父亲扛着木杈，端着簸箕，提着扫帚，到大集体的麦秸垛里抖麦草来了。这是一个程序，每年在麦收之后，村里的孩娃都会来抖麦草的，不为别的，只为能在碾收过的破麦草里抖出些麦粒儿来。

这太重要了，必须是碾收过的破麦草，如不然，来抖麦草就是犯罪了，不仅村上人不答应，严厉的社会制度也不答应。碾收过的破麦草就不同了，就可以自由地去抖了，一遍两遍地抖，都没人说啥，反而会夸你有眼色，勤劳节俭。

西夏的父亲是积极的，吆喝我来的时候，麦秸垛旁还没有别的孩娃，可在我们选择了一个地方开始抖麦草时，呼啦啦来了一大群，村里差不多像我和西夏父亲一般大的孩娃都来了，这使我相信，这几天的村小教室里，除了孤独的老师外，不会再有一个学生了。好在麦秸垛很大，打麦场很大，来抖麦草的孩娃都能有所得，紧张有序地抖麦草了。

这是一场竞争，不亚于虎口夺食的竞争呢。

尽管木杈抖、簸箕颠、扫帚漫，一场激烈的竞争下来，并不能取得多少收获，但只要参与了，小小的心都会十分激动，情绪跟着也会亢奋起来。后来，我一次次地回想抖麦草的场面，感觉自己在命运面前敢于竞争，永不服输的那点劲头，就是在抖麦草的过程中锻炼出来的。

当然了，抖麦草也是一个技术活，小山似的麦秸垛，不是谁的杈头欢，谁就能获得好收成，往往是，谁会抖，抖得合窍，抖在了地方上，谁的收成就一定好。像我，就大不如西夏父亲，我在破麦草里像头撒欢的牛犊，干得满头大汗，抖过的麦草比西夏父亲要大好几倍，却绝对不及西夏父亲有成效，也就是说我能抖出一把的麦粒，西夏父亲肯定会抖出一升的麦粒。

我想说，我是个好动脑筋的孩子，渐渐地看出了些门道。西夏父亲抖的麦草少，获得的麦粒多，原因是西夏父亲不上麦秸垛的梢子上抖，他总是选在麦秸垛的根子上，一木杈一木杈地抖，一簸箕一簸箕地颠，一扫帚一扫帚地漫……好像碾收过的破麦草里剩余的麦粒就都在麦秸垛的根子上。

我给西夏父亲置气了，说他不教我抖麦草，尽让我枉费功夫。

西夏父亲却不恼，笑说我怎么枉费功夫了？你没有哩，没你在麦秸垛的梢子上抖，哪里就有我麦秸垛根子上的收成。

我释然了，觉得西夏父亲说得对，也便不嫌自己的收成少，在麦秸垛的梢子上抖得就更欢实了。

自然是，到了最后，西夏的父亲会把他收拾出来的麦粒场分我一些，使我们拿回家去，都能得到夸赞。

也就在这时候，我在小学的课堂上学习了唐人李绅《悯农》诗中的锄禾四句：

锄禾日当午，汗滴禾下土；
谁知盘中餐，粒粒皆辛苦。

在麦草里抖过麦粒的我，被诗人深深地感动了。我便想一个人不能设身处地感受粮食的不易，绝对写不出这么动人心魄的诗句来。

农作物中，小麦的生长期是最长的一种，从一粒籽长成一棵苗，首先要经历一个漫长的冬季，冰冻雪压，直到春暖花开，才会起身拔节，扬花落浆……可以说，小麦是最具备沧桑感的庄稼。

有过一段务农经历的我，知道庄稼活里的"摇耧撒籽摞垛子，扬场折项旋筛子"是最见功夫的，谁掌握了这几样技巧，谁就是庄稼把式，谁就有主导权。为此，我敢骄傲地说，我做得就不差，有板有眼，毫不含糊，很是受人赞许，虽然嘴上没毛，却已豪迈地做了村里的领头人，带着大家奔日子了。

侄子西夏的父亲也是一个庄稼行里的把式。他虽然比我长两岁，却趣味相投，不论是在学校读书，还是回村劳动，我们走得总是最近。便是孩娃时期，我们在大场上抖麦草，有着颗粒归仓的喜悦，同时更有一种游戏的快乐。

那时的乡村，是没有什么好玩的，抽猴，打尜，滚铁环，除此之外，孩娃们现在玩的篮球足球乒乓球是绝对没有的，没有那样的球，也没有那样的场地，而打麦场该是最为理想的游乐场了。

在打麦场上欢欢实实地抖上一阵麦草，抖得无趣时，就在抖得铺了一场的麦草上翻跟头、斗鸡公，玩得不已乐乎。哪怕是翻倒的人，斗败的人，跌在麦草上也是不怕摔伤的。

我不咋擅长激烈的游戏，常常打不了几个回合，定会摔在麦草上起不来，倒是西夏的父亲是此道的英雄，在我落败后，他会跃然而起，与打败我的人交手，自然地，他会打得一鼓作气，直把对方打扒为止。是这样，我们读完中学，在没有书读后，又回到村里，成了一对合格的农民。

深秋时节，该是播种小麦的日子。

我起早贪黑，吆喝着大家赶时播种，生怕误了时日。有句农谚说得好，"人哄地一时，地哄人一年"，在这节骨眼上，谁不是火烧屁股得急。然而，怎么急，我还是能够体会到几分伤感的气息。这是深秋的气息呀！风已经冷了，霜已经下了，田野一片肃杀之气。我跟在一头牛的屁股后边，机械地摇着犁耧……咣当当，咣当当……西夏的父亲也是，跟在一头牛的屁股后边，机械地摇着犁耧……咣当当，咣当当……无休无止地播着麦种，脚下踩着落叶，踩着枯死的杂草，过不了几日，针尖般的麦针就从这些落叶败草中刺出头来，密匝匝开始一场新的生命之旅。

一场一场的雪润……

一场一场的雨浸……

一场一场的风袭……

小麦这就成熟了……成熟为人们灶台上的一日三餐。

不期然地，我得了一个离家的机会，到省城的西安读书来了。临别的前夜，我找西夏的父亲告别，却找他不见。第二天徒步走了七里地，到公路边等汽车，竟然发现了西夏的父亲。他早已等在了权作汽车站的一棵大树下，焦急地望着我的来路，当我们四目相对时，我看见西夏父亲的眼里蓄满了晶亮的泪水。

我在西夏父亲的前胸捶了一拳，他也向我的前胸还了一拳，之后就都不再说话，直到汽车如一头老牛，喘着粗气而来，我挤了上去，汽车又喘着粗气开走，拐了一个弯，看不见西夏父亲时，才觉得右手提着一个沉甸甸的布包。这是西夏父亲送给我的临别礼。我回想着，不知道什么时候，怎么的从他的手上转到我的手上。我就那么提着，一直提到我读书的大学，打开来，发现是烙的一袋硬面锅盔。

家乡的硬面锅盔厚度在五寸以上，直径一尺五寸，一袋面五十斤，起旺发到，臂揉杠排，不是力可拔山的壮汉，奈何不了那巨大的一团面。揉到了，排实了，收在一口生铁大锅里，就要有一个心细的女子掌火。炭火不能用，柴火也不能用，能用的就只有麦草火了，而且不能使大火，一撮一撮地，把破麦秸捋成细长的把子，在铁锅下分开烧，一把火烧在锅底左首，另一把火就要烧在锅底的右首，烧过两把火，还要停一阵，只用锅底明明灭灭的不死灰，慢慢地热烙，打天黑烙到天明，才能烙熟一个硬面锅盔。

那时的西夏父亲还没有婚娶，就自己和年迈的母亲苦熬日月。他给我烙硬面锅盔，想来是在年迈母亲的指导下烙出来的。

我在大学嚼着他烙的硬面锅盔，想着他送别我时的灰头土脸，总觉心头有一种无法言说的温暖。

一直在家的西夏父亲后来学成了厨艺，成为西府老家很有名头的厨师，谁家遇着红、白大事，首先想到的就是请他上厨，他也总能让红、白宴席得到众人的满意。

他做的宴席，最叫响的又自然是以小麦面粉为主的面食了。

小麦与西夏的父亲，水乳交融，让我见到他时会想起小麦，看到小麦时会想起他。他走了，不再作务小麦，也不再吃用小麦了。但他有一个好儿子西夏，他爱着农民的父亲，知道父亲倾注了毕生的心血，作务着养活了我们的小麦，直到他生命的最后一刻。我不用多问西夏，也能知道他在剪下父亲未能吃到嘴里的青麦穗时，眼里一定是含着泪花的，就像他案头插着的麦穗上繁如星斗的小麦花一般，亮晶晶，扑闪闪，悬垂在儿孙的心头，是永远都不会淡漠的了。

我向侄子西夏讨了几穗青干了的小麦穗，小心地带回家来，像西夏一样，找来一条深绿色的丝带，扎成一束，插在书案一角的花瓶里，让我总有机会闻到小麦的清香。

玉米花

　　生就的一副贱肚肠，吃不了好的，见吃即烦，就不思再吃了。譬如鲍翅，该是很好吃吧？我就吃不了，硬着头皮吃下去，准保肚子胀，隔日肯定拉肚子。譬如肥猪肉，该是很好吃吧？我就吃不了，硬着头皮吃下去，准保高血脂，隔日肯定血压升。这么比方，知道有人要骂的，骂我烧包是轻，重了就要骂我亏先人。能有啥办法呢？好吃好喝消受不了还就干急消受不了，人家要骂，我的手长捂不住人家的嘴，也就只能听任人家叫骂了。

　　但我爱喝玉米糁子，吃喝了半辈子，怎么吃怎么喝怎么不烦，把我踏踏实实吃成个玉米的肚肠了。

　　玉米糁子好，在关中道里，我想绝不会只是我一个人的感受，问过许多人，差不多都说好。就是在大东北，那里人也说玉米好，当然用在吃上，他们不叫玉米糁子，叫苞米碴子、大碴子、小碴子、大小混合了的碴子，它是东北人厨房里的绝对主食。再就是河南、河北、山东、山西、湖南、湖北、广东、广西等等更为广泛的地区，莫不认为玉米好，只是用在吃上，不叫关中的糁子，东北的碴子，而是叫粥。这是他们的习惯，一切颗粒状的食物，熬着吃的都叫粥，例如大米，熬的就是大米粥；例如小米，熬的就是小米粥。同样的道理，是玉米，熬的就叫玉米粥。叫法虽有不同，吃法却无大差异，文文的火熬着，熬得黏黏的、油油的，盛到碗里，端着就能喝了，大喝特喝时，闻得到飘散的炊烟，竟也香喷喷地好闻。

不晓得东北的玉米糁子和其他地方的玉米粥，在文火熬着的时候，可还要混上红薯、南瓜、土豆或者是黄豆、红豆、绿豆、蚕豆、熊猫豆等杂食一块熬？总之，我生活的关中道里，在熬玉米糁子时，厨房里有红薯，就把红薯剁成块，混在玉米糁子里熬；有南瓜，就把南瓜剁了块，混在玉米糁子里熬；同样的道理，有黄豆、红豆、绿豆等别的什么豆儿，也就淘了洗了，混进玉米糁子里熬。这样混合着熬，吃来仿佛更提味，也就是说玉米糁子吸收了红薯、南瓜、土豆以及黄豆、红豆、绿豆等别的什么豆的味，而红薯、南瓜、土豆以及黄豆、红豆、绿豆等别的什么豆吸收了玉米糁子的味，互相吸收，互相补充，一个平平常常的玉米糁子，竟然可以吃出百样百味来。

我感动着玉米，感动着玉米糁子。

但这种感动在我的记忆中，曾有那么一段失色的日子。我想，那是我们喝玉米糁子太多的缘故，早起是小颗玉米糁子，中午是大颗玉米糁子，晚上是早起剩下的小颗玉米糁子和中午剩下的大颗玉米糁子煎在一起的玉米糁子。今日是这样，明日是这样，后日还是这样，日日都是这样，哪有不让人反胃的？看见了锅灶上的玉米糁子，心是烦的，眼就跟着发直，所以就特别盼望过年。因为只有过年时，锅灶上才会加进细米白面，让人清汤寡水的肚子，补充些难得一见的油水。

那个日子过去了。

是随着我进城的日子过去的，心想，从此就该告别玉米糁子的肚肠了。其实不然，吃喝了一些日子的大鱼大肉、细米白面，就又思念起玉米糁子了，感觉热热乎乎的玉米糁子，其实是比别的吃喝更暖胃、更舒坦，特别是新打下的玉米磨成的糁子。像是奶茶、藕粉、豆奶粉、花生乳一般，营养是有了，但却不比玉米糁子好吃。一家人围坐起来，就着一盘咸菜，或是一盘红白萝卜丝，"吱溜溜""哗啦啦""唏哩哩"地吃喝着，简直比得上一曲绝妙的天伦之乐。

不瞒大家说，在我身体欠佳，或是情绪不好的时候，就更是想那一口吃喝不厌的玉米糁子，热烫烫吃喝到嘴里，再从喉管慢慢地滑进肚肠，什么身体欠佳，什么情绪不好，就都没了影踪。于是，在亲朋好友聚餐吃得嘴上起泡时，在酷暑漫漫，或是寒流滚滚时，在乡情塞胸步履不能移转时，我都会熬上一锅玉米糁子来吃喝，响响亮亮地吃喝着，就会感到身心在饱满，舒服着并踏实着，就想到漫天蔽日的玉米地里去，为蓬蓬勃勃生长着的大玉米鞠上深深的一躬。

这样的机会说来就来，我供职的报社接到一个任务，要去郊县采访一位玉米育种专家。毫不客气地，我揽下了这个任务，带着派给我的实习记者小苗便上路了。

小苗是在城里长大的娃，到乡下来，看什么都新鲜，车过一个村庄时，惊飞了几只刨食的老母鸡，高高地飞在一人多高的玉米秆顶上，飞得不见了踪影，她便诧异莫名地叫起来：鸡飞了！啊呀，乡下的鸡能飞！惹得我嗬嗬一阵大笑，但我知道不是嘲笑，城里的鸡确实不会飞，也没条件飞，机械化笼养的鸡，把它飞的功能慢慢地蜕化掉了。小苗停不了她的嘴巴，惹我大笑一场后亦不为然，又说玉米地像是海洋一般，我们奔驰在乡间道路上的汽车，就如一只船儿，哪儿是个头呢？的确是没头啊，正在玉米的生长季节，天底下就都是玉米地了。听玉米种植专家讲过，人类的成长过程，就是伴随着玉米的种植过程一起走来的，也就是说，从人类懂得以植物的种子充饥时起，玉米即与人同在。一九六四年，一个叫麦克尼的人，在距今七千年的墨西哥南部特瓦坎山谷史前人类居住过的洞穴里，发现了一些保存完好的野生玉米穗轴；另有考证表明，差不多同一时期，生息于南美洲的印第安人，也已经开始种植玉米了，可爱的玉米，堪称为人类发展做出最大贡献的一种植物。可以说，现在的地球上，不论是平川，还是高原，不论是盆地，还是高山，无一例外地种植着玉米，它是植物中与人类至为密切的一种。

正像小苗说的，玉米地是一片海洋，不见头。同样的道理，不见尽头的海洋是由一滴一滴的水构成的，不见尽头的玉米地则是由一棵一棵的玉米构成的。一棵玉米的叶子在风中舞动起来，许多玉米的叶子也就在风中舞动起来，它们互相感染，你中有我，我中有你，相互摩擦着，发出永不止息的沙沙声。

还在乡下读书的时候，我仔细地聆听过玉米地的声音，听得出玉米秆在风的鼓动下，摇动躯干时叶子与根茎之间的扭动声，以及关节与关节之间的错动声和玉米棒儿与玉米棒儿之间的叩击声，声声入耳，连成浩大的一片，雄浑，深厚，汹涌澎湃，像是大海涨潮，此起彼伏的浪涛，恍如绿色的火焰，从眼前滚向遥远，又从遥远回到眼前。仿佛这浩瀚无际的玉米地就是风的故乡，许多的风蕴藏其中，使它们难有消停的时候。我便猜想，玉米地这种无法止息的涌动，真的是因为风的驱使吗？还是玉米自身就有这样的需求？需求抒发，需求宣泄，不如此，挺拔的玉米就不能舞蹈，而不能舞蹈的玉米还能叫玉米吗？

如不能，那就听任玉米舒展开绿袖般的叶子，在田野上无拘无束地舞蹈吧。

风雨交加的日子，好像更是玉米尽情舞蹈的时候。田野上没有观众，一个观众都不见，困倦的农人，趁着风雨的机会，难得地躲进各自的蜗居里，守着自己的梦，进入沉沉的睡眠。玉米不管这些，有没有观众都不要紧，连天接地的玉米棵儿，就是观众啊，自己欣赏着自己的舞蹈。风是不停地吹着，雨是不停地下着，这时的风和雨成了美妙的伴奏，刺激着舞蹈的玉米，尽情地挥洒着喜悦，并在喜悦的战栗中，且舞且歌。

是的，玉米不仅能舞，也是能歌的，它们歌着神秘的心语，仔细地听，是多少听得懂一点的。沙沙沙沙，它们是在歌着爱的愉悦；沙沙沙沙，它们是歌着生命的尊贵；沙沙沙沙，它们是在歌着成长的艰辛……和玉米站在一起吧，不要比谁高谁低，不要比谁贵谁贱，只要善于倾听，就能像玉米一样，获得难以言说的愉悦和快感，正像斜斜弹落的雨珠，一层层地湿透自己。

湿透，多么润泽的湿透。清清亮亮的雨水，从玉米雄健的花茎流下，流过每一片舞动的叶子，一直地流着，流入深入大地的根系，发出啵啵啵啵像是婴儿吃奶般快活的吮吸声。

这是玉米的贪婪。唯有贪婪，才有收获，而这正是种植者最期盼的结果。我许多次跟随在家人的身后，到成熟了的玉米地里去，伸手去掰裂得很大的棒子，那是玉米身上最为珍贵的一部分，玉米应该为操劳了一个季节的种植者付出那珍贵的贡献，但在种植者的手揪下棒子的一刹那，玉米的身子都要剧烈地颤抖一下，并且发出"咔嚓"的一声呻吟。这样的颤抖，这样的呻吟，是触目惊心的，叫人灵魂出壳般的触目惊心呢！因此，我疑惑过，常常是掰着棒子了，却不忍心揪下来，我怕把玉米揪痛了，使它再次地颤抖起来，呻吟起来。

疑惑是没有用的，种植者不能因为玉米的颤抖和呻吟而放弃自己的索取，最终都要一穗不留地收获回来，在自己的家里或堆积，或悬吊，构筑起一道新的风景。

这是个金黄色的风景呢！种植者面对这样的风景，没有不露出笑脸的理由，很快地，笑着的嘴巴就能吃喝到喷香的玉米糁子了，新鲜的，叫人垂涎欲滴的玉米糁子啊！

小苗不知道这些，她坐在小汽车上，摇下了车窗玻璃，一会儿感叹，乡下的空气真是好哇；一会儿又感叹，乡下的道路真难走哇。她感叹的时候，小汽车猛地跳了一下，小苗和我的头就都撞在了车顶上，反弹回来刚坐好，小苗就又感叹了：哦，开花了，玉米花真是红啊！

就在车的前头，先头来的郊县宣传干事向我们招手了。车在他的身边停了下来，我和小苗打开车门迎着他走了过去，看见他的身边栽着一块木牌，红漆的大字明确告诉我们，采访地到了。

还别说，这里的玉米比起一路走过的玉米，绿得似乎要深一些，而且像小苗感叹的那样，这里的玉米早于一路走过的玉米开了花，那是在玉米腰上裂开身子的棒梢上泛滥着的雌花呢，红艳艳地直往人的眼睛里扎。不远处的玉米行里，有人举着个喇叭筒样的东西，在玉米秆上的天花里取着花粉，然后又小心地抖落在雌花上，仿佛给雌花镀上的金粉，使艳红的雌花有了一种更为高贵的靓丽。

我知道那是在做人工授粉。在农村时，我也做过这个活儿，目的只有一个，使玉米雌花能够充分授粉，结出实在饱满的棒子来。

小苗不知道，小苗就问了，那是在干什么？

她这一问，正在人工授粉的人说话了。他叫小苗进玉米地来，他给她说，说仔细了。小苗走进去了，我和宣传干事也跟了进去，谈话中知道，这位衣装和皮肤都类似于农民的人，就是我们前来采访的专家。这不太出我所料，小苗就不同了，惊讶和敬佩之色充满了她年轻的脸颊，小嘴叭叭地，问了许多问题。专家的手没有停，还在专心致志地做着他人工授粉的工作，嘴上一一地回答着小苗的提问。

自然地，我也问了一些问题。

所有的问题，在农民般的专家嘴里都有了准确的回答。我们没有问题问了，专家就请我们去了他在地头的一个茅草小庵里，一张简陋的小木桌，一把简陋的小木椅，和一本翻开的笔记本……这些都太暗淡了，所以暗淡，是因为几穗掰来的玉米棒子，很醒目地搁在小木桌上的笔记本旁。专家说，这是掰下来做数据分析的棒子，都长得差不多了，嫩嫩的玉米粒，一掐一泡汁，送给你们，回去煮了吃。

　　嫩玉米的味道谁不爱呢？拿回家来，就不客气地剥了外边的包衣，在锅里煮了煮，就很知足地吃掉了。隔了一夜，我还能感觉到嘴里的嫩玉米味，甜润、鲜嫩、清香……就这么心满意足地去报社上班，想着和小苗商量一下，怎么来写那位受人敬重的玉米育种专家。于是，弯也不拐地去了小苗所在的写字间，发现她的几穗嫩玉米棒还在，就在她的案头上放着，不过没有干放，而是插在一只大口径的养鱼缸里，挤挤挨挨地向上戳着，纷披的雌花，鲜鲜亮亮，映照着不很大的一个写字间，也新鲜亮堂了许多。

　　我心怀愧疚地再看小苗，发现她的头发染了色，是玉米雌花那样油亮的色彩呢，我被激发了，感觉脉管里的血跳动得快了起来。

唾沫花

底坐凤之尾，中连鼓之腹，上开喇叭口，矮矮复壮壮，造型之毓秀端庄，便十分招人喜欢了。不过其名称却是很俗的，叫唾盂，是上辈人传下来的。有资深的文物专家，来我家里见了后说，这件豆青色的唾盂，说不定是宋代官窑的物件呢！对此我不敢苟同，因为我并没有把它当作什么了不起的文物看待，而是像个实用器似的，置于我书案的脚边，装上掺了沙子的土，在我要吐唾沫的时候，就毫不客气地吐在里边。

我在寿过六十的日子，把我家传下来的这件唾盂翻出来，让它为我服务了。

豆青色陶瓷唾盂，流传我们家里，也是在我父亲六十岁的时候，来为我父亲服务的。我所以赶在这个时候，翻出唾盂，大有继承父志的意味。作为儿子，我父亲的一些生命习惯，都结实地传给了我，我不能走样，差不多都很认真地继承落实着，譬如我的父亲好酒，我亦好酒；譬如我的父亲嗜面食，我亦嗜面食；再譬如我的父亲六十岁使用唾盂，我又岂能不继承下来使用？

大概是人老话多，人老了唾沫也多吧，父亲六十岁用起了唾盂，就与唾盂紧密无间，他人到院子去，随手带着唾盂也去院子里，他有事要到门外去，唾盂也被他带着到门外去……唾盂仿佛父亲须臾不能离身的一个身外器官，他人走到哪里，唾盂都被他带到那里。便是要上炕睡觉休息，父亲也要带着唾盂，放在他睡觉休息的炕边上，到他口腔里有唾沫的时候，抬身摇头过来，把口腔里蓄积的唾沫吐到唾盂里。

这是父亲老了后的一个习惯呢！

一个卫生的习惯，这与我们扶风县北乡里的传统是吻合的。"周原膴膴，堇荼如饴"，周文明的发祥地呀，自古亦然，虽然都是粪土农家，大家对于个人卫生，以及环境卫生，还是非常重视的。我不敢说，我的父亲是一个这样的典型，但绝对可称其中的翘楚，就像他有唾沫不乱吐一样。年轻时唾沫少，父亲都坚持往肚子里咽，老了的时候，唾沫变得黏了，父亲有时候咽不下去，需要吐出来，他就用起了唾盂，这实在是个我要效仿的习惯哩。

身教胜于言传，我把家传的唾盂翻出来，也像父亲一样用起来了。

不过，我有记忆，父亲年轻时，他不吐唾沫，也要求我们小的们也不能吐唾沫。父亲说了，把唾沫咽下去，咽进肚子里，也是养料。

父亲的说法有道理吗？

当时我并没有听进耳朵，背过父亲的面，我常会偷偷地吐几口。有几次被父亲发现了，还责骂捶打了我，使我也养成了吞咽唾沫的习惯。我到如今，年过花甲，肠胃一直不错，是要归功于父亲的。我后来读书求学，习修生物知识，知道了唾沫，还真如父亲当年说的一样，有诸种于人健康有益的好处。

通常情况下，既可以护齿，又可以助消化，还可以消炎抗衰老……中医对此有数千年的总结，以为口腔里分泌出来的唾沫为"津"。"津"与"精"调和，因而属性为"阳"，并于实践中不断升华，就还有了"津血同源"的说法，言之凿凿，以为津液和血液，都源于饮食的精气，能够相互滋生，能够相互作用。津液亏损过多，就会使气血两损；而气血亏损，同样导致津液不足。

西医的研究，认同了中医的结论，同时还又发现，唾沫也可以外用，有很强的美容作用。方法是，脸洗净后，将自身新生的唾沫，吐在掌心之中，双手烘热，然后均匀地涂抹于面部，再轻轻地按摩，每天早晚各一次，一段时间之后，即会使自己容颜润泽光亮。理论是这么说的，但不知有人实际做了没有。恕我寡闻，还没有听说过，但我记得小的时候，乡村里的媳妇女子，都会用杏仁汁润手润脸的。她们把杏仁砸出几粒，投进嘴里嚼烂了，吐出来，先在手心里搓摩，搓摩得发了热，这就涂上脸面，反反复复地揉按拍打，倒也使她们的脸蛋儿，细嫩而滋润。

杏仁在嘴里嚼烂出的稀释物，可不就是自己的唾沫吗？

日本的医学家，近年研究发现，唾沫竟然还有抗癌防癌的功效。他们著文说明，唾沫含有可以消除致癌物质所有的超痒自由基。其在口腔里如此，吞咽进胃里还可持续三十分钟。

唾沫有那么多的好处，我们又岂能不珍惜？不过，珍惜之余，还要知道有些唾沫变化成疾的东西，也是要吐出来的，特别是人到了一定年纪，不吐不快，不吐不舒畅，就只能吐了。但是讲究点儿是应该的，就如我的老父亲，我老了也学习他，用上他用过的唾盂，觉得的确方便。

我用起父亲曾经用过的唾盂，用了一年多了。到今年春上，我参加七彩云南的一个笔会，走的时候，把我喝剩的一壶茶倒进了唾盂里，七天后回到家里，发现在茶水茶渣的作用下，唾盂的沙土里，探头探脑地，顶出两根草芽来！

我是倒掉唾盂里的沙土换上新的呢，还是留着生出草芽的旧沙土？心生好奇，我想要看到在唾盂里生出的草芽，能长出什么样子来。此后的日子，我有要吐的唾沫，就还往唾盂里吐，我有剩下的凉茶，也还往唾盂里倒，唾沫和凉了的茶水，滋养浇灌着草芽，长到我写这篇短文时，都有三寸四寸的样子了，而且左右生枝，前后发芽，把我的唾盂都要绿化满了。

我没有想到这样的草也会开花，就在今晨，我惊喜地发现，那繁茂的枝条上，呼啦啦绽放出许多小米粒儿般的黄花花，金灿灿的，十分招人。

我不知道这是什么花。要写文章了，就给它起了个名字：唾沫花。

今天的人，似乎总是唾沫多。多了也不知珍惜，有事没事总想吐给别人。这样做的结果，不仅伤害了公共环境，也损害了自己的形象，得不偿失，何必呢？

希望"唾沫花"是个启发。

第二辑　真心真情

在父亲眼里

　　回头来看，父亲离开我虽已四十七年，但我感觉得到，父亲的眼睛挂在我的身上，时刻都没有偏离。

　　天下佬儿爱小儿。我们兄弟姐妹多，在我前头的哥哥姐姐们，没谁敢惹我，他们惹我的后果很严重，不可避免地都要被父亲修理一顿，轻则骂，重则打。所以说，我在父亲眼里，是最受宠的。但我不得不说，我也是父亲管教得最严格的。譬如父亲教我写毛笔字，就特别严厉。我虚岁七岁时上学，可我写毛笔字的时间，要往前推一年半，亦即五岁半时，喜欢虞世南的父亲，就把他临过的书帖找出来，让我临写了。家住法门寺北的闫西村，背靠着中观山，天热的时候，有风从山坡上吹下来，倒也清爽惬意，而天寒的时候，顺着山坡吹下来的风，却像刀子一样，直刺人的脸。恰在这个时候，正是父亲逼迫我练习毛笔字的不二机会。父亲说了，寒暑习字，你不用脑子，用手都能记得住。四十二年后，亦即二〇一〇年十月，我从鲁迅的故乡绍兴领"鲁迅文学奖"回来，朋友们给我拿来笔墨纸砚，铺在我的书案上，要我来写毛笔字。我心里打鼓了，却又无奈地捉起笔来，在一张四尺的宣纸上，一口气写出"耕心种德"四个字来。放下笔，在朋友们由衷的鼓掌声里，我仔细地端详了一遍，直觉父亲此刻就在我的身边，给我又说了一遍他当初给我说过的话。

　　我必须承认，父亲有先见之明，人的自身的确有两种记忆，一在大脑，一在肌肉。往往是，大脑的记忆因为情感等因素的左右，可能会有这样那样的偏差，而肌肉的记忆，是坚强的，是牢靠的，不会因为这样的干扰，那样的困扰，产生一丝一毫的偏差。小时候，我在父亲的逼迫下，练习过毛笔字就是练习过，正如我是一个木匠，年轻时做过一段木工活，做过就是做过，几十年没练没做，动手再练再做，心不跳，手不抖，依然会练得有模有样，依然会做得有型有款。

是的，我练习毛笔字，是父亲逼迫的；而我学做木工活，则是生活逼迫的。

父亲逼迫我练习毛笔字，选择的时间多在晚上睡觉前，无论寒暑，我要脱鞋上炕，必先到炕跟脚的书桌前，磨墨把父亲准备的两页米字格习字纸，临着虞世南的字帖，在米字格里把大字写足，然后又要把米字格之间的空隙填满小字，才算完成任务。这时候，我的心跳是急促的，因为我写好的习字纸，要捧给父亲验收。父亲是满意的，就把他锁着的核桃木枕匣打开，在一块大大的焦糖上，扳下小小的一块，亲切地叫着我的小名，让我靠他近一些，把他扳下的焦糖，让我在舌尖上舔一口，乘着唾沫的黏糊劲儿，粘到我的额头上。是夜，我睡在父亲的身后，背靠着他的温暖，我会睡得像额头上的焦糖一样甜蜜。来日，我还会头顶着焦糖，在村里，在学校，招摇一整天。但是父亲如果认为我的习字，练得不够认真，不够到位，他会立马黑下脸来，让我伸出习字的手，把他抽着的黄铜大烟锅，抢起来，在我的手心抽一下。被父亲抽过的手心，先是一个白色的小圆圈，一会儿还会红肿起来，到了第二天早晨，红肿的地方更会成为一团青紫色，其所凸起的样子和色彩，又恰似我额头上曾经骄傲的顶过的焦糖。

在父亲的逼迫和诱惑下，我的毛笔字有了不小的进步。但是，钢笔这种新的书写工具，在我上学后，越来越为我所喜爱。父亲没有泥古，他北上中观山，砍了几天的硬柴，挑到四五十里外的法门镇，卖了后给我买了一支当时最有名的金星钢笔。我用这支钢笔，于一九六六年考入中学，还准备着，用这支钢笔从中学升入高中，然后又再考入大学，为我理想的生活而努力。可是，"文化大革命"爆发了，父亲被扣上一顶"村盖子"的大帽子，拉出来批判斗争了。

造反派给父亲做的高帽子有三尺高，糊了纸，写了字。父亲得到高帽子后，没有因为高帽子而不开心，他只是觉得高帽子上毛笔字写得太丑陋了，这使他心里极为不爽。父亲熬了糨糊，在高帽子上重糊了一层纸，然后磨墨捉笔，自己要重写一遍，他把墨笔都按在高帽子上了，却叫了我来，让我工工整整地用虞体给他重写了。父亲很是得意他的这一做法，来日自己戴上高帽子，到造反派指定的地点去接受批斗。可是问题出来了，批斗会开到一半时，有人发现父亲高帽子上字是那么工整，便怒吼一声，把父亲的高帽子打落地上，几脚踩烂后，又糊上纸，又歪歪扭扭写上父亲不能忍受的那种字……包括我这个他爱到骨子的碎儿子在内，没人想到，只是这一那时最为普遍的践踏，让父亲批斗会结束后，拖着沉重的脚步回到家里，没有吃，没有喝，到第二天凌晨，用一根绳子，把自己羞死在了高帽子前。

父亲用他的生命，维护着文化的尊严。

父亲这一决断，从此扎根在了我的心里，无论我回乡成为一个农民，春天耕种，秋天收获；无论我自学成为一个木匠和雕漆匠，走千家，串万户，我都深怀着对文化的敬畏和探索。我之所以这么坚持，都是因为，我知道父亲用他热爱文化的眼光，一直地看着我，我不能懈怠，我不能逃避，父亲如炬的眼光，是我朝着文化的方向奋勇追求的指路明灯。我人过而立之年，通过自己的努力，从我生活的小堡子闫西村，走进了扶风县城，再后又到了咸阳市里，最后落脚在大堡子的西安。我没有旁顾，更没有旁视，我在父亲眼睛所及的视野里，认真做着父亲希望我做的事情。在父亲节来临之际，我写下这一切，既是对父亲的纪念，更是对自己的鼓励。

父亲看着我，我在父亲的眼里。

舌尖上的母亲

　　都是乡党呢，一批二十世纪毕业于扶风中学八〇级的好乡党，相聚在古城南二环的顺风饭店，冷酒话热肠，说着这就说起了老娘，说起老娘的面条儿，慨叹老娘在，就有口福，就能吃到天下最好吃的面；老娘不在了，便没了这一份口福。其中一人，言语到此，竟然哽噎不已。为此，我插话了，像席间在座的乡党一样，感叹老娘的面食好，为世上所仅有。我所以感叹，以为自己的视觉、味觉器官，虽然真实地存在着，却难给自己真实的感受，例如眼睛，还有耳朵。我要说，欺骗自己最甚的莫过于眼睛和耳朵了。什么眼见为实，什么耳听为实，大家想一想，谁没有被自己的眼睛欺骗过？谁没有被自己的耳朵欺骗过？便是成为影像的照片，成为录音的磁带，可都是眼可见、耳可听的事物呢。

　　眼睛会欺人，耳朵会骗人……人的器官难道就没有可以依靠和信赖的了？当然不是，舌苔还是能够依靠和信赖的呢。乡党的聚会，话题说到了母亲，说到母亲的面食，就是对这话题最有力的证明，舌苔不会欺骗人，辣就辣了，酸就酸了，甜就甜了，苦就苦了，是绝对不会欺骗人。也就是说，母亲的面香，自然是香的，这没有理可讲，也没有道可论。记得二〇〇三年的时候，我即写了一篇《想起老饭店》的散文，文中我自豪我的母亲做出来的清汤腺子面，"筋薄长，煎稀汪，酸辣香"，形神兼具，诸味谐调，是我们村子里最好吃的面食。文章写好后，刊发在贾平凹主编的《美文》杂志上，忽一日，我午饭后休息，刚打了一个盹，手机却没命地叫了起来，我赖在床上不想接，但手机的铃声响过一波，喘过一口气来，又一次地吼叫起来，没奈何，我拿来手机，打开一接，传来了一位老领导的声音。我那时在西安"两报"工作，常要带班上夜班，经验告诉我，这位宣传部的老领导在这个时候打电话来，是没有好票子掏的，那一定是报纸惹下了麻烦，领导打电话问责来了。我心惊肉跳地听着，果然听出老领导的不满和埋怨。他批评我太不公正，太私心了。两句严厉的开场白，把我受惊的心当下提到了嗓子眼，往下听，我才听出老领导的不满和埋怨，与我的职业无关，他是刚读了《美文》上我写母亲的那篇散文后，想要与我理论的。他说，"你太过分了，怎么能说你母亲的臊子面是村里做得最好吃的呢？"此话一说，他似乎更为愤怒，接着还说，"我告诉你，我母亲的臊子面才是村里最好吃的哩！"不管老领导的口气如何不满，如何愤怒，我听到这里，把提着的心又放回了肚子里，同时调整好自己情绪，要和老领导就这一问题理论一番了。我对他说，"你还别不服气，我在写母亲时，只客气地写了我们一个村子里，要依我心里想的写，我会写我母亲的臊子面是世界上做得最好吃的呢！"老领导在电话那头不出声了，他沉默了一阵子。我知道他为什么沉默，他是为人谦和、非常有正义感，也非常有学问，非常有爱心的宣传部老领导，和我一样，是都吃不上母亲做的面条了。我向沉默着的他说了这句话，他声音低沉地回了我同样的一句话，"是啊，我们是再也吃不上母亲做的面条了。"然后，我俩都默默地合上了手机的翻盖。

这就是母亲了，舌苔上的母亲啊！

母亲可以抛下我们而去，但母亲的味道将永远为我们所记忆。

这不是"子不嫌母丑"的问题，是一种惯性，包含着无限的母爱，从母亲忍痛把孩子生育到人世上，一勺汤，一条面，一顿顿，一天天，一月月，一年年积累起来的母子之情，其中含有母亲怎样的辛劳，以至怎样的悲苦，就那么坚韧地、顽强地附着在了舌苔上，变成一种味道，母亲的味道。

是啊！母亲的味道，没有理由地成为最为排他性的味道；母亲的味道，美丽，香醇，难忘。为此，我还想了，这是不是也是故乡的味道？好男儿志在四方，好女儿情满天下，没有谁不想长久地缠绵在母亲的怀抱里，成为母亲不离不弃的"宠物"。但是，这只能成为孝顺儿女深埋在心底里的愿望，长大了的自己，翅膀硬了，有了理想，是都要离开母亲的，这与孔老夫子"父母在，不远游"的孝顺观似乎不太合拍，但这能有什么办法呢？背井离乡，为儿女者，如果不能"远游"那才会使母亲所忧愁、所心痛的呢！母亲含辛茹苦，可不都是为了儿女的出息，从自己的身边走开，走得越远越好，哪怕是漂洋过海，到遥远的欧洲大陆去，到遥远的美洲大陆去……在母亲的心里，有一点可能，都会想着给自己的儿子生出一对翅膀，让儿子成为一匹遨游太空的天马，给自己的女儿生出一双翅膀，使女儿成为一个飘飘如仙的天使！这样也许叫母亲痛苦，叫母亲慨叹，但儿女能够如母亲所理想的，母亲那样的痛苦和慨叹，都将化为快乐，笑在脸上、乐在心里的快乐呢！

这就是爱，母亲的爱啊！没有母亲不希望儿女出息的，而自己也希望自己出息。所以说，一条悖论横亘在儿女们的面前，他们一切的努力，其实都是为了离开母亲，母亲的味道母亲的爱。这是残忍的，残忍地造成一种距离，但这距离又能怎么样呢？哪怕到海之角，到天之涯，都不能分离母亲惯给儿女的味道，舌苔上的味道！

我说了，这可不只是母亲的味道，也还是故乡的味道呢。

母亲和故乡，就这么严丝合缝地结合在一起，是不能分的，牢牢地黏结在我们的舌苔上，无论天南海北、万水千山，无论风霜雨雪、江河湖泊，没有什么能够改变。二〇一一年的初冬，我受同济大学的邀请，前去他们大学进行一场关于文学的专题报告。我的女儿吴辰旸就在同济大学的土木工程学院本硕连读，她和学校的领导来机场接我，坐上汽车，女儿给我说的头一句话，让我来日陪她一起去办赴美国的护照。那一瞬间，我感到了女儿和我的距离，我侧面看着她，没说与她去办护照的话。女儿也许看出了我的诧异，她莞尔一笑，又问起我一件事来。

女儿吴辰旸问，给我带的凉皮儿呢？

凉皮儿是西安的一种小吃，小麦粉和大米粉都能做，拌成稀稀的粉浆，在一种专门的不锈钢箩儿里摊开了蒸，然后切条装碗，调辣子调盐调醋，凉拌了吃，又筋又滑，很受市民喜爱，大街小巷，到处都有卖的。我来时，女儿和她妈妈可能在电话上沟通过了，女儿想她妈妈的味道，让她妈妈在家里给她做了凉皮儿的，我自然要带来，可我走时匆忙，竟然忘了带，被女儿问起，我在自己脑门上拍了一掌，老实地给女儿说，你妈倒是给你做了的，可我忘了。

女儿听得无奈，把欠着的身子重重地靠在了汽车椅背上。我让女儿失望了，为了弥补我的过失，我答应了女儿。

我说，明天爸陪你去办护照。

想起老饭店

　　想起老饭店，就想起了我的母亲。

　　是母亲夏彩莲一次无意的叮咛，就把她经营一生的家庭厨房命名成了老饭店，从此亦刀雕一般镌刻我的心里了。

　　很自然的，我母亲夏彩莲是老饭店当之无愧的老板，而我的父亲，以及克义、克仁、克强、克智、克敬、忍忍、洞洞我们兄弟姊妹七人，是老饭店忠实的常客。好像是四哥克强工作后，过中秋回家来吃的一次晚饭，兄弟姊妹一伙都到齐了，大家吃饱了，喝足了，饭碗菜碟也都撤走了，母亲却突然地伤感起来，汪汪的泪水无声地涌出了眼眶。母亲的情态把我们兄弟姊妹吓住了，大家面面相觑，不知如何是好。深解母亲心思的父亲却笑了，对我们兄弟姊妹说："你妈是高兴哩。从老大、老二、老三、老四都出去工作后，啥时你妈都会念着你们，怕你们吃不好，穿不好。"父亲这一说，母亲也笑了，挂在脸上的泪珠，晶晶莹莹，透着一个慈母的明亮。母亲接着父亲的话茬说："大了，都长成人了。妈留不住你们，可你们都记着妈的老饭店，啥时间回来，啥时的锅都是热的。"

　　母亲的伤感随着她的念叨褪去了。而我们兄弟姊妹却又都伤感起来，尤其是十六岁出门，在外工作了多年的二哥克仁，禁不住上去挽住母亲，嗷嗷地号哭起来。在那一刻，我们兄弟姊妹都深情地注视着母亲，无不伤心落泪。后来，我们兄弟姊妹背过父母亲议论，都说母亲老了。她老人家为了拉扯我们兄弟姊妹七个，消耗尽了脸上的红颜，鬓角上已如霜杀过一样了。

母亲的脚很小，是旧时非常标准的三寸金莲。而母亲的手很大，手指纤细柔长，是应该拨弦弄丝的那种指型。然而，母亲没有那个条件，尽管她很喜欢听戏听音乐，却终其一生，只做了一个地道的家庭妇女。"老饭店"，母亲的这一总结，真是太合乎她的实际了，从我晓事起，早早晚晚，母亲都是围着三尺锅台，锅、碗、瓢、盆，油、盐、酱、醋，是母亲的全部生活道具，她熟练地操持着这一切，煎熬着柔美温暖的生命。

在她的老饭店里，母亲是辛劳的，她所有的日子都淹没在无穷无尽的煎煎炒炒和蒸蒸煮煮，天长日久，很是出脱了几手绝活。农家的饮食，不敢奢望精细，于粗茶淡饭中做出别样的滋味，是母亲的偏爱。就说这至为家常的搅团，母亲用玉米面做得，高粱面也做得，因为玉米搅团性凉，高粱搅团性热，独食一种，于人的脾胃稍嫌不合，母亲就打一份玉米面的搅团，再打一份高粱面的搅团，热食，碗是一半金黄，一半紫红，仅那色彩的对比，就让人十分眼馋了；而冷食，在案上均匀地摊开，也是一绺金黄，一绺紫红，切成指样条子，调上盐醋辣子油，拌上葱花、蒜苗之类的小炒就非常有味。送一条入口，还没嚼，却自滑溜溜进了胃肠。不识文字的母亲，给她的这样一种搅团还起了一个十分雅致的名称：金粉红颜。

还有麦面搅团，在母亲做来，更是多了一份匠心。母亲说，搅团要好，七十二搅。重要的一环在那个"搅"字上，为此母亲备了一把长柄的柳木勺，并认定只有柳木勺才是打搅团必不可少的利器。还别说，这七十二搅是个力气活，一次家里来了客人，母亲要用麦面搅团作招待了。天还未明，母亲就把麦面揉好，在水盆里洗起来，一百遍、二百遍地揉洗，淀粉都跟着水洗出来，盛在一只大盆里沉淀。洗剩的面筋，兑一点蒸馍用的曲头，搁在另一只小盆里发酵。赶九点饭前，发酵好的面筋蒸出来了，这就要打搅团了，而刚才失踪了一会儿的母亲，匆匆地回来，手里多了一把俗名"掐不齐"的野草，在滚锅了的水里煮了一小会，再滤出来倒掉，锅里水即变颜变色，有点红，又有点褐。这神秘的一手惹起了我的兴趣，凑上去看时，却听得母亲沉沉的一句话，让我拿柳木勺打搅团。我是听话的，应声操起了柳木勺，随着母亲往锅倾倒淀粉的节奏，不紧不慢地搅动着，越搅越黏，越黏越吃力，越吃力搅动的速度越慢，而母亲又催促起来，催得一声声急，到后来母亲干脆夺过柳木勺，自己来搅。站在一旁的我，喘着粗气，感到十分窘迫。再看母亲，柳木勺在锅里的搅动速度明显加快了许多，而汗珠也在母亲的额头渗出来，湿润着母亲粉粉的脸腮，其时，我感到母亲漂亮了，从来没有过的漂亮。

这一餐麦面搅团成了我一个永远的记忆。染了色的麦面搅团，透着玛瑙般的光泽，粉嘟嘟、亮晶晶，让客人疑是闻名乡里的扁豆油炒粉。然而这只是老饭店食谱中创新的一种，母亲的手艺常做常新，谁知道哪一天，她又会推出什么新花样？就说这关中人久吃不厌的面食，母亲变着花样也能做出二三十种，但乡下困窘的生活，哪能由着母亲的性子变花样？但极富创造力的母亲，还是想着办法，为我们兄弟姊妹的成长供应着养料。麦面不多，擀一些，下在小米粥里，就是米儿面；下在玉米粥里，就是糁子面；下在大麦粥里，就是麦仁面……好像这面片与粗粮的配合，有着一种神秘的作用，吃起来别有一番风味，套用现在的一句广告语：味道好极了。

可我们兄弟姊妹望眼欲穿的还是母亲的臊子面。关中西府的女子，谁不会做臊子面呢？但要做得地道，做得让人念想，却不是哪一个女人都能做到的。这有汤上的讲究，色上的讲究，更有面上的讲究，所谓"汤鲜、色亮、面筋"。都是油、盐、醋，调出来的汤大异其味，有的苦涩，有的鲜香，有的色艳，有的色萎，而母亲调汤，没有一次失手，并时常被人请去"救汤"（所谓救汤，是帮助人家调得列味的汤正过来），且每救必活，皆大欢喜。汤好了，还要面好。有一件往事，仿佛一段传奇，最先从父亲嘴里吐出来，我们也都笑笑地打着哈哈，谁也没有当真，只是想着父亲对母亲的偏爱。可后来，左邻右舍也都说起，我们还能怀疑吗？

好像是个大忙的日子，母亲起早揉了一团面，醒在一口盆子里，搁在水缸盖上就下了地。想不到窜来一只野猫，觊觎盆里的面团，前爪搭上盆沿，用力上蹿，打翻盆子，一团面无法挽救地落进了水缸。就这么在水里泡了一个上午，饭时母亲回来，把面捞出来，原以为早成了一摊面浆，可却依然硬硬的一团，一滴水都没浸进去，擀出来的面，还是那么筋道，还是那么光亮。这件事在村邻中久久地流传着，到母亲去世多年，新一茬的婆娘媳妇，也都不无敬羡地传颂着。可以设想，这件事会成为我们村婆娘媳妇代代相传的一个典范：揉面，就要揉成这样子！

农家的日子，不论母亲在她的老饭店里怎么翻新，所煎所炒，所蒸所煮，也都只是农家的生活，也便有了很大的局限，缺粮断顿的时日免不了会发生。二十世纪六十年代初的那几年，普天之下闹饥荒，其时母亲的表现像一个当代"神农氏"，她走出她的老饭店，到荒野中找寻补充，大家熟知的野菜挖完了，便于百草中发现新的可食品种，枸曲芽掐回来了，酸枣芽掐回来了，皂角芽掐回来了……也不知母亲都采回了什么样的野菜野芽，每一样都是她在老饭店里先食用后，认为可以充饥，再做出来，填饱我们咕咕乱叫的饥肠。至今想起来，枸曲芽、酸枣芽、皂角芽，筋筋的，脆脆的，有的苦中带点甜，有的涩中带点酸，都是非常上口的吃货，在崇尚自然、崇尚绿色的今天，有谁把母亲用以度荒的野菜野芽整理开发出来，肯定是有一个前程灿烂的市场。

一九九四年七月，母亲以八十三岁的高寿无疾而终，临咽气时，她对我们兄弟姊妹却不无抱愧地说："妈这一辈子，把我娃都亏了，吃没吃好，穿没穿好，妈悔呢！"听着母亲的话，我们兄弟姊妹的脸都红了，火烫烫地烧着，有泪珠从眼眶涌出，热热地流过面颊，滴在母亲渗白的脸上，我们哇一声哭着说："妈不亏，妈不悔，是我们亏了妈了，是我们有悔。"

母亲的炊烟

炊烟，怎么就不见炊烟了呢？

我从生活的大城市，回到儿时生活的乡村，住了几日，我心想品味一下弥漫村庄里的炊烟，可是那与村庄相互缠绕的东西，却没了一丝一缕的踪影，仿佛化入了虚无的幻境，我只有在梦里去重温了。

憧憬无知的童年，在我想起时，便带着无处不在的炊烟，让我感到炊烟的美丽，还有温暖，还有浪漫，还有缠绵，还有……我要说下来，不晓得还会有多少的"还有"，总之，我的童年就那么不可逃避地弥漫在炊烟之中了。

炊烟可以与云彩相媲美，但炊烟不是云彩，云彩漂浮在高远的天空，炊烟则铺展在脚踏的地皮上。天空有云彩的时候，地皮上可以有炊烟；天空没有云彩的时候，地皮上依然可以有炊烟。那伸手就能抓一把，张嘴就能吞一口的炊烟，说它像是铺在地皮上的薄纱，或者是铺在地皮上的棉花糖都行，但它绝对比薄纱要轻，比棉花糖要柔，脚踢巴掌拍，踢不着什么，抓不着什么，但却让人特别愉快，特别想闹。童年的我，在那时候，很容易把自己幻想成一个能够腾云驾雾的神仙，犹如挥舞着金箍棒的孙猴子一样，在炊烟里，玩命地嬉戏，跟斗一个连着一个，扑爬下去了，站起来继续扑爬……母亲的声音，往往在这个时候，飘在炊烟上面，柔柔软软地传送进童年忘归的耳朵，是我，还是别的伙伴，就很自然地被母亲唤归的声音，像是一根纤细的绳子似的，拴住了胳膊腿儿，踢踏着缠绕在脚上的炊烟，不很情愿，但却乖乖地回到母亲的身边，被母亲牵着手，牵回家去。

光照大地的太阳，仿佛也在我们母亲的唤归声里，落下西山，回家去了。

可是炊烟，并不理会我们母亲的唤归，它依然弥漫着村庄，如纱似雾，陪伴我们在母亲的催眠曲里，幸福安逸地进入梦乡。

炊烟里的我，有许多许多要好的伙伴，夏天的时候，我们赤条着身体，很是不知羞耻地追逐在炊烟中，好像炊烟就是我们美丽的遮羞布。而到了寒冷的冬季，我们还会在炊烟里追逐，但由于条件的限制，我们穿戴得并不暖和，头上没有棉帽子，脚上没有棉袜子，因为正长个儿，棉裤短了一大截，棉袄儿小了一大圈，到处走风透气，我们却不觉得冷，好像是，炊烟就是我们保暖的温床。我们享受炊烟，更享受炊烟里母亲呼唤我们回家的声音，炊烟是母亲制造出来的，母亲就是炊烟，我们欢愉在炊烟中，其实就是欢愉在母亲的怀抱里。

然而现在，乡村没有了炊烟，没有炊烟的乡村，自然也少有母亲的呼唤，少见母亲的身影，母亲踩着父亲的脚后跟，都到大城市里打工去了。

原来喧闹的乡村，如今是那么沉寂，听不见孩童们的戏耍，也听不见猪狗鸡羊、牛马驴骡的吠叫嘶吼，一些院门上拳头大的铁锁，终年不开，一些院门开着，能够看见的是沉默的老人，以及寡语的孩童。我听说了，邻村有位上了年纪的老爷爷，孤身带着个小孙子，留守在家里。老爷爷的身体不错，老了不觉得自己老，小孙子对落户在他家的一窝小雀儿特别上心，一天到头，仰着他的小脑袋，追着那窝小雀儿转，老爷爷看在眼里，知道小孙儿是太孤独了，他想给小孙儿逮个伴儿和小孙儿一起玩的。这就端了一把木梯，搭到小雀儿的窝巢下，去逮小雀儿了。可他刚爬到小雀儿的窝巢边，伸着手，就要逮住一只小雀儿时，木梯滑了一下，老爷爷从木梯上滑跌地上，摔得昏死了过去。小孙儿不知老爷爷已死，瞌睡了，就还躺在老爷爷的身边，醒来了，就还绕着老爷爷转。幸好有老爷爷给小孙儿买下的一箱牛奶，小孙儿饿了，就取一袋牛奶来喝，他自己喝，还给老爷爷喝。小孙子不知老爷爷死了，村上的人都不知道他的老爷爷死了，只有相约三天打一个电话，通一通气息的亲戚，在打了一串电话都不见人接的时候，心里慌着跑了来，砸开紧闭着的院门，这才发现老爷爷的不测，而这时的小孙儿，也因为吃喝完了牛奶，也爬在老爷爷的臂弯里，饿得奄奄一息。

呜呼！这不是传说，也不是故事，而是一个现实存在。现在的乡村，哪儿又不是这样的呢？千门万户，就都是年老的爷爷奶奶，年幼的孙儿孙女。这叫我不觉想起一首台湾歌曲唱的那样，"有妈的孩子是个宝，没妈的孩子像棵草"。

回来吧炊烟，往日母亲的炊烟。

毛练子

毛练子是母亲给我织的。

上太白山割扫帚，有一把锋利的镰刀是不够的，还必须有两条绵羊毛编织的毛练子。没有毛练子，就不能走进太白山，就不能完成割扫帚的任务。我这么说，没有那个经历的人，是无法想象的，其艰难程度，不敢与鬼门关相比，但也差不了多少。然而农业生产需要扫帚，城市的清洁卫生需要扫帚，因此就有了割扫帚的这一门营生。现在的情形我不知道，我参加割扫帚大军的时候，任谁都不能为所欲为，一切都是国家资料，一切都要计划进行。割扫帚的营生，就计划在当地的供销合作社，谁从供销社争取到计划指标，谁才有条件上太白山割扫帚。这在二十世纪七八十年代时，是一项既艰苦得要命，又甜蜜得要命的副业。大家在集体化的体制下，当时的情况是，吃饱肚子都是问题，而维持日常生活的花销就更成问题，有副业可做，挣两个活钱，什么艰苦，什么艰难，就都不是问题了。

我忘不了，生产队为了争取到割扫帚的副业，向负责这项副业的供销社灶上还行贿了两袋红薯，这才拿到了上太白山割扫帚的副业。

我还记得，在生产队获得上太白山割扫帚的喜讯后，我们地处渭北高原上的小村子，是怎样的欢欣呀！生产队先是要选拔十来个体力好、有眼色的壮年男子来。选谁好呢？还真是不容易，都在一个村子，都是日出而作、日落而息的青壮农民，谁的体力不好呢？谁没有眼色呢？一时定不出个标准来，就在一个年龄段里，用抓阄这个最原始的办法，抽出了十来个人。抽到的人喜笑颜开，没抽到的人垂头丧气。这是为什么呢？原因很简单，抽到的人，上太白山割扫帚，割一把可以补助五分钱。

我幸运地抽到上太白山割扫帚的阄。母亲得知这个消息后，就手忙脚乱地给我织毛练子了。老人家先把家里积存下的羊毛，掺上干白土，在院子里摊开来，手拿两根桃木条子，一遍一遍地抽打，把仿佛毡片一样的羊毛抽打得蓬蓬松松，白白亮亮，这就团在手里，来拧毛条儿了。一段羊拐骨做的拐子，欢欢畅畅的在母亲的手下旋转着，从母亲手中的羊毛团里，抽出一条不断头的毛条来……然后母亲就用毛条，一针一针地给我编织毛练子了。

母亲给我编织的毛练子有五寸宽，一丈二尺长。

我把母亲给我编织的毛练子带上太白山，在割扫帚前，先由有经验的人给我从脚上开始，往腿上裹，一层压一层，一直缠裹到腿弯上，这才手拿镰刀，踏着山坡上的积雪，往生长着毛竹的地方找……这个时节，一般掌握在春天树梢未发芽的时候，这时的太白山，一片苍茫，很容易发现绿着的毛竹。然而，发现容易，要走进去却很困难，深一脚、浅一脚，攀爬在没有路，只有灌木杂草的荒坡上，不用足力气，便一步都走不出去。到这会儿，就知道毛练子的好了，毛练子不怕雪浸，好像越是雪浸，毛练子会越紧致，踩着什么，什么就会让步，便是割得遍地的毛竹茬子，尖削如刀，也无大碍，缠裹着毛练子的脚踩上，只会把锋利的竹茬踩劈，而不会伤了自己的脚。

劳动者的创造和发明，在缠裹着腿脚的毛练子上，得到了一次非常好的体现。

试想一下，如果没有缠裹着腿脚的毛练子，防寒先是一个问题，积了一个冬天的冰雪，走进去一会儿，就可能冻伤人的脚。再是毛竹茬子，布鞋奈何不了，胶鞋更奈何不了，只有毛练子，既能保暖，又不畏竹茬。在毛练子的保护下，我头一天割扫帚，就割了五十多把，让我很是开心了一场。

那时候的我，可是年轻哩！

艰苦繁重的割扫帚副业，在太白山里搞了小半个月，结束后要撤出山时，还和几个同样年轻的小伙儿一商量，脱离开大队伍，向着太白山的主峰顶上爬了去。

传说激励着我们，我们攀爬得奋勇而快捷……那都是些什么传说呢？自然都是独属太白山的传说了。传说药王孙思邈，自三十八岁后三次隐居太白山，进行采药、修炼、为民除疾的专门研究，时长竟达二十五年之多，为其著述《备急千金要方》《千金翼方》两部医药学巨作，积累了确实可靠的基础资料，其不仅被国人称为"药王"，并被西方医药学界尊敬地称为"医药学之父"。传说王重阳自大金大定七年，亦即公元一一六七年在太白山创立了道教全真派，此后至今，在道教当中都居于主导地位。在他的影响下，太白山自下而上，于明清时期，于山道两侧，每隔二三十里，便于悬崖峭壁之上，有民众自发建设的一处道观……总之，太白山的传说太丰富了，不是我的一篇短文能够传说明白的，不过，有一个传说，说什么我都要再传说一遍。

传说太白山的峰顶上有三处海子，分别称为大爷海、二爷海、三爷海。

嗨嗨！仅凭那样的名字，也是够人玩味的了。峰顶上的湖泊，能有多大水面呢？肯定不会很大，却辉煌得被人尊为海！其中的奥妙，我做了这样的想法，不是古人为其起名时不懂"海"的辽阔，不知"海"的深邃，而是太知道了，这便给太白山峰顶的小小湖泊，慷慨地赐给了"海"的称谓，谓其虽小，但不失海的辽阔与深邃！与此同时，还把三处高山湖泊，又都大爷、二爷、三爷地叫着，让人顿感一种亲切与温暖，仿佛几乎齐天的大爷海、二爷海、三爷海，就是痛着自己、爱着自己的邻家爷爷一般。

哎呦！便是如此，还不能说明问题，人们就还传说着，传说守护着爷爷般海子的，是一些叫不出名字的神鸟，它们悄悄地栖居在海子周围的树林里，风把一片树叶吹落在海子上，还把一根枯枝落折在海子上，那些神鸟就会翩然飞来，俯冲到水面上，是一片树叶呢，一只鸟儿衔起来，飞进树林里，扔在林地上；是根枯树枝呢，就有两只或三只、四只鸟儿飞来，俯冲到水面上，合力衔起来，飞回到树林里，丢弃在林地上！

传说神奇吧！

传说美丽吧！

但是我们那次没能亲眼见到神奇美丽的传说。因为我们迷路了，在千山竞秀、万峰耸立的太白山，攀爬了多半天的时间，既南北不辨，东西不知的迷在其中，像几头横冲直撞的瞎眼驴子，在太白山的峰林之间乱转，转到天黑，累了饿了，找一处崖窝，抱几搂枯草树叶，相互依偎着坐睡了一个晚上，第二天起来，继续我们的瞎冲瞎撞……我们瞎冲瞎撞了三天，渴了喝一口山泉水，饿了捡一把松子或是别的什么来吃，到这时，我们都觉出了后悔，也都觉出了害怕！幸好有个采药的人，意外地发现了我们，帮助我们走出太白山，走回到关中道上的家里。

这一次惊险的太白山之行，烙印在我的记忆里，已经过去了有四十年。前些日子，太白山旅游区管委会组织全国各地的作家，深入太白的景区采风，我也来了，而且自然地想起那些曾经的经历，让我竟不觉心里热热的，有种说不出的滋味在涌动。及至我数十年后，再次进入太白山，我惊喜地发现，这里变了，变得现代了，是一种融入历史元素的变化，我喜欢这样的变化，而且相信还会继续变化，并且相信变化得会更好！

剃头

　　乡下不比城里，开着专门的理发店，头发长了，要剪要剃，都有专业的理发师傅，可依据个人的喜好，剪短剃光，那是一点都不马虎的。乡下就不一样了，几百上千人是没有一个专业理发师傅的，谁要有了理发的愿望，只能相互凑合着剪，凑合着剃。而那种凑合，也是分层次的。

　　记忆中，我父亲的理发技艺公认是我们村最好的。父亲为人理发，不用机械的手动推子和机械的电动推子。父亲有一把剃头刀，他能用他的剃头刀，为愿意留"洋楼"（偏分的长发）的人，剃削出中规中矩的长发，自己更能为愿意刮个光葫芦的人，剃尽满头的青丝，而不伤他刮得清楚楚的头皮。父亲能给他人理发，也可以给自己理发。他们上年龄的人，无一例外，都是要刮光葫芦的，父亲给自己剃头，像给他人剃头一样，先要烧了烫头的热水，把头架在热水盆上一遍遍地往头发上浇水，因为水热，头发上会腾起一股股如烟般弥散的水雾，使他的脑袋朦朦胧胧的，直到烫热的水，把头发浸润得酥酥的，就该是父亲动剃刀的时刻了。给他人剃头，父亲高兴了，会表演一个闭眼削发的技艺，有了这样的技艺，再给自己剃头，还能有什么问题呢？没有了，父亲右手捉剃刀，左手抚摸着他的头发，他一刀一刀，像给他人剃头一样，刀刀相挨，不留一根头发，把自己刮个光溜溜的秃瓢儿。

　　常听见刀割般号哭的孩童声，几乎不用猜，就知道号哭的孩童，在家里正被强制性剃着头发。也不知这是什么理由，十三岁赎身（一种流行于关中西府的成人礼）前，孩童的头发，是由母亲给剃的。母亲心疼孩童，别说有的干脆拿不起剃头刀，便是拿得起剃刀的母亲，在给自己的孩童剃头时，都不免惊慌失措，把剃头刀搭在孩童的头皮上，没有不剃出血口子的。好像是，孩童的头皮多出一道血口子，孩童就会长一寸身高似的，他们便是哭破了嗓子，号干了眼泪，母亲的剃头刀，也要战战兢兢地把孩童的头发剃光了。其中有个信誓旦旦的理由，孩童的头发剃一刀，下一次就会生得更黑亮、更硬扎。天下母亲，没有不愿意自己孩童的头发黑亮硬扎的。我的母亲，实在听不下我被剃头时的号哭声，为此，她用目光征求过父亲的意见，但最会使剃刀的父亲，躲过了母亲的目光，不接她求助的信号。母亲是无奈了，挣扎着给我剃过两回头后，就改用剪刀给我剪头发了。可想而知，针线筐筐里的剪子，剪出来的头发，就像耕牛犁过的地一样，一道一道，是很不雅观的。但那又有什么呢？就是母亲为我剃头，剃出的模样，比剪子剪出来的模样好不到哪里去。

为我赎身的那一天，清早起来，父亲在利逼石上逼着他的剃头刀。一样都是磨刀子，铡刀、镰刀什么的，都用粗不拉拉的大磨石来磨。而逼剃头刀，就只能在利逼石上逼了。利逼石的质地太细了，就如研墨的砚台一样，腻腻的，滑滑的，手摸上去的感觉，就像摸着三岁小孩的屁股一般。剃头刀在利逼石上逼出来，才是最锋利的，才能够在锋刃上吹气断发。父亲这天来逼剃头刀，是要为我剃头了。我畏惧剃头，但是父亲给我来剃，我没有了畏惧，我在村街上看惯了父亲给人剃头，看惯了接受父亲剃头者舒服的模样。因此，在我终于听到父亲轻轻地唤着我的名字时，我即飞奔到他的怀里，像是豢养熟了的狗儿一样，被父亲夹在他的两腿间，缩头缩脑地接受着父亲的剃头刀。真是难以想象，父亲的剃头刀像是附着了他巨大的爱怜，在我的头上走动时，就像一只温暖的手在抚摸，一下一下地，很快就把我的头发剃完了。父亲把我从他的腿间往外推，而我还赖着，不愿意从父亲的腿间出来。

剃头，原来可以这么舒服啊！

我的头突然轻得没了斤两，站着走路，也突然感觉自己的腋下仿佛生出了两只翅膀，轻飘飘可以飞腾起来。

自此以后，我的头发就都由父亲给我剃了。我被父亲剃下来的头发，还有他自己的头发和母亲梳头落下来的头发，是不会随便扔了的。这不是父亲要管的，我的母亲像与父亲分了工似的，都由母亲来收拾了。父亲给我剃头，或是自顾自地给他剃头，母亲就拿着把笤帚，等在一边，小心地收拾起来，团成一团，塞进院墙上的墙缝里。黑黑的头发，一团一团地点缀着黄土的墙缝，让我疑惑，那可是母亲写在土墙上的墨书？这样的墨书积攒到一定数量时，街道有收破烂的人来，母亲就会把墙缝里的头发，一团一团掏出来，捧到收破烂的人面前，给我换来甜甜的糖豆儿。那比豌豆大点儿的糖豆儿，红红绿绿的，是我孩童时期不可多得的口福。

父亲老了，提不起小小的剃头刀了。

父亲不能给我剃头，更不能给他剃头了。在母亲的怂恿下，烧水给父亲洗了头，由我接过父亲用过的剃头刀，来给父亲剃头了。什么事都有头一遭，我头一遭给父亲剃头，剃得非常生疏，非常不顺利，就如母亲在我童年时给我剃头一样，心里是紧张的，手微微地颤抖着，在剃光父亲头发的同时，也在父亲的光瓢上割出了几道血口子。

母亲一如既往地守在剃头现场，我把父亲的头皮割破了，父亲的面皮会一抽一抽的。母亲不忍看父亲在我的剃刀下受虐，在父亲疼痛难忍而要抽一抽面皮时，母亲虽不张嘴辱我，但她会拿眼睛瞪我的。母亲的眼睛瞪在我的脸上，我没什么，倒是受了虐待的父亲，要翻着眼睛制止母亲的。正是有了父亲的鼓励，我剃头的手艺日臻熟练，用了不长时间，不仅给我的父亲剃头，还给村里需要剃头的人，动剃刀剃头了。

欺人不欺帽。帽子不是人头，只是人头上的一个遮盖物，却在民间有了如此高的尊严。这不奇怪，因为头在人的身上，是最为高贵的部分，哪怕稍稍地低一下头，也要看值不值得、需不需要。三军可以夺帅，不可夺其意志，讲的该是这个道理。所以说，谁的手长，想要摸人家的头，是必须有所顾忌的，即使两个人特别亲热，也不好伸手在人头上乱摸，尤其是小孩子，绝对不能摸大人的头，女人家不能摸男人的头，这在任何场合，都要被视为大不敬的。而如果只是剃头，就完全不一样，我年纪轻轻，在老父亲的跟前，是个永远长不大的孩子，我接过他的剃头刀子，给他剃头，就有摸老人家头的权力，不只是摸，还要反反复复摸个遍。

对父亲是这个样，对村里的其他人也是这样，除非我不给他剃头。

问题出在我离村之后，在大堡子的西安讨生活，我失去了为人剃头的便利。便是我父亲不幸病逝，到我赶回家想给他剃最后一次头，也没能赶得上，早被村里另外善剃头的人，替我为父亲净了身子剃了头。

在村子里，善剃头的人，也便是个受人尊重的人。好像是，在剃头的过程中，捉刀剃头的人和被剃头的人，在这个时候，有种特别的默契和亲近，有许多平时不能说的话，到了这个时候，便自觉撤走嘴头上的岗哨，很顺溜地便说出来了。家长里短，是是非非，一点都不见怪，而且呢，被剃头的人，往往要嘱咐家里人，熬了热茶，烙了油饼，端到现场来，让收了手的剃头人来吃喝。

记忆中，我没少受这样的待遇。便是后来，村里的年轻人爱美，不愿意剃光头，要去城镇上的理发馆给他们剪新式的"洋楼"，但要剃头的人依然不绝如缕，一茬人去了，会有新一茬人顶上来。原因是，务弄庄稼，是最整人、最烦人的活计。而最熬人，也最烦人的问题是，务弄庄稼就是与土打交道，土不仅要脏了手脸，脏了衣裳，同样会脏了头发。而长长的"洋楼"类发型，是最招惹尘土的，新鲜着打理几年，到有了把年纪，倒不如刮光了轻松。

前些时候，我有一种返老还童的冲动，回到村里住了一些日子。让我没有想到的是，村里人还记得我善剃头的事。先是我叫四叔的人，把我请到他家里去，让家里人给我熬茶烙油饼，然后温热了头发，让我给他剃头。我能拒绝他吗？显然不能。只说自己把手放生疏了，却也不揣生疏，捉了四叔家里的剃头刀，在他家的利逼石上，小心地逼利了剃头刀，来给四叔剃头了，起小练就的功夫哩，放了许多年，竟一点都没丢掉，在四叔的头上刮了一刀子，就赢得了四叔的喝彩，说我还像当年给他剃头一样，手是轻的，刀是柔的，很舒服。四叔一开口，就还说了当年，因为我给他剃头，他帮了我家不少活儿，收麦种秋，收秋种麦，不要我们家里人请，他瞅空儿，能帮是一定要帮的。我承认，四叔说的一点都不错，那样的情景至今还存放在我的记忆里。在村子里，不仅四叔，还有其他人，像四叔一样都帮过我家的活儿。这之中，最让我难忘记的是，我们家翻盖房子，四叔他们一帮村里我剃过头的人，三天、五天地，排了班一样，帮我家没费多少力气，就把一院房立了起来。

四叔记着我善剃头的事，还有四叔一样的村里人，也记着我善剃头的事。在我给四叔剃过头后，我便收不住剃头刀，不断地有人喊我去他们家，给我熬茶烙油饼，让我给他们剃头。像过去一样，我为他们剃头，他们会很亲近地把平时不说的话，说给我听了。他们说自己的儿子，说自己的女儿，说自己的生活，我认真地听着，听出了大家的无奈和孤寂，还有伤感和忧虑。我必须承认，他们说的和我看到的一样，村子在老去，他们的儿女，还有孙子和孙女，差不多都离开了村子，打工的打工去了，上学的上学去了，十家院落，竟然有六七家院子里长满了齐人高的蒿草，冷不丁的，就有一只两只的野兔，从这一家茂密的蒿草里窜出来，窜进另一家的蒿草丛里……问题严重的院落，原来的大瓦房，因为年久无人居住，宽宽展展的屋顶塌下来了，高高大大的院落倒下来了，只剩下朝天矗立的木头柱子和木头做的门窗，耸立在原来的地方，向天问着什么。

　　天不能应，只有找我给他们剃头的村里人，絮絮叨叨地诉说。我多么想给孤寂的他们、忧伤的他们说些什么！可我找不出要说的话，只能一下一下地，给他们剃着头发，烦恼的、黑白夹杂的头发。

跪草

没人能够拒接自己的生日。

所有的父亲，都是以娱乐自己身体的方式，播种下自己的血脉，要母亲来孕育生养了。母亲妊娠反应，想吃酸，吃了就吐；想吃辣，吃了也吐；想吃甜，吃了还吐……母亲一点办法都没有，母亲只有忍，忍得自己一天天变，变得大腹便便，变得臃肿失形，变到十个月时，咬牙忍痛，扯断头发，抓破手心，诞生出一个新的生命。这个新生命，紧攥双拳，紧锁双眉，紧闭双眼，高声大号的，似乎要拒绝他的出生，但这由不了他。

所有的新生命，到这个世界上来，都是身不由己的。

哭没有用，攥紧拳头、锁紧双眉、闭紧双眼都没有用。母亲生下了他，他就得好好地接受，好好地活，活给母亲一个样子看。这是所有母亲的期望，也是自己艰苦奋斗的一个目标。然而，没人知道自己给母亲活得满意不满意，自己给自己活得满意不满意。通常的情况下，满意不满意，都要装出满意来。

是个什么样的装法呢？

千姿百态，各人有各人的装法。但过生日这一方式，是大多数人喜欢的一种选择，似乎不这么做，就对不起自己，对不起生育了自己的母亲。

还有没有别的方式，来纪念自己的生日呢？答案是肯定的，有。但是一定不会很多，如我只见识过我的父亲，以跪草的方式，来为自己而庆生。

"人生人，吓死人！"

十月怀胎的母亲，在医疗条件相对落后的过去，因为婴儿脐带绕颈，或是胎位有问题，就一定难产，进而危及母亲生命。听说父亲的降生，就使父亲的母亲、我的奶奶受了一次大罪，从傍晚开始预产，一直熬过长长的一个晚上，到第二日快中午的时候，才艰难地生产下来。因为这一缘故吧，父亲在他生日的时候，从不招亲戚，也不待朋友，拒绝一切热热闹闹的宴席，拒绝所有快快乐乐的活动，黯黯淡淡地独自给自己过一个生日。

甚至是，父亲还拒绝参加他人那样的生日活动。

父亲说了，自己的生日，就是母亲的受难日。因此，到了父亲生日的时候，他会背起个竹编的大背篓，到自己的麦草垛子上，扯回一背篓的麦草，背回家来，在张挂着父亲的母亲、我的奶奶的画像前，铺开来，跪上去，给画像上他的母亲、我的奶奶磕上三个头，点上一炷香，然后就静静地跪在麦草上，要喝水了，把水端到他跟前，他跪在麦草上喝；要吃饭了，把饭端到他跟前，他跪在麦草上吃……父亲是抽烟的，不是现在有的香烟，而是农家汉子自种自收的老旱烟叶子。平常的日子，父亲的烟特别紧，一会儿装一锅，一会儿装一锅，点着了，吧嗒吧嗒，烟笼雾罩，可在他跪上麦草时起，就不再抽了，他忌了口，到站起来，动都不动他给自己栓的黄铜烟锅。

作为男丁，我小的时候，在父亲跪在麦草上时，自己懵懂着，挨着父亲也会跪下去。但是父亲不让我跪，他会抬手拍打我的脑袋，把我赶开，让我到炕上去睡觉。

我是没有耐心的，很快就会睡去，而父亲坚持跪着，不能丢盹，不能睡觉。

父亲从傍晚时跪下来，面对他的母亲、我的奶奶，在麦草上要跪整整一个晚上，天明了还不起来，还要跪着，安安静静地跪着，一直跪到早饭吃罢，快近中午饭的时候，才活动着他的腰身和膝盖，慢慢地站起来，收拾干净铺在他的母亲、我的奶奶画像前的麦草……一年一年又一年，直到父亲去世，他在他生日这天，不改样子地都要跪在麦草上，给他的母亲、我的奶奶跪着。

父亲说他这是跪草。

我见到父亲跪草的次数多了，到现在想起，他跪草的模样，仿佛一尊铜铸的雕塑，印记在我的意识里，是那样的虔诚，那样的隆重，绝不是热闹着、快活着给自己弄一场生日宴可比的。

父亲所以跪草谢母，那是因为他的母亲、我的奶奶生他时，就是在一背篓麦草上生下来的。

这就是传统俗语的"落草"了。那个时候，没有现在的妇产医院，每一个新生命的诞生，几乎都是在自家炕脚铺着的草堆里落生的。

我父亲是这样的，我也是这样的。

我受了父亲的影响，时至现在，年已约过六十，也不着意给自己弄个生日宴什么的过一过。但我远离了故乡，身在大城市的西安，却也不能如父亲一般，在自己的生日，以跪草的方式，感谢纪念母亲对我的生育之恩。我想不出别的办法，就学着父亲的样子，在我西安的书房里，独自一人，来读一个晚上的书。我坚持着这个习惯，至今已有四十多年了。我著文说过，因为"文化大革命"，我没怎么读书，勉强有本中学毕业的文凭，实际只是踏实认真地读了小学。后来，我舞文弄墨，在文学创作的道路上，还有点儿收获，与我生日之夜，苦读狠写是分不开的。

去年冬尽的日子，我于我的生日之夜，开始了我的我一部长篇小说的写作。我愿我的母亲，像她诞生了我一样，给我力量，赐我智慧，帮我怀胎，诞生出我的长篇小说来。

我把母亲抱在怀里

我把母亲抱在怀里，就像母亲曾经抱着我一样。母亲抱着我的时候，是我的新生，我攥着拳头哭声嘹亮……我抱着母亲的时候，母亲即将撒手远去，她悄然不语……在我昨夜的梦里，我梦见母亲了。

这一夜，我即将步入我生命的六十四岁，而我的母亲，离开我也已有二十二年。

二十二年前的七月，我从咸阳报社调入西安日报社三月有余，母亲在我租住的家里，三番五次要我把她送回老家。母亲给我说，我父亲想她了，要她去陪他。我嘴上答应着母亲，却没有任何举动。我坚持认为，母亲是说胡话，她虽然八十五周岁了，但她的身体很好，能吃能喝能走动，抱着我三岁的女儿吴辰旸，还能坐在阳台上的阳光下，教我女儿说口谱。母亲记得的口谱很多，在我小时候也给我说过。我还记得，我女儿也记得的，就有一大堆，但记忆最为清晰的，是这几句：

> 蜂蜜罐罐，油馍串串，
> 肥肉片片，臊子面面，
> 额娃额娃福蛋蛋。

我抗拒着母亲，没有立即送母亲回老家，母亲竟悲伤地哭着给我看。

我对母亲没了办法，就把母亲曾经说给我，也说给我女儿的这四句口谱说给母亲听。我不说口谱时，母亲只是潜潜地啜泣，但当我把这四句说出来，想要惹母亲开心而停止啜泣——过去的日子里，我这么来哄母亲，总能把母亲说得笑出来——可这一次，我失败了。母亲不仅没有乐起来，而且还把她的暗自啜泣，演变成了大声的哭诉。

母亲哭诉我是不听话了。她说她没有说胡话，她说她不会说胡话，真的是父亲想她了，她要去陪父亲了。

我父亲在我十四岁时，就辞世而去。这么算来，父亲离开母亲和我，已经二十六个年头了。在这二十六年里，我在扶风县北的闫西村种了十年的庄稼，此后又在扶风县城做副业工和合同制国家干部，再到西北大学读书，在咸阳日报、西安日报工作，母亲和我，相依为命，我到哪里，母亲跟我到哪里，她突然地说出那样的话，我是不能接受的。

我惶恐畏惧，胆战心惊，我奈何不了母亲，也奈何不了我。

我答应了母亲，并找来一辆小车，抱着我的母亲，和母亲一起回了扶风县北乡的闫西村。

坐在小车里，我想着母亲的过去，有些是母亲说给我的，有些是我亲历亲见的。母亲说给我最多的话，是我的父亲。母亲在说父亲时，起头的话，总是一句"短寿死的"。我初听时，以为母亲给父亲结着什么大怨大恨，听多了，才觉出那是母亲对父亲的一种思念，而且还有点儿母亲自己的骄傲。

不过，母亲来说父亲，总是特别不客气，我忘记不了的还有母亲说的这样的一句话。她说："我就不该嫁给短寿死的。"母亲最早说的时候，父亲还没有离开我们儿女而去，母亲那时候说这句话，她会说得咬牙切齿，父亲离开我们走了，代之而来的，就像母亲骂我父亲"短寿死的"时一样，依然怨中带恨，却也不失自己的骄傲与自豪。

母亲被父亲娶回家来，因为一个游方道士的话语，父亲坚持要母亲给他生育五个儿子。母亲是争气的，一个接着一个，给父亲连着落草了四个儿子。到母亲分娩第五胎时，生出一个女儿，父亲面对他的大女儿，也是喜欢的，可是等到母亲又生下二女儿、三女儿时，父亲不能容忍了，他的二女儿和三女儿被溺亡了。还好，父亲见不到那个给他算过命的游方道士，就去了我们村口的小庙里，向小庙里唯一的老和尚求教了。老和尚对父亲已有的行为，早有耳闻，在父亲向他求教时，老和尚双手合十，什么话都不给父亲说，只是一个劲地数着他的念珠，口里喃喃自语。

老和尚的自语是：罪过……罪过……

就在老和尚自语"罪过"后不久，母亲又给我父亲落草了一个女儿。这一次，父亲接受了他的这个女儿，至此两年以后，母亲再次分娩，产下了我，完成了父亲所希望的"五条汉子"。

可以想象，一对农家夫妻，要养活我们兄弟姐妹七人，是怎样的不容易，仅一个吃，一个穿，就让父亲母亲作难了。母亲说过，为抓养我们，他们夫妻是做了分工的，吃是父亲的事，穿是她的事。对此，我有最为深切的体会。

先说吃吧。二十世纪人民公社后的"大跃进"，父亲以他一个庄稼把式的智慧，预知了后来的大饥饿。他在生产队参加集体劳动，过些日子，总要缺工一两天。父亲之所以缺工，他是独自个钻进了我们村北的深山，在山林里开荒种谷子。父亲的这一举动，以当时的政策而论，是"反动"的，可是正因为父亲的"反动"，到大饥饿突然来临且蔓延全国时，父亲又隔三岔五，天黑时悄悄离家，半夜时悄悄回家，肩背上他耕种出来的谷子，在家熬了稀饭给我们喝，让我们一家的九张嘴，在饥饿岁月里，没受大的罪。

我问过母亲，父亲在山里为啥只种谷子。母亲就在我头上拍了一巴掌，要我去问父亲。父亲给我说清楚了，父亲说荒山地谷子好长。

我没说我藏在心底的小九九，其实我是想吃母亲做的面条的。我不是夸口，我母亲的臊子面，做得是很绝的，为此我写过一篇《想起老饭店》的散文，发在二〇〇九年的《美文》杂志上。

母亲就在我们的舌尖上，当然还在我们的身体上。分工我们穿着的母亲，于此是把夜熬深沉了。在我童年的记忆里，母亲的辛劳，无分四季，总在炕头的一角，嗡嗡嗡嗡的风旋着，好像是越到寒冷的冬季，母亲的纺车越是摇得急迫，摇得夜深。我们兄弟姐妹后来说，无人不是蜷缩在母亲摇着纺车的怀抱里睡过去的，我们听惯了母亲纺车风旋的嗡嗡声，仿佛那持续不断的声响，就是一支催眠曲，在我们闻听不见时，还可能睡不踏实。

我们兄弟姐妹七人，倒是在母亲的纺车声中睡酣了，睡足了。可是我们的母亲呢？她摇着纺车，一日一日又一日，一夜一夜又一夜，她就不困了？她就不乏了？肯定不是的，我们听母亲说过，每到换季的日子，或单或棉，我们高高低低七个人，加上身材魁梧的父亲，都能体体面面地换上新衣服，她所有的困乏就都值得了。特别是大过年的时候，初一的清早，泛滥着新棉布、新棉花特有的一种气息，包裹着我们兄弟姐妹和父亲的身体，母亲走过来转过去，把我们穿在身上过年的新衣，伸手这里拽一拽，那里抻一抻，母亲的脸含着笑，特别温和，特别温暖。

母亲还要给我们兄弟姐妹和父亲织毛袜子和毛手套的。

母亲把给我们织毛袜子、毛手套的希望寄托给了她养的那几只绵羊身上了。要养好养肥几只大绵羊，是费时费力的，青草长上来的季节，可以牵着绵羊到田野上的墩坎上去放，入冬后，就只有关在圈里喂养了。而喂养绵羊的饲草，却也要在青草摇曳的时节，割回家来，晾晒干了，堆积起来，等入冬了喂给绵羊。父亲忙着庄稼地，闲暇了，就去割青草。但这是不够的，母亲知道几只大绵羊卧冬时的食草量，她也是要提上镰刀，拿上担绳，割青草而冬贮的。我们村西，离家三里地的地方，有条名叫草沟的深沟，是母亲割草冬贮的最佳去处，也不知母亲在草沟割了多少回草，偏偏的在一个傍晚时分，母亲在草沟割了一捆草，那天的草捆得有点大，母亲用带着钩子的担绳，把草捆子捆紧，这就半跪半蹲，把肩膀套进绳捆子里，想要背起草捆回家，可她使着力气，背了几背，都没能把草捆背起来。

母亲奇怪了，想她怎么就把草捆背不起来呢？

就在母亲奇怪的时候，有几只小狼崽，蹦跳着跑到她的面前，睁着圆溜溜乱转的小眼睛，看着母亲乱吱哇……母亲因此更为奇怪，她抬了一下头，看见了一只大母狼，两条前爪踩在她的草捆上，吐着一条鲜红的大舌头，不偏不倚地搭在她的头顶上。母亲被吓昏了一刹那，紧接又清醒过来，母亲想着家里的孩子们，她给大母狼诉说起来，说你是个母亲，我也是个母亲哩！母亲都为自己的孩子好，你能忍心你的孩子好，而让我的孩子哭吗？母亲把这几句话，车轱辘似的说着，说得她面前的小狼崽都跑得没了影子，她再抬头，也不见了前爪踩在草捆上的大母狼，母亲使了一把劲，把草捆子背起来，背上壕沟，背回了家。

母亲给我说她经历过的这件事，已经是几十年后了。

这个时候，生活在关中道上的人们，谁还能见到一条野生的狼呢？见不到了，狼几乎绝了迹，而母亲不忘她曾经的经历。母亲问我，说狼都到哪里去了，怎么就见不到狼了呢。特别是在我父亲"文革"时被扣上顶"村盖子"的帽子后，母亲不止一次要怀念到狼。

父亲过世二十六年，一直跟着我生活的母亲，从老家闫西村进了扶风县城，从扶风县城又到咸阳市，从咸阳市再到西安城，母亲的身体向来不错，除了一时半会的头疼脑热，母亲没有什么太要紧的病。她说我父亲想她了，她要去陪我父亲了。她坚决地要回老家去，我不能不顺着母亲的意，陪着母亲回老家了。几十年离家在外，回到家的母亲，引来村里人相看问候，母亲精精神神，什么事都没有，我给家里大哥、二哥、三哥，还有大姐、二姐交代了一下，并给母亲问了声安，就又回西安自己的工作岗位上，编稿子写文章。过去了两天，二哥打电话给我，让我火速往家里赶。二哥说母亲清早起来，自己烧了锅热水，把自己洗干净了，又在脚盆子里腾净了自己身子，自觉地翻箱倒柜，把她给自己准备的老衣都找出来，满面笑容地穿好，在老家的院子里，前前后后走了个遍，这就要大哥二哥他们给支床，说她要走了。

母亲是要去见我们的父亲吗？大哥二哥他们吓坏了，打电话给我，我没敢迟疑，在回家的路上，拐进扶风县城，叫上在县医院当院长的一位李姓同学，回到家来，看见我的母亲，已静悄悄地躺在支着几块木板的床上。

我回家来，让在县城名气很隆的医生同学，给我母亲做了全面的诊断，心电图、脑电图的做了一遍，然后给我自语，老人没啥病，老人就是老了。我听得懂同学说"老了"的话，也就是说没病的母亲，她全身器官赶在同一个时间，老得没有用了。我没有流泪，更没有哭诉，我爬到给母亲临时支起来的木床上，轻轻地把母亲抱起来，紧紧抱在怀里，我把我的脸，贴在母亲的脸上，我听见母亲给我再一次说着她说顺了嘴的口谱：

> 蜂蜜罐罐，油馍串串，
> 肥肉片片，臊子面面，
> 额娃额娃福蛋蛋。

我把父亲牵在手里

父亲倒头而去的日子，儿子的路就走到头了。

读初中的女儿，在她十三岁的那年，突然强硬地把我牵在了她的手里时，我莫名其妙地想到了这样一句话。那是个星期天，女儿要去我家对面的一个小区，参加那里组织的两小时特长培训。过去或是她母亲，或是我牵着女儿的手，走在车水马龙的马路上，可这一次，在我还像原来那样要牵着女儿走，可我的手在伸向她时，却被她牢牢地抓住了。我感觉得到，女儿手上用的力气大了，她有了把我牵在她的手里，在她的主导下来过马路了。

这件事过去了十多年，我在想女儿把我牵在她手里的时候，我是什么时候也把父亲牵在我的手里的呢？

对了，就在父亲倒头而去的日子里。

父亲那一辈，他们兄弟四人，老大行伍，老二也行伍，还有老四也行伍。不过老大吴俊岐、老二吴俊儒，行伍国民党的军队；老四吴天合则参加了共产党的军队，在宝鸡与圣地延安之间，建立了一个他当游击队队长的交通线，把从宝鸡搞到的药品及别的战略物资，通过秘密渠道，输送到延安去。老大吴俊岐牺牲得早，他是跟随陕西地方军东渡黄河，在中条山抗击日寇时牺牲的，牺牲时年仅二十四岁，为一个步兵连的连长。就在他赴中条山抗战前，坚决地把老二吴俊儒从军队中扯回了家，说他为国尽忠就好了，要老二在家尽孝。

父亲吴俊藩，是个耕田种地的把式，老大抗日牺牲后，我的爷爷奶奶也相继过世，老二和我父亲就分门立灶，各过各的日子了。老四吴天合性格刚，分家时随在了我父亲身边，结果两兄弟闹了一场矛盾。矛盾是什么呢？父亲没有给我说过，四老人也没说过，总之，兄弟俩没法在一起了。而且是，四老人一气之下，还离开家，直到新中国成立，挎着短枪，骑着大马回到家里，家里人才知道他参加了解放军，是位革命有功的人。

父亲在他们兄弟之间，是个彻头彻尾的庄稼汉，用他自己的话说，我把牛尻子戳了一辈子，你们还能像我一样戳牛尻子吗？

这是父亲说得最多的一句话，我们兄弟姐妹七人，他给我们都这样说过。他这样数说我们，是一种现身说法，以自己的生存模式，激励我们兄弟姐妹，要好好读书，活出一种别样的人生来。

一个热爱土地的庄稼把式，年轻时是有机会脱离土地的，或继续学业，或经商赚钱，但他都放弃了，死死活活都要守在土地里，春种秋收，喝小米稀饭，吃白面蒸馍，他把日子过得有滋有味，踏实认真。年纪大了，却突然地否定自己，厌恶土地，我有许多年都想不明白，直到现在，我依然不敢说我想明白了。

父亲过世后，我们整理他的遗物，在他数十年枕着，被他的头油枕得滑润油光的枕匣里，发现了他收藏的地契，这使我们兄弟姐妹震惊了，知道父亲并没有厌恶土地，他还是视土地为生命的。安葬父亲，我们兄弟姐妹一起，把父亲收藏的地契，烧在了父亲的坟前。

父亲不想我们兄弟姐妹再戳牛尻子，这是父亲的远见，当然更是认命现实的一种无奈。

"文革"的时候，父亲被扣上了一顶"村盖子"的帽子，他被游街斗争，自己的思想转不过弯，自己了结了自己。我想我的父亲，与土地纠缠了一生，热爱也罢，厌恶也罢，土地确实太让他烧心了。

乳名吴义田的大哥，乳名吴吾田的二哥，乳名吴新田的三哥，乳名吴余田的四哥，还有乳名吴乃田的我，被父亲按照我们出生时的情势，都"冠冕"了一个"田"字。因为父亲对土地情感的变化，在他的督促下，我的四位哥哥，或学医，或公干，余下我还有我身前的两位姐姐，都还围绕在父亲的腿边，被父亲牵在手里，一日一日成长着。

重男轻女，是父亲他们那一代人以及往上翻多少辈，所共同信奉的一种价值取向："嫁出去的女儿，泼出去的水"，女儿家终究是人家的人。

父亲没能例外，尽管他把我的两位姐姐"小棉袄，小棉袄"地疼爱着，但那也不及对我爱的十分之一。两位姐姐是父亲的小棉袄，而我则是父亲的心头肉。举一件事，就可了然父亲对我的偏爱，是超越了一切的。我长得腿硬了，摔摔打打的，被父母牵在手里，能去十里地的召公镇上会了，能跑七里地的法门寺赶集了，父亲这一个会上了召公镇，下一个集去法门寺，他会牵着我的手去，而我也乐颠颠被父亲牵着去，去了是有特别好处的。乡下的生活，只有过年时才尝得到点荤腥，平常日子，是难见一点肉沫子的。父亲牵着我赶集上会，情况则大不一样，去了召公镇的会上，父亲会掏钱买一碗羊肉泡，跑了法门寺的集，父亲会给我买一碗生汆猪肉丸子。

享受父亲这一特殊关爱的时候，正是二十世纪三年困难时期。

四位哥哥都出门参加工作了，两位姐姐在读书，而我也长大要读书了。一九六一年九月初，父亲牵着我的手，把我送进村子用庙改成的小学，把我往老师手里一塞，他便转身走了。我是看着他的背影，走出小学大门后，才转身进的教室，可我在读小学语文课本"天、地、人、口、手"的时候，无意识地往窗外瞥了一眼，那一眼里，父亲操心我的脸面，正贴在教室的窗玻璃上。下课回到家里，父亲奖励了我一个白面蒸馍，那个蒸馍，父亲是从我们晚上睡觉的炕头上取来的，在炕头我横睡的地方上空，有绳子吊着个馍笼子，我从炕上爬起来，伸手在馍笼里，就能拿到一个白面蒸馍。

在此之前，我的头顶上是没有馍笼子的。

这以后有了，但名义是给年老了的父亲特殊准备的。

父亲以奖励的方式，给我演示着从馍笼里取出一个白面蒸馍，从此我清早起来上学，自觉不自觉地，穿好衣服下炕时，都要伸手到我头顶的馍笼里，抓出一个白面蒸馍，装进我衣服口袋，在我上学读书的空隙，很好地享受一阵。

我偷偷地享受着父亲的优待，原以为父亲是不知道的，后来想，我清早起来偷拿白面馍，父亲怎么可能不知道，他是知道的，他不揭穿我，任由我分享他的优待，他是故意的，因为馍笼里的白面馍，他是不吃的，都被我偷偷享受了。父亲把他应有的优待，全都优待了我。

我享受着父亲的优待，从我的身高上，很好地体现了出来，我们兄弟姐妹七人，我鹤立鸡群，一米八二是最高的一个。

"文革"说来就来，父亲被戴上"村盖子"的高帽子，拉出家门批判游行了。

怎么就"村盖子"了？到现在我还说不清楚，但有两件事，或许能说明一些问题。

新中国成立前没有在国民党的地方政权服过务，新中国成立后也没在共产党新政权的地方组织任过职的父亲，面对村里的一些重大事务，都特别有发言权。二十世纪六十年代初，国家扶持乡村电力建设，我们村的干部，积极争取到了这一扶持，但他们集体到我家来，来给我父亲说这事了。当时我给来家的村干部熬茶，我听到村干部眉飞色舞地说着拉电的种种好处，但却没赢得我父亲的一丝赞赏。父亲吃的是一根长长的旱烟锅，他一锅接一锅地吃着，就是不开口，就是不说话。他的沉默，让村干部们十分焦急，几次三番问我父亲，要父亲说句话。最后父亲说了，他先把烟锅里的烟灰，咣咣咣咣在石砌的炕台上磕掉，又还喝了一口黏稠的茶水，这才说话了。

父亲说："啥是电吗？我不知道，我只记得老祖宗教训咱们不要惹电，你们说嘛？这电是好惹的吗？"

我们村的电力建设，因为父亲的这一句话，推迟了近十年，到我父亲死后才拉进了村。

这是一件事，另外就是端饭了。

村里有那么一些人家，只要做一顿好吃的，都要先匀出一碗，热烫烫的由这家人选派一个干净伶俐的人，从他们家里端出来，走在我们村的村道上，逶逶迤迤，小小心心，端进我家来。嘴上呢，还要热情响亮地叫着端饭者能够呼叫的称呼，双手端着，直到递在我父亲手上。

给我父亲端饭，几乎成了村子一段时间里的一道景致。

常常有端重了的时候，这时候，父亲会把我叫到他跟前，让我帮他吃村里人端来的饭。我记得那些饭，有臊子面，有凉皮儿，有油炒粉……都是我们那里乡村生活的特有饭食。

这是父亲在我们村的一份荣誉，在他生前，只有他一人独享，在他死后，再也没有这样的事出现了。

父亲去世这一年我十四岁，这一天是一九六八年的中秋节。我挪着碎步，挪到父亲身边，第一次把父亲牵在手里，像父亲原来牵着我一样，亦步亦趋地牵回了家。

是夜，父亲把一根绳子甩上月亮，挂在月亮上去了。

家教

　　一度被我们鄙薄的、而今又为我们推崇的家教，就是这么任性，就是这么不讲理。我追着央视的《记住乡愁》专栏，赶上了是一定要看的，那遍布全国各地的经典村寨，以各不相同，但又基本相同的家教理念，建立起来的村社文明，确是值得我们发掘和发扬的。六尺巷的故事，流传得很久也很广，言说清朝康熙年间，在京任文华殿大学士兼礼部尚书的桐城张英，收到一封驰书于老家的家信，极言他们家与邻居叶家在宅基地上发生了争执。两家旧宅都是祖上的基业，时间久了，本就是一笔糊涂账。欲占便宜的人，最是好算糊涂账，不分彼此，往往都只相信自己的算计，全然不顾他人的感受。两家纷争起来，各说各的道，各讲各的理，谁都不肯相让。地方官因为事涉当朝尚书，也不愿意插手其中，便是街坊邻人，同样怕惹是非，而不敢轻易插话，致使纠纷越闹越大，家人没了办法，飞书京城，欲求张英招呼地方官员"摆平"叶家。张英如果听信家人请求，完全可以实现自家的期望，可他阅罢家书，只是捻须一笑，挥笔在书案上的一方书笺上，写了一首打油诗。

　　诗云：

　　　　　千里捎书只为墙，让他三尺又何妨。
　　　　　长城万里今犹在，不见当年秦始皇。

飞书来京的家里人，把张英的打油诗火速带回了家。家里人见信喜不自禁，以为定有什么解决纷争的强硬办法，拆开来看，却是这样一首打油诗。心里败兴着，却也仔细想来，唯有一个"让"字，是解决问题的最佳措施。他们遵照张英的打油诗，自己主动拆除墙桓，先让出三尺来。"宰相肚里能撑船"，尚书的打油诗和他们家的忍让举动，感动了与他家争执的邻居一家，他们热泪盈眶，也自觉推倒围墙，向侧旁让出三尺。张、叶两家合计让出的六尺巷子，不仅和睦了邻里关系，还方便了大家的出行，让人们思索至今，无不为之获益。过去了许多年，亦即二〇〇八年二月二十一日，时任国务院副总理的吴仪，来桐城视察，在六尺巷走着，仔细地观看巷子里的一草一木、一砖一石，临离开时，她不无严肃地说，"大度做人，克己处事"，是六尺巷故事给人的最大启示。

二〇一六年的春晚，赵薇的一首歌，更是唱绝了六尺巷的历史蕴含，以及现实需求：

我家两堵墙，前后百米长，
德义中间走，礼让站两旁。

我家一条巷，相隔六尺宽，
包容无限大，和谐诗中藏。

这是家教的力量了。人少了家教，或者欠缺家教，就不可能有那相让出来的六尺巷。

家教是一种内修，讲究的是仁义，还有忍让。但要葆有这一美好的品性，是要本家人，祖祖辈辈，言传身教，才可能实现的呢。英明的张英做到了，著名的司马光也做到了。神童般的司马光，砸缸泄水救同伴的故事，家喻户晓，但是我们要知道，他也是会说谎的。

成人后事功彪炳的司马光，年少时还不是一次说谎，民间传说和历史记述的就有三次，一次是他剥花生皮的事，一次是他作文抄袭的事，另有一次是他吃核桃除核桃仁皮的事。《弟子规》故事之五十六，所云"过能改，归于无；倘掩饰，增一辜"，说的就是这件事。一次，他跟姐姐一起剥核桃吃，核桃仁上的那层薄皮入口又苦又涩，很难剥净。姐姐的办法好，让他把核桃仁浸在碗里，用水泡一会儿剥，薄皮变软发胀，就能很好地剥出白亮亮的核桃仁吃了。司马光如法炮制，吃的那叫一个美。姐姐有事出去了，父亲司马池来了，看见司马光剥除核桃皮的办法很有效，就问他谁想出来的办法。司马光随口说是他呀。司马池得意儿子司马光的聪慧伶俐，就大大地夸了他一番。正夸着，司马光的姐姐进来了，向父亲证实了这种剥核桃皮的方法，不是弟弟想出来的，也不是她想出来，是后厨的一个丫鬟给她说的。为此，夸着儿子的父亲，转换了语气，当即把司马光狠狠地批评了一顿。

说谎被父亲批评，司马光记在了心里，决心做一个诚实的人。为了堵住说谎的嘴，长大后，还自觉给自己取个字，叫作"君实"。大家把他"君实"的字叫在口上，让他时刻注意着，什么时候都必须诚实守信，正直无私，廉洁奉公。他坚持这么做，还要求他的子女，也要代代相传，一直做下去。

到了他的儿子司马康时，官做得很大，名望也很高的司马光，见儿子受母亲溺爱，在吃上，尽可能地精细，在穿上，尽可能地光鲜。司马光劝说了他的妻子，并写了一篇《训俭示康》的文章，要司马康认真习读。这篇家训式的文章，从自己年轻时受家父教诲，不喜华靡，注重节俭的经历说起，批评了近世风俗趋向奢侈靡费，讲究排场的错误现象，指出大贤的节俭，有其深谋远虑，而非奢侈庸人所及的道理，深刻地说明了"俭能立名，侈必自败"的终极至理，使儿子司马康幡然悔悟，后来勤俭自励，成长为有宋以来，文武兼备的一个人才。

人非圣贤，孰能无过。

我举例的六尺巷故事，以及司马光三代人的成长经历，都在证实家教文明，之于一个家庭，一个人，及至一个国家，是何等重要啊！凡有历史功德，且为人师表的大贤臣圣，谁不都是注重内修，加强内修而成长起来的？我不敢把我家的家教与张英、司马光家的家教类比，但我以为也是值得总结和写出来的。

不知道我的祖爷爷是如何教养我的爷爷他们的，但我听说了我的爷爷是怎么教养我的父亲他们的。我的大伯二十岁出头，就已做了陕西靖国军的一个营长，家里翻修上房，爷爷捎话，要大伯回来看一看。话捎去了，大伯却一直不见回来，爷爷等着大伯，一直等到上了梁，浇了木，铺上苇箔往房顶上复泥列瓦的日子，大伯回家来了。大伯抗日牺牲在了黄河东岸的中条山，我没有见过大伯，家里有他一帧戎装的遗像，佩刀带枪，还戴了一副圆圆的黑框眼镜，十分英武，十分帅气。从大伯的遗像可以看出，他生前的气象是何等不凡，爷爷捎话让他回家，他回来了。

回家来的大伯，骑了一匹枣红色的大马，还随身跟着一位马弁和两位勤务兵，像一股大风似的从入村的道路上刮过，并刮过村街，回到了我家门口。出息成我大伯这样的男儿，在我们村是少见的，他是爷爷的骄傲，也是村里人的骄傲。被爷爷骄傲，被满村人骄傲的大伯，绝对没有想到，他在我家门口跳下马来，把他带回家的银圆，还没送到爷爷的手上，就被闻讯撵到他身边的爷爷，提着沾满泥巴的铁锨，抡起来，一锨拍趴在了地上。大伯没说什么，站起来把装着银圆的一个帆布挎包往爷爷怀里一塞，自己脱了鞋袜，挽起冲锋尼的军裤，跳进了旁边的一堆草泥里，深一脚、浅一脚地踩起来。家里翻修上房，踩泥是个霸王活，大伯想要以此消除爷爷的愤怒。可是一点作用都没有，爷爷把大伯送到他怀里的银圆挎包，"嗵"地扔进了草泥中，抡着他手里的铁锨，扑着还去拍打大伯。跟随大伯来的马弁和勤务兵，哪里见过这样的阵势，在部队上，从来都是大伯威风凛凛地教导训诫他们，兴冲冲回到家，茶没喝一杯，饭没吃一口，即被家里的老人打得草泥里乱踩，他们看不下去，同时也是责任，就团团地围上去，把爷爷拉住，让他打不着大伯。

爷爷打不着大伯，身子受到围团，但他嘴是解放的，他大骂大伯少教无理。你出息了，有本事了，回来给我作势呢？回来给村里人作势呢？

大伯的马弁和勤务兵劝说着怒骂的爷爷，一个说我们长官不是回来了嘛！一个说我们长官公务缠身！一个说我们头儿事情多！三个人的劝说，没能劝住爷爷，爷爷打得更起劲了，满嘴的唾沫，骂我大伯，你长官了？你长官了？你头儿了？你就这么长官？你就这么长官？你就这么头儿？爷爷骂着，把粘泥的铁锨在自己身上猛地拍了一下，责骂自己"子不教，父之过"，说他没把大伯教好了，还怎么给人当首长、长官、头儿！

大伯被爷爷的一铁锨，以及一顿大骂，拍醒了，骂醒了，他从草泥里出来，牵了他的枣红马，赤脚从村街上走过，走到出村的路上，一直走出去三里路，在路边，把自己脚腿上的泥擦去，穿上马弁和勤务兵给他拿来的鞋袜，整理好衣扣，戴端正帽子，让马弁和勤务兵落后他百丈距离，他在前头走，马弁、勤务兵后边跟，一步一步，重新走上进村的路；一步一步，重新走上村街；一步一步，重新走到我家门口，走到爷爷的跟前，脱去军帽，给我爷爷跪下去，磕了个头，被我爷爷扶起来，双手相携，这才进了我家的门。

大家庭惯骡子，小家庭惯娃娃。爷爷说过这句话没有？我没听说过，仅从他教训大伯的事上，可以知道，他是不会娇惯自己的娃娃的，无论他的娃娃年纪尚小，还是已经成人，如果无教或者失教，都不免受责施教。

我们家是个大家庭吗？在乡村社会里，应该是算得上的，曾经的日子，我家的牲口圈里，有骡子有马，听说饲养得油光水滑，很是得宠受惯。到我爷爷去世，我父亲他们一辈分门立户，都有了自己的小家庭，但大家庭生活的礼规却丝毫未变。我父亲对我们兄弟姐妹的教养，抓得似比我爷爷还要紧。这应验了父亲挂在嘴上的一口话，房檐水不离旧窝窝。

的确是，前次降雨，从房檐上的瓦槽里落下的雨珠，砸在房檐下的那个窝窝里，再次降雨，再再次降雨，从房檐瓦槽里落下的雨珠，绝对不会偏去原来的窝窝，叮叮咚咚，叮叮咚咚……都会端端正正地砸在旧窝窝里。父亲继承了爷爷的秉性和礼规，他自己做得就很好，因此教养我们一辈，自然不会有半点松懈。我在兄弟姐妹们中最小，看在眼里的情景是，常常因为一些小事，父亲就要拽着哥哥姐姐的胳膊，去到村里人家门上去，按着哥哥姐姐的脑袋，他自己先向邻居赔礼，哥哥姐姐再向邻居认错。

父亲去世得早，没有能如爷爷那么轰轰烈烈地教训我大伯那么教训我们，但就经常拽着哥哥姐姐的胳膊，上门向邻居赔礼认错，让年龄尚小的我，也是很震惊的。因为我知道，哥哥姐姐许多次向人赔礼认错，不都是哥哥姐姐们的错，恰恰是赔礼认错的人家的孩子的错。就这个问题，哥哥姐姐与父亲讨论过没有？我不知道，少小懵懂的我，就曾严肃认真地问了父亲。

我问父亲："哥哥姐姐没错，为啥还要给人赔礼认错？"

父亲对我的发问，像早有准备似的说："赔礼认错，叫你娃娃低人一等了？没有，你哥哥姐姐在人眼里，还会高人一等。"

我父亲坚持着他从爷爷那里继承来的礼规，严格仔细地教养着我们，便是我的母亲，也一点都不马虎，她站在父亲一边，支持父亲对我们的教养。母亲从她自身出发，要求着她的孩子时，仿佛与父亲分了工，对我的两位姐姐教养得尤为上心，不论锅上灶上，还是纺车织机，以及待人接物，都要求得很严，抓挠得很紧。母亲有一句话，说得咬牙切齿。她是说给我的两个姐姐的。

母亲说："我不能把你俩推出门，让人家说我把你俩生下来，在窗台上晾了晾就给了人吧！"

家教在一个家里，就是这么没理而有理，就是这么无用而有用。

家道

　　中华古之哲学所谓一个"道"字，是很需要认真领悟的。老子的《道德经》第二十五章，明确提出："道生一，一生二，二生三，三生万物。"这该是老子对人类的伟大贡献了，他认为道即是自然，自然也就是道，一切莫不如此，"日月无人燃而自明，星辰无人列而自序，禽兽无人造而自生，风无人扇而自出，水无人推而自流，草木无人种而自出……"老子的自然观，就是这么强势，数千年来，不仅获得了中华文明的高度认知，也获得了世界文明的普遍认同。

　　那么由老子的"道"而生发出来的"家道"呢，自然又长期以来，为世道人心所推崇，并且发挥着巨大和深远的作用。

　　我们必须承认，"家道"这个我们遵守维护了数千年的一个治家原则，有一段时间表现得有点式微，受人冷落，甚至唾弃。现在，是时候要重新唤回"家道"的尊严，使其融入我们的日常生活，指导我们人所以为人、家所以为家的成长方向。

　　就我的认识而言，"家道"所指，一为成家之道。隋时王通在他的《文中子·礼乐》篇说："冠礼废，天下无成人矣；昏礼废，天下无家道矣；丧礼废，天下遗其亲矣，祭礼废，天下忘其祖矣。"几百年过去，到了宋时的秦游，亦在他的《谭意歌传》中强调："意治闺门，深有礼法，处亲族皆有恩意，内外和睦，家道已成。"倏忽之间又是几百年，清代的刘大櫆在他的《卢氏二母传》里再次重申："嫡妾之义不明，则家道乖而父子之恩绝，兄弟之伦废矣。"

前人之于"家道"的论说，或许存在着他们自己的局限性，但不影响他们对于这一命题的基本立场，是值得我们肯定的。其上为之一说，其二要说为"家业和家境"，正如唐人姚思廉《梁书·明山宾传》云："兄伸璋婴痼疾，家道屡空。"宋人罗烨《醉翁谈录·红绡密约张生负李氏娘》云："才经三载，家道零替，生计萧然，渐至困窦。"那么其三是怎么说呢？大抵指向"家庭的命运"。宋人蔡绦《铁围山丛谈》卷四云："兄念家道，死丧殆尽，今手足独有二人。"清人曹雪芹《红楼梦》第九十五回云："探春心里明明知道海棠开得怪异，宝玉失得更奇，接连着元妃姐姐薨逝，谅家道不祥，日日愁闷，那有心肠去劝宝玉？"

引经据典，是我作文的一个短处，唯恐引据有误，害人害己，但我来写"家道"，忍不住是非要引、据不可了。引、据这么三项，我们大概可以知道"家道"的基本意蕴了。那么，我将怎么继续往下写呢？我想从我曾经的生活阅历中，找出几件活生生的事实来写，才可能写得鲜活，写得有趣。

二十世纪六十年初的时候，村里许多人家，为了一口吃的，什么样的事都干得出来，耕役的牛，想方设法在还有点膘的时候，整死它，以便上报公社，宰杀后吃牛肉。至于挖蔓菁，剥榆树皮，碾玉米芯子等等充饥的伎俩，都用上了，却还是叫人饥肠辘辘，家人见了面，都说对方的眼仁是绿色的。在这样一种饥馑的状况里，细心的村里人发现，村头上戴了地主帽子的那家人，几天了，不见他家烟囱里冒烟。这叫村里人好不焦虑，知道他家是断炊了。

断炊即意味着死亡！

是夜，小小的我睡得正酣，可是我的父母不让我睡，把我叫醒来，让我穿上衣服，拿了两穗玉米棒子，要我投到断炊的地主家里去。那是两穗新鲜的玉米穗子，嫩得一掐一泡水，煮了或是烧了吃，可是非常香的呢！我不知道父母是从哪儿得到这两穗嫩玉米的，也不明白为什么要把我们饥着肚子的好吃食投进地主家里。我不知道，我不明白，但我架不住父母的指派，穿上衣服，拿着玉米穗子，乘着暗夜往村头走，我走着回了几次头，发现父母远远地跟在我的身后，检视着我，看着我走到村口地主家的院墙边，把两穗嫩玉米穗子，投进了地主家的院子里。父母等着我，等我回头走到他们跟前，把我抱起来，抱回家继续睡觉。

来日天明，地主家的烟囱里冒出了一股炊烟。

从此以后，地主家的烟囱里再没断过炊。许多年过去，土地重新分配给了个人，地主家的成分也摘除了，戴着的帽子也摘掉了。他们才说，家里断炊要饿死人的日子，先是有人给他家投嫩玉米棒子。有了头一次，后来接续不断地有人投玉米棒子或是红芋、土豆什么能吃的东西。他们说了，他家感激村里人的这一份好心。

时至今日，我从来没有告诉别人，往他家投送嫩玉米棒子的人是我，以及后来又是谁，又是怎么往他家投送能吃的食物。但我从父母的嘴里知道，这是有原因的，村里人这么做，都是为了报答。

他们家道好，为人心善。

父母亲这么说他们家，村里人都这么说他们家，哪怕以阶级斗争为纲，把他们划分到敌对阵营里的人家。但他们为村里人赞许的"家道"好，"心善"，便在那个残酷的斗争形势里，让村里人在暗夜的掩护下，人性地抹平了。

父母监督我投送到地主家的嫩玉米棒子，是父母偷来的；他人投送到地主家的嫩玉米棒子、红芋、土豆什么的，也是偷来的。偷在那个特殊的时期，一点都不为耻，事后说起来，虽然脸上要飞起一抹红晕，但心里却自有一份荣耀。

真相在一步一步地揭露着，原来村里人用自己很不光彩的偷，来回报这个地主家庭，那是因为他们于一九二九年和一九三二年关中大饥荒的时候，也用偷的方法救济过村里人。

白天客来客往，大红绸布装饰着门脸的地主家儿子新娶了媳妇。是夜洞房花烛，新婚缠绵的小夫妻，听到院子里有人在走动。小夫妻当成了来人听房，开始没咋当回事，慢慢地听出问题来，听房的人不但不趴他们洞房的窗口，反而是刻意地躲着他们洞房的窗口。小夫妻想要查看个究竟，穿衣开门，让他们小夫妻看到眼里的情景是，有几个人借口听房，在偷窃白天宴客剩下的蒸饭和面条。小夫妻的眼睛，看着偷窃的人，偷窃的人看着他们小夫妻。就在这个紧要关头，新婚夫妻的父母房里灯亮了，父母似也听出了院子里的异常，想要出来察看了。千钧一发之际，新婚的小娘子扯了一下小夫君的袖口，她说话了。

小娘子说："听房吗？听房就大胆地听，到我们洞房里来，房里有烟有糖果，大家可也尝一口。"

小娘子说着，还动手去拽偷窃蒸馍面条的村里人，把他们拉拽进了他们的洞房，让他们逃过了新婚小夫妻父母查看捉拿的风险。最终，小娘子撺掇新婚的丈夫，假戏真做，嘻嘻哈哈，打打闹闹，把偷窃他们家蒸面条的村里人，大摇大摆地送出门。便是这样，新进门的小娘子还觉不够，又撺掇着她的丈夫，把村里人未能偷窃出去的蒸馍和面条，用村里人偷窃时盛装的布袋装好，再把村里人体体面面送出大门，还把蒸馍袋子、面条袋子，隔着院墙，投送到了院外，让偷窃来的村里人带着走。

这件事情早先没有传说，有了村里人给年老后的小娘子投送嫩玉米棒子、红芋和土豆等故事后，才在村里传说开的。我听我的父母就在家里说过，而且不是一次地说，父母监督我头一回给年老了的小娘子投送嫩玉米棒子回到家，就给我说了这个没有传说过的传说。

父亲说："人家家道好的时候，没有看着村里人家道不好不帮助大家。"

母亲说："人家如今家道不好了，咱要凭良心帮助人家。"

知恩报本，孝悌睦邻，家道就这么在我们村传承着，当然也在我们村的许多家庭里传承着。发生在我家的一个传说，就也十分典型。传说我家祖奶奶的奶奶，受穷抓养了三个儿子，儿子大了，都娶了妻，成了家。祖奶奶的奶奶，家大业大，生意做出了村子，做出了州省，做到了四川、贵州、云南等省份。祖奶奶的奶奶觉得她的年纪大了，想要在三个儿媳里发现一个帮她理财助力的帮手，到她老百年的时候，也好把管家的钥匙传下去。祖奶奶的奶奶，把她的三个儿媳叫到她房里，给了每人一张麻纸的蚕种，说她要出门去，巡查家里做在各省的生意，要儿媳妇们在家不要荒闲，把她给她们的蚕种孵出来，好好养蚕，等她回家来，谁养的蚕收成好，谁就来做她的助手，帮她掌管家财带钥匙。

祖奶奶的奶奶，安排好儿媳们的营生，便头也不回地越秦岭，去四川，到贵州，上云南……熬了三个多月，回到家来，头一件事是验收三个儿媳养蚕的成果。祖奶奶的奶奶一房一房地走，一房一房地查验，她看见大儿媳的蚕茧收成最多，在她的房里堆积如山；二儿媳妇的少一点，但勤快的二儿媳把蚕茧已经煮在锅里，抽成了一束一束光光亮亮的蚕丝；到三儿媳的房里，祖奶奶的奶奶，没有看到蚕茧，也没有看到蚕丝，她只看到一张废在一边的蚕种麻纸和一张新的蚕种麻纸，废弃的蚕种麻纸，是她离家时交给三儿媳的，新的是三儿媳自己买来重新孵化的，而且已有密密麻麻的蚕虫，破卵而出，被三儿媳用一羽鸡的尾毛，轻轻地扫着，扫到她的手心里，捧着放进铺了鲜嫩桑叶的一面竹箩里……外出的婆婆回家来，查验她们妯娌养蚕的收成，三儿媳没能把婆婆交给他的蚕孵化出来，正愧悔着，面对了查验成果的婆婆，她没有脸红，也没有不好意思，坦诚老实地说是用了心的，但再怎么用心，都没能使婆婆给她的蚕种孵出蚕宝宝来，她没有办法，自己掏钱买了一麻纸蚕种，用了一样的心，这才把蚕宝宝孵化出来了。

祖奶奶的奶奶，作为婆婆把她的三儿媳拥在了怀里，牵着她的手，把她拉到了她的房子，同时差人叫来了大儿媳、二儿媳，她向她们说了三儿媳的情况，要她俩说说她们是如何孵出蚕宝宝，如何养蚕宝宝，如何收蚕茧，如何巢出来蚕丝。大儿媳没有客气，大言不惭地说她如何辛苦，如何费神，如何上心，把婆婆给她的蚕种孵化出来，养大养肥结出蚕茧；二儿媳像大儿媳一样，也是面不改色心不跳地说了她的付出和劳动，收获了那么一些蚕丝。两个儿媳说完了，是为婆婆的祖奶奶的奶奶冷冷地笑了一下。

祖奶奶的奶奶说了："你俩倒是有办法，把我开水锅里煮过的蚕种都能孵出蚕宝宝来？我不信，你俩信吗？"

两个做谎弄谎的儿媳，低下了她俩满嘴谎言的头，低眼看着婆婆把她腰间挂着的账房钥匙取下来，很是庄重地交到了三儿媳的手上。

祖奶奶的奶奶给她的三儿媳说："家道唯诚，家道守信，财认诚信人，钱找诚信人，你要牢记在心里。"

祖上的这一传说，在我们村上一直传说着，到现在依然传说得有鼻子有眼，且在许多时候，还都产生着非常积极、非常正面的影响。便是"文化大革命"时期，我们家陷入空前的绝望之中，也是因为我们家的家道为人称道，活着的人，就没有受太大的罪，到我兄弟姐妹长到成婚论嫁的时候，总是有人主动走上门来，给我的哥哥们说媳妇，给我的姐姐们说婆家。

我几次听到我妈对来提亲的人说："我家情况你知道。"

我妈话的意思，是说我家的情况不怎么好，要提亲的人心里有底，不敢耽误人家。提亲人听得懂我妈的话，他们不等我妈把话说完，就截住我妈的话说了。

一个提亲的说："我们心里有底，你家家道没得说，好着哩。"

再一个提亲的说："好着哩，好着哩，你家家道好着哩！"

原来的乡村社会，一个家庭的家道，是不论贫富的。家道好，贫也不会被人嫌弃；家道不好，富也难得受人尊敬。

这是一个家庭外修的结果。

家风

　　"云逼秦岭蕴酿雨，竹扫轩窗议论风。"在秦岭北麓的大峪和库峪之间，有个叫魏家岭的小山梁，居住着百余户的人家，去年西安大热的时候，朋友武强开车拉我入秦岭避暑，路过魏家岭，直觉这里的风水不错，就和村主任商讨，把他新建的宅基租下来，办了个农家书屋，同时还挂了"吴克敬工作室"和"吴木匠作坊"的牌子。吴克敬就是吴木匠，吴木匠亦即吴克敬。我初来这里，眼看对面的山色，回听身后的竹喧，没怎么多想，就为我此后将要写作加木作的地方拟写了这样一副对联，默写出来，刻成板子，挂在了门两侧。

　　从乡村进入城市，吃了多年城市的市场饭，喝了多年城市自来水的我，年过花甲，又回到乡村来，我有一种发自内心的喜悦。

　　我体会到了风的吹拂，如我对联里写到的竹风一般，既是自然的，也是精神的。百度搜索，定义自然的风，是由空气流动而引起，是太阳辐射热的产物。那么精神的风呢？百度搜索上没有答案，但我知道比自然的风要丰富得多，广阔得多，士风、乾风、宗风、乡风等等"风"在后的说教，汗牛充栋；再是"风"在前的风气、风尚、风俗、风情等等，更是多如星辰，无法计数了。

　　我要讨论的"家风"自然也在其中。

　　那么何为"家风"？百度搜索里的答案多种多样，有人说，"一个词，一句话，一个家里的故事，一段家庭的记忆，都是自己家家风的呈现"。有人说，"家风就是家中代代相传的精神风貌"。有人说，"家风是包罗文化密码的家族文本，是建立在中华文化之根上的集体认同，是每个个体成长的精神足印"。关于"家风"的说法，我在百度搜索里发现还有很多，所以列举出这三个人的说法，是因为我认同他们，以为他们说对了。

村邻家的一个故事，就很能说明问题。

村邻兄弟姐妹五人，父亲去世早，是他母亲守寡拉扯着他们，把他们拉扯大，男孩儿娶了妻，女孩儿嫁了人。母亲也老了，老得做不了活，用他们母亲的话说，"都是我年轻时活累遭的罪，到老了都来了，腿痛胳膊痛，脑瓜子也痛，我成了娃娃们的累赘，成了娃娃们的祸害"。因病痛而需长期趴在炕上的老母亲，由她的儿女们轮换着养，大儿子一个月，二儿子一个月，三儿子一个月。乡村里的习俗，嫁出门的女儿可以不尽赡养父母的义务，但也不能一点孝都不尽呀，所以，大女儿过些日子，把母亲接到她家里养些日子，二女儿也把母亲接到她家里养些日子……一年两年的轮换下来，出问题了，大儿子养了母亲一个月，到二儿子接的时候，二儿子没有来，好容易找了来，接回去养够一个月，到三儿子要养的时候，三儿子不见了踪影，好在还有大女儿、二女儿，捎话接了去，两边养了一段时间，姐妹俩把母亲用架子车拉回到我们村子里来，给她们大哥家送，大哥没说什么，大嫂挡在大门口，给两个嫁出门的妹子说，老三把他养娘的一个月日子还没养，你俩把娘送老三那边去吧。

老三的确没尽他养娘一个月的义务，姐妹俩没和大嫂拌嘴，拉着老娘去找老三，在老三的家门口，结结实实地吃了个闭门羹。老三家的大门上挂了一把大铁锁，仔细看，锁上的时间不会久，姐妹俩就等在大门外，等到天黑，都没有等回老三。姐妹俩没办法，加之等人等得时间久，口渴肚子饿，就又拉起老娘往老大家里去，老大家的大门上，像老三家一样，也挂了一把大铁锁。姐妹俩口渴肚子饿，那么老娘呢？身体本就病弱的老娘，自然比俩姐妹还要口渴肚子饿。

老娘闭着眼睛，老娘不说话。

姐妹俩连吃两家闭门羹，心急火燎地再去老二家的门上。老二家的大门倒是没挂大铁锁，姐妹俩拉着老娘，去推老二家的大门，轻推不开，重推不开，这就敲上了，先轻敲，后重敲，轻敲没人开门，重敲还是没人开门，姐妹俩泄气了，落泪了，看着闭眼不说话的老娘，姐妹俩说上了。

姐姐说："我哥他们是娘养的吗？"

妹妹说："是娘养的，咋能这样呢？"

村里看到她们姐妹的好心人，这时端来了热汤热菜，让他们母女吃用，唉声叹气，却没人说啥。姐妹俩陪着老娘，就在老二家的门楼下，坐等了一个晚上。来日早晨，为娘的说话了。

老娘说："你俩都回去吧，我看他们还能饿死我不成？"

姐妹俩听从了老娘，抹着眼泪，三步一回头，两步一回头地走了。走后的姐妹俩，三日过去，想来娘家看看情况，但姐妹还没动身，就等来了报丧的人，说她娘死了。

娘是怎么死的呢？姐妹俩哭喊着到了娘家，听人说三天三夜，病弱的老娘，这一黑爬到大儿子家的门楼下熬一夜。下一黑再到二儿子门楼下熬一夜，又一黑又去三儿子的门楼下熬一夜，到死的时候，没有爬在哪个儿子的门楼下，而是自己挣扎到大街上，死在街头上了。

老娘死得恓惶，死后却埋得红火。

三个儿子出钱，吹手班子、戏班子的请到门上来，杀猪宰羊的待承街坊邻里和亲朋，把母亲热热闹闹地送进坟地。这是我们周原人的风俗，谁都要走这一步。他们兄弟姐妹葬埋了老娘，三年过去，到了母亲忌日，是还要再杀猪宰羊的，再把街坊邻里和亲朋们请来，叫上吹手班子、戏班子，吹吹打打热闹上一天，吆五喝六地吃喝上一天，到坟里去，架起纸火，把兄弟姐妹们穿了三年的孝衣卸下来，投进纸火里烧掉，兄弟姐妹们就算是尽了孝，就算把丧母的一场悲情事扔过了头。可是，三年的孝衣，要卸来是不由兄弟姐妹自己的。这是我们这里千百年来遵守的一条乡村礼俗，兄弟姐妹身上的孝，是要他们娘舅家的长辈来给他们卸的。是孝帽得脱孝帽；是孝鞋得脱了孝鞋；是孝服，得一颗纽扣一颗纽扣地，要娘舅家的长辈给他们解开来，脱下来，烧了去。

然而没有，娘舅家的人，老的小的，像是忘了还有这么一场事似的，没有给他们兄弟姐妹卸孝，齐刷刷地跪在他们家老姐姐的坟前，扯了一声长哭，磕了一个响头，站起来，拍拍膝盖上的土，就从坟地里走开了。

娘舅家没给他们兄弟姐妹卸孝。

没有卸孝是一种态度，向世人表明，他们兄弟姐妹都是不孝之辈。

不孝的罪名压在他们兄弟姐妹的头上，几十年过去，都没脸抬起来。前些日子，村里有人进城来办事，找了我，给我又说了这件事。来人说了，当年的事情重复到他们自己身上了，他家老大，也是三个儿子，两个女儿，他像他老娘一样，现在又轮在几个儿子的家里来养了。在几个交接的晚上，还像他老娘一样，就在被交接儿子的门楼子下过夜了。

我听得心酸，说："他们家的家风如此，惯不得他人。"

来人与我感同身受，说："这种不好的家风，什么时候是个头呢？"

许多年了，我萦绕于胸的这个问题，总是让我想起我们各自家族的祖坟，还有我们各自家族的宗祠。

现在的社会，谁家还有自己的祖坟呢？谁家还有自己的宗祠呢？我能知道的是，孔子孔圣人的祖坟和宗祠还在，孟子孟亚圣家的祖坟和祠堂还在，此外，还有一些特殊人家的祖坟和祠堂也在，除此之外，一切庸常人家的祖坟和宗祠大都不在了。

我要说，我们的祖坟，可是安顿我们灵魂的地方呢！还有，我们的宗祠，可是安置我们精神的地方呢！

人啊，魂不附体，失魂落魄，才可能失去人的本性；人啊，精气不在，神气散失，才可能失去人所应有的面目。

良好的家风，正是人的灵魂和精神的凝聚，并如风一样，给人以滋养，给人以确立。

我是一个木匠，就在距离我的"吴木匠作坊"不远处，曾有一位盲人木匠，他叫魏旦旦。一九九四年春，我从《咸阳日报》调进《西安日报》，在来西安上班的59路公交汽车上，耳闻了盲人木匠魏旦旦的故事。

因为我曾经的木作经历，耳闻魏旦旦的故事，就特别惊奇。我能想象，一个盲人可以成为一位杰出的音乐家，譬如创作了《二泉映月》的瞎子阿炳；我能想象，一个盲人可以成为一位伟大的诗人，譬如创作了《荷马史诗》的荷马；我能想象一个盲人可以成为一位博识严谨的史学家，譬如坚持"自由之思想，独立之精神"的陈寅恪……我能想象出一个盲人可以成就自己辉煌的种种可能，唯独不敢想象一个盲人可以成为一位受人尊重的木匠。

木匠行里，一根墨线是准绳。

盲人看不见那一根墨线，他怎么走锯？他怎么凿卯？他怎么接榫？还有扯钻钻眼、平缝合板等等木匠要做的工序技能，哪一样没双好的眼睛做得了？可是，言传的人说得言之凿凿，不由我不信。我向言传的人问了魏旦旦的地址，到《西安日报》上班的头一天，就骑了一辆自行车，去了长安县的魏旦旦家，和他交流了一个上午。

魏旦旦先天只是一只盲眼，好的那只眼睛，因为一个意外，亦不幸地致盲了。致盲了他眼睛的人是个木匠，他主动承担起了魏旦旦的养育之责，并在长期的养育过程中，使悟性很高的魏旦旦，即使自己盲着双眼，也创制了许多盲人能够使用的角尺、刻线及一切要用的专用工具，成了一个乡左受人敬重、被人信任的好木匠。

魏旦旦在我搭手给他拉锯时，敏锐地意识到我有木作经历，所以他给我说起他来，没了一点障碍。他说了，他有一段时间，特别仇恨致盲了他眼睛的义父。是哩，因为自觉承担了魏旦旦养育之责的老木匠，后来在魏旦旦的强烈请求下，拜为了义父。魏旦旦说，义父不容易哩，他不放弃自己的责任，教会了我的，不只是木匠手艺，他还教会了我很多做人的道理，使我知道，"人活一口气，也活一口饭"。他把我眼睛致盲了，又让我学到了这么多东西，我还能恨他吗？

义父是我的恩人哩！

知恩报本，在魏旦旦这里得到了最真切的体现。他娶了妻，生了子，两子一女，日子过得温馨而又安逸。义父病了，是他端屎接尿地侍候义父；义父去世了，是他穿白戴孝给义父送的终。我把我采访的魏旦旦，写了个通讯，不到一千字，突出了"人活一口气（精神的问题），人活一口饭（物质的问题）"，还突出了恩仇转换的民间情怀，刊发出来，当年不仅获得了省、市新闻奖，上报到全国，还评上了全国新闻奖。

我到魏家岭自己租用的"吴木匠作坊"里来，向村里人打听魏旦旦，大家都说知道，而且又都感慨魏旦旦虽然眼睛盲了，但心不盲。他现在老了，做不动木匠活儿了，跟他儿子女儿进城享福去了。他的两个儿子，一个在西安工作，一个还出了国，在外国挣洋钱哩。他的女儿也出息，是一个大学的教授。

听着魏家岭乡党对魏旦旦的叹羡，我还能说什么呢？

我说："他家家风好啊！"

乡党们全都同意我的看法，全都附和我，说："对着哩，好家风才能育出好儿女。"

我在前文说了，家教是一种内修，家道是一种外修，那么家风呢？应该就是内外兼修了。

好的家教，好的家道，好的家风，可都是自觉修出来的呢！

家与中堂

　　家是什么？中堂是什么？这个不是话题的话题，在今天还是需要说一说的。

　　我们知道家教，指的是家庭内部家长对子女的言传身教，家长通过自己的实际行动来教育子女做人做事的礼节。传统意义上的家教，不仅要教育子女们懂礼节，更重要的还在于道和德，这是人生所要重视的内修。那么家道呢？正如俗话所说，"男人无志，家道不兴。女人不柔，把财赶走"。女性性情应柔美如水，这样才会旺夫贵己，钱财运气自然随之而来。而男性则必须志在四方，扬名立万，事功千秋，这可不就是外修么！还有家风，简单地说虽是一个家庭的风气，但其影响是巨大的。家庭成员的态度、行为，存在于家庭生活的日常之中，表现在大家处理日常生活的各种关系中，犹如一种磁场，被人们深深地感受着，让人们发自内心地服从和遵守。这是一种潜在而无形的力量，在日常的生活中潜移默化地影响着家庭中的每一个人，是一种无言的交流、无字的典籍、无声的力量，是最基本、最直接、最经常的沟通。可以说，有什么样的家风，就有什么样的家庭。

　　家风相连成民风，民风相融汇国风。家风起自家庭，立足于家庭，其作用可以对社会的进步、人性的升华、民族的凝聚、文明的拓展，都产生巨大而深刻影响。所以说，家风是一个人内外兼修从而成人的根本。

　　中堂之于家的作用就在这里，可以最明朗、最清晰、最直接地融通家教、家道、家风之核心，以书画的方式，悬挂在家庭之中，让家庭成员，随时都能够获得教益。

中堂成为风气，有说起于宋，也有说起于唐。唐、宋置政事堂于中书省内，为宰相处理政务之处，中堂之说，最初因宰相在中书省内办公而得名，后称宰相亦为中堂。慢慢地散入民间，深入进寻常百姓家里，中堂便以书画的形式，占有了非常显要的位置，并且起到了十分重要的作用。

传统家居的布局，厅堂是最为讲究、最为用心的地方。以厅堂的中轴线为基准，首先是家具的陈列，板壁前放长条案，条案前是一张四仙或八仙方桌，左右两边配扶手椅或太师椅，家具整体采用成组成套的对称方式摆放，体现出庄重、高贵的气派。依照传统习惯，扶手椅或太师椅的座序以左宾或左为上、右为下排序，无论长辈还是僚幕皆宜"序"入座，这叫坐有坐"相"，这个相，既是形式，又是内涵。这里值得一提的是，即使是家族中位尊的主人，不行仪式之时，平时也只在右边落座，一是表示谦恭，二是虚位以待，因此，中堂的座椅不经常同时使用。当堂屋兼做佛堂时，则翘头案正中有设佛龛，或设置福禄寿三星，或供奉已故亲人牌位，案上配置香炉、蜡扦、花筒等五供，用于祈福和感念。

厅堂里家具是要以"礼器"来对待的，正中央最显眼的位置，悬挂中堂，或书法或图画，再配上"对联"，寓意吉祥安康、富裕高贵，把外在的规范和内心的真诚，含蓄而深刻地诠释出来，执守家庭人等，都要借以血亲良心。

家训今识

黎明即起，洒扫庭除，要内外整洁，

既昏便息，关锁门户，必亲自检点。

一粥一饭，当思来处不易；

半丝半缕，恒念物力维艰。

宜未雨而绸缪，毋临渴而掘井。

自奉必须俭约，宴客切勿留连。

……

《朱子家训》是这么起头的。全篇家训从治家的角度谈了安全、卫生、勤俭、有备、饮食、房田、婚姻、美色、祭祖、读书、教育、财酒、戒性、体恤、谦和、无争、交友、自省、向善、纳税、为官、顺应、安分、积德等诸方面，做了最为全面的规范和诠释，是历史传承家训中，最为人所推崇和敬仰的。我在起小的时候，就在家人的督促下，通背下了《朱子家训》，并以此为准则，要求和规范自己。但我自知，我并没有做到家人期望的、如《朱子家训》规范的那样。

那太难了，非怀圣人之心，是绝难达到那个境界的。

我知道，不论《朱子家训》，还是别家的什么家训，都是要让人成为一个正大光明、知书明理、生活严谨、宽容善良、理想崇高的人，这是中华民族以及中国文化的一个大追求。西安市委宣传部联合《西安日报》，于二〇一六年八月近日开展的家风家训征集活动，对于发挥家风家训在当前社会的作用，产生了非常强的正能量。我受组织者的委托，对征集到的红专南路社区吴生绪家传承至今的家训，做一品读。认真品阅，以为吴氏家训，一点都不逊于《朱子家训》，集中体现了中国人修身齐家的理想与追求，更重要的是它采用了一种既通俗易懂又讲究语言格调的形式，让人读来朗朗上口，容易记忆。

吴生绪家传的家训归纳起来，为"吴培源堂十四字"，即"仁、义、礼、智、信、言、行"及"食、工、孝、学、勤、俭、老"。我很想拜会这位吴姓本家，但我当时不在西安，就只有揣测，他们家有此祖传家训，对他们后代，定会是一种精神照耀。不过，好的家训，是要常常温习的，而温习时，最好是家长和子弟一起做。做家长的温习了，知道怎样管理家庭、怎样教育子女、怎样在家庭生活小事中去教育；子弟温习了，知道怎样做人、怎样在具体生活中要求自己，将来也更知道怎样管理自己的生活与家庭。

家训不是蒙书，一般悬于厅堂家室，以对家庭成员尤其是子弟起警诫的作用。我不知道我们扶风吴氏可有家训，但我知道努力践行，是比悬挂厅堂家室还为重要，这不仅能够使自己成为一个有高尚情操的人，而且更能构建美满家庭，进而构建和谐社会。"黎明即起，洒扫庭除"，我从小就见家父是这样做的，他每天总是早早起床，将家里连同门前空地都要扫得干干净净。受到家父的影响，渐渐地我也这样做起来，以至于后来我进城住在楼房里，公用的楼道和楼梯，我依然坚持乡村生活的习惯，要早起打扫干净。端的是，我的对门，也是个这样的人，我们家的公用地方，什么时候都干干净净。所以说，家训的根本作用，就在于家训指导下，一个人的实际作为了。大家仔细体会，认真实践，定会感受到家训的这种独特魅力和永恒价值。

我曾潜心研究过《朱子家训》，现在又认真地品读了吴生绪家传的家训，回想我的生命历程，觉得还有再研习、再领会的必要……我做过农民，干过木作和雕漆，后来又从事纸媒文学几十年，与此同时，还又研习书法绘彩，我总是不满足自己，这是因为我始终怀揣着一个坚实的理想，绝不忘记身在纷乱的世俗环境中，给自己的灵魂找一个栖息地，给自己的精神找一个出发点，让自己永远葆有一分赤诚和宁静。

非宁静无以至远。宁静不受功名利禄左右，它能将人送到他所能到达的最远的地方。"风檐展书读，古道照颜色。"《正气歌》结尾是这么说的，再读《风赋》，更知"仁者如风，溥畅而至"，将博爱与宽厚，平等地给自己，也给身边的每一个人，"簌簌凉风生，加我林壑轻"，天大热，在壁挂空调的风凉下，我在键盘上轻轻地敲罢最后一个字。

我想回家

　　家在哪儿呢？我找不到家，找不到回家的路。这不是哪一个人的问题，而是横亘在我们每个人面前的大问题。当然，我在这里所说的家，不是我们常说的三口之家，或大一点的四口之家。我说的是我们精神上的，并且有着明确姓氏标识的家。

　　我说的这个家，或者称为宗祠，或者称为祠堂，或者称为家祠。

　　近日去江西的婺源采风，连着走了李坑、汪口、江湾、严田几个称誉为最美乡村的地方，很是幸运地看了几家祠堂，其中有传承数百年而未毁的，譬如汪口的俞氏祠堂；同样还有毁了而新建的，譬如江湾的萧江祠堂。

　　其实，我的出生地陕西省扶风县的闫村，是也有一座我们吴氏祠堂的。

　　那时我虽幼小，却也对村中的吴氏祠堂，有着较为深刻的记忆。记得祠堂的门是村里最大的门，门槛也是村里最高的门槛，便是两厢对立的两个门墩石，也比我们小孩高出一头多，那门墩石不是石狮子，也不是别的什么瑞兽，而是叫作"抱鼓石"那种样式。我听村里人说，祠堂门口的"抱鼓石"，不仅具有装饰、支撑门柱的作用，而且还有辟邪镇宅的大用。此外，也还有一种"遮羞"的巧用，识礼重乐的村里人，非常讲究辈分，辈分小的人，遇到辈分长的人要致礼问候，特别在祠堂前、祠堂里，礼节就更为庄严。然而辈分这玩意，不能说谁的年龄大，谁的辈分就长，往往是，一把白胡子的老人，辈分反要输给几岁多的黄口小儿，见了面怎么办呢？磨不开面子时，白胡子的老人，就需要躲在"抱鼓石"的背后避一避，大家心照不宣，让双方都恰到好处地遮住相对难堪的羞脸。

好像是，"抱鼓石"与门头上的门簪，在乡村还有一个"门当户对"的说法，而"抱鼓石"就是门当了。形似圆鼓的两块石刻构件，高高地承托在同为一块石头的门墩上，最能显示祠堂的尊严与威仪了。

从"抱鼓石"夹峙的高门槛上跨进祠堂，雕梁画栋的头一座房子，是要称为前堂的。再往里走，同样雕梁画栋的房子称为享堂。从享堂的壁龛侧后转进去，还有一座雕梁画栋的房子，又要称其为寝堂了。所谓寝堂，张目看去，后墙面以及两侧墙面，错落有致地排列着数也数不清的小小壁龛，摆放着书写了姓名的过世先祖的牌位；而享堂，在高大的壁龛上，则悬挂着一幅据信为吴氏始祖的画像，而与始祖同享祭拜的，又是几位历史上做出卓越成就的吴氏祖宗。如果在这里一回头，还会看见前堂的两根明柱上高挂的木刻对联。

我记得很清楚，其中的一副对联是这样的：

堂号申明于此众议公断，
室雅清寂借它鉴古观今。

是的呢，前堂的横梁上，就有一面"申明堂"的大匾，而享堂的横梁上则有一面"乡贤堂"，以及寝堂横梁上有一面"思亲堂"的大匾，而每一进堂室的明柱上，也都有木刻的对联。"乡贤堂""思亲堂"的木刻对联写的什么内容，我全忘了，唯独没有忘记"申明堂"明柱上的这一副木刻对联。这是因为，有关"申明堂"里发生的故事，听人说过还都历历如在眼前。村里吴姓人家，有谁作奸犯科，触碰了国法，即由国法来办，而触碰了族规，就自然地要用族规来办了。怎么办呢？吴姓一族的长者，聚会在"申明堂"里，"众议公断"。依凭的呢？就是张榜在"申明堂"墙壁上的"族规"和"祠规"了。

我便保存了我们吴氏祠堂里的一份简刻油印的"族规"和"祠规"。

族规是：

一、笃忠贞：民生于三，而君成之，士既邀思遴先，当思循良报效，即身为庶民，亦宜早完国课，踊跃赴公，毋干法纪。

二、孝父母：生我幼劳，昊天罔极，人予朝夕奉养无违，犹难酬于万一，况不孝不敬，罔识身从何来乎？族中倘有无知不顾天伦者，各房内必先严惩，如帖终不悛，公同禀究。

三、睦兄弟：同胞之爱如手如足，倘因一时嫌隙，遽尔骨肉参商，甚至争讼不休，仇雠相视，是以小忿而废懿亲，匪为士林所不齿，亦宗族合羞也。凡我族人，期敦式好之欢，无忘葛藟之庇。

四、敦唱随：闺门和顺，致祥之由，否则唯家之索，型于化之，篇什昭垂，倘妇不顾翁姑，不和妯娌，本夫急宜严惩，或斥归母家，俟其悔悟。如母家不明大义，反纵与本夫为难者，族长公惩悍妇，抑或有本夫纵容者，族长公罚本夫。

五、全恩爱：无父何怙，无母何恃，故续娶后妻多为抚育前妻子女计也。近有悝女刻苦前妻子女，致伤天性之恩，族内有续弦者，本夫宜委屈开导，使母尽母道，恩斯勤斯，子亦尽子道，起敬起孝，庶慈母顺子，一门衍庆义也，而恩全矣。

六、修坟墓：神在室堂，形归宅兆，故祖宗坟墓无论远近，每岁清明挂扫，必须剪除荆棘，或有陷榻之处，急宜培补，若使枯骨暴露，惨目伤心。至七月中元焚包荐薪，又一报本追远之遗意耳。古人称挂山记处，烧包记名，良有益也。

七、勤生理：居家之法，耕种为先，其次工商末艺，亦足起家，必远虑深谋，庶可以仰事俯蓄。倘不务生理，闲游赌博，势必流为无赖。乃至一败涂地，岁月蹉跎，悔无及矣。故凡有父兄之责者，切不可任子弟日荒于嬉，毫无职业。

八、崇礼义：书曰"既富方谷"，又曰"资富能留"，盖以养与教两相宜也。族内有俊秀子弟资，固宜乐栽培，即资禀椎鲁者，亦必从师教训，令其识字明理，彬彬有儒雅风。古人称读而不耕，则衣食不足；耕而不读，则理义莫兴。尚徒务封殖，不事读书，是深为识者所鄙也。

九、恤贫困：鳏寡孤独四者至穷，情殊可悯。如族内贫困不给者，须分多润寡，以救其生，事变亦粹乘，又须竭力扶持，以解其厄。倘徒坐拥赢余，秦越相视，比之朋友通财之谊，且不如矣。合族其共知，相维相系，庶太和之气可坐续也。

十、安己分：富贵贫贱数定于天，倘不安分守己，借端滋事，以及酗酒逞凶，恃强凌弱，肆行无忌者，族众先以家法治之，俾知改过自新。如重蹈故辙，公同禀究，决莫构和，致滋后累。

十一、彰公道：于中之事责归户首，遇有事投称，不论贫富，不论亲疏，不可挟嫌而籍以报复，不可图利而颠倒是非，务宜察实再三，平情劝谕，自然解散。一有偏袒，自然不服，闹到公庭，浪费家资，两败俱伤，是彼此皆为我所害矣。倘二比一，日后和睦，必以今日之是非尽归我一人之播弄，其怨我何极，有不黯事故报复于我者乎？故彰公道不独有玉于族人，并可免害于自己。

十二、敦俭朴：冠婚丧祭，称家有无，故田费必须酌量，若务以奢华，以壮观瞻，恐相沿为习，必不惜物力维艰。盖俭入奢易，由奢入俭难，惟量入以为出焉，则财恒足矣。

十三、崇节孝：忠臣不事两主，烈女不更二夫。故族内有女能守节，冰清自持，兼以上事翁姑，下抚孙子，以继丈夫志，以为祖宗光，房族必须禀清旌坊，以彰节孝。家计贫寒，合族亦宜捐金帮助，庶潜德无不发之光矣。

拉拉杂杂，计一十三项的族规，对本家族人的行为，做了极尽可能的规范，对规范教化族人崇仁守德、尊礼乐俭，不无益处。然而，我们吴氏祠堂，如全国各地各个不同姓氏之家的祠堂，在大家都知道的一个历史时期，差不多都被毁弃了，同时还有被毁弃了的祠堂的祠规和族规。

对此，我不想也不敢深究，传之几千年的祠堂文明，怎么就突然地不能容于我们的社会。原因也许有很多，但"五四"以来的一些作家和作品是脱不了干系的。作家们拥有太多叛逆精神，矫枉过正，在进行文学创作时，总要把家写成是一条束缚爱与自由的绳子，一个囚禁精神和梦想的囚笼，甚至还是一口埋葬前途命运的棺材。我就曾读了好多这样的文学作品，当时读着倒不觉得什么，现在回头来想，我就很有些脸红，而且还有点儿心跳加快，觉得我们年轻时的猛浪，怎么可以那么看待我们的家！哪怕家有家的局限，家有家的问题，但家一定是一个人最能感受到温暖的地方和最能感受到爱的地方。

然而象征家的祠堂，就这么稀里糊涂地成了"专政"的对象，被砸烂拆毁了。

大势所趋，我们村的吴氏祠堂，没能幸免，被我们吴氏后人，溜了房上的瓦，拆了墙上的砖。从此半个多世纪，我们吴姓一脉，虽然还都在村里住着，但我们没有了祖先，我们没有了"家"，我们都如孤魂野鬼一般，各过各的日子。直到今天，好像我们把那个大家的家是忘记了，其实不然，那个大家的家依然顽强地根植在我们的记忆里，是为我们无法忘却的精神家园。这是因为有几个词仿佛铜铸的钟鸣，从没间断地轰鸣在我的耳际，那就是每个中华儿女念兹想兹的家国情怀、家国精神。如果有谁胆敢侵犯我的家园，我们会毫不犹豫地奋勇起来，以我们的血肉之躯，保家卫国。

家在我们的心里，大于一切，神圣不可侵犯。

不爱家的人，大言不惭地说他爱国，也许有他自己的道理，但我是不能认同的。我的意识指导着我，我爱我的家，因此我也爱我的国。

问题就这么突兀地摆在了我们的面前，我们想回我们大家的家，但我们大家的家在哪里呢？

想象一棵树

　　树不是哑巴。树真的是会说话的，而且还会笑，还会哭，知道疼，知道痒……因为，树是有生命的，与人一样的生命哩！

　　起小的时候，爸和娘给我过满月，他们把我抱到村街上，给我拜干大了。地方上的风俗，满月时的儿娃子，都要拜干大的，出门碰上的头一个人，不论这个人是谁，光脸，麻脸，有钱没钱，有权没权，碰上谁就是谁，就要拜成自己的干大呢。这不是个小事情，自己不懂事不晓得，父母是知晓的，还有爷爷奶奶，其中的利害，他们就更知晓了。所以，一般人家在给儿娃子拜干大时，像现在的人制作节目一样，都要预先导演一番的。事前，把家里相中的干大，好吃好喝请上一顿，再给人家的口袋里塞上几个，说好了，什么时候从他们家的门口走一走，儿娃子抱出门，刚好就能碰见他，把他拜成自己的干大。

　　预先导演好要被拜成干大的人，自然要有足够的脸面，最起码，要在村子里说得起话，借得上力，是个"有权有势"的人，或者是有知识有文化的人……懂事后，我发现，像我一般的儿娃子，没有谁的干大瘸了一条腿，瞎了一只眼，自然也没有了拜了狗、拜了猪做干大的。

　　我很不幸，唯独我没有拜上一个体面的人，而是拜了一棵榆树作了干大。

　　父亲去世早，我没法问他其中的原因，但有母亲在，陪着我活到了八十五岁，自己无疾而终。我有太多的机会，来向母亲询问的，特别是在每年拜干大的日子，母亲陪着我去给榆树干大磕头献祭，我便忍不住想要从母亲的嘴里问出个究竟，但我没法开口，我看见母亲，用她的眼睛一会儿看看我，制止着我的询问，一会儿又躲着我，回避着我的询问。我把爬出喉咙、站在舌尖上的询问，就这么一次次地咬死在我的牙齿上。直到母亲也要丢下我，去找我的父亲时，母亲给我说了我拜榆树做干大的事。

母亲说："都怪你爸那个短寿死的。"

母亲说："你爸说了，求一个活人拜，哪一个活人又真的愿意做你娃儿的干大？作了干大又哪里真的把你娃当干儿子？假的，都是假的，倒不如就拜一棵树，风里挺得住，雨里挺得住，雪里挺得住，霜也挺得住……树比人有担当，树比人久长。"

母亲说："这是命，我看你就得了榆树干大的福了呢！"

母亲最后的揭秘，让我有种醍醐灌顶般的觉悟，让身在大堡子西安的我，遥想小堡子坡头村的榆树干大，竟然不能自禁地流了一脸的泪。

我回到了关中西府的小堡子。

像我起小祭奠榆树干大一样，我买了烟和酒，还买了香和裱，要来认真拜一拜我的榆树干大了。可是，我找不见我的榆树干大了……像我的榆树干大一样，我们坡头村还有一棵老皂角树，以及一棵老合欢树、老梧桐树和老苦楝树，这些大树，相互勾连，相互照应，仿佛坡头村不死的魂灵，为坡头村撑起一处又一处的阴凉，春天来了，风舞一身翠色，到了冬天，又会换上一身银装。每一棵树，都有一棵自己的风景，她们以自己的方式，记忆着自己的风流，也记忆着坡头村的风流……除了老皂角树，我的榆树干大和她们，都被挖进城里去了。

大树进城，她们适应得了那里的环境吗？

没有什么适应不适应的，你不看看，坡头村的人，差不多都进城去了。人在城里适应得了，树在城里也就适应得了。给我这么说话的，是现任坡头村的村主任冯甲亮，是他想方设法卖了这些老树的。

没有了老树的坡头村，是那么的空！我不知别人是何感受，但我知道我的心是痛的，很痛很痛的呢！提着我拜干大的烟酒和香裱，在没有了榆树干大的那个坑槽边，我把一瓶酒都灌进树坑里，然后又点燃了香裱和烟，我期望生长了榆树干大的坑槽里，能再生出一棵榆树来。

是的，我的榆树干大，长在坡头村里，也是经历过一些苦难的。刀刻一般铭记于心的一次苦难，就发生在二十世纪六十年代初，全国大饥荒，坡头村不能例外，在村里人吃光了粮食，仅以糠菜填肚子的时候，大家的眼睛，都盯上了我的榆树干大。我看得懂村里人的眼睛，仿佛一把把锋利的刀子，将尽了榆树干大的叶子，然后又去砍榆树干大的头颅，又去扒榆树干大的皮……在对我的榆树干大实施一种残害。有几次，我就这样从梦中惊醒过来，哭着去看我的榆树干大。终于，在我一次惊醒过来，去看我的榆树干大时，让我心惊肉跳的事还是不可避免地发生了，村里人把我的榆树干大拦腰锯断，砍成一段一段的断枝和碎片，分给村里人去填他们饿得贴成一张皮的空肚子了。

我伤心我的榆树干大。不过还好，来年春天，失去了头颅，而只剩下半截树身的榆树干大，又神奇地从他的断头处，生出一片浓郁的绿色来，并且一年一年地生，一岁一岁地长，后来又生长得如以前的榆树干大一样茂盛了。

村主任冯甲亮的父亲冯岁岁，非常懊恼儿子的作为。还有冯杏儿的母亲曹喜鹊，也很怀念被冯甲亮卖进城里去的一棵树。

这是一颗合欢树呢，我在坡头村的时候，听到村里人言三语四地议论过冯岁岁和曹喜鹊，便恶作剧地在合欢树上，刻了一只桃子，让一根利箭穿过桃子，一头挑着"岁岁"两个字，一头担着"喜鹊"两个字。我的这一杰作，长在合欢树上，开始倒不怎么醒目，长着长着，就像合欢树的一部分似的，越长越鲜明……村里人看得见"岁岁""喜鹊"的刻画，冯岁岁和曹喜鹊自然也看得见，而且他俩还都知道，合欢树上关于他俩的杰作，是我的作为。可是他俩，却不因此而记恨我，和我闹不愉快，相反的，他俩还把我看成了知己，与我相处得非常友好，直到我离开坡头村，都是如此。

我回到坡头村祭拜我的榆树干大，冯岁岁找着了我，曹喜鹊也找着了我，他们对我没法很好地祭拜我的榆树干大表示抱歉，并向我打听刻了"岁岁""喜鹊"字样的合欢树，进城后栽植到了哪里。

我向情绪悲伤的冯岁岁和曹喜鹊很无奈地摇着头，但是他俩没有放弃找寻合欢树消息的企图，给我出着主意，说我在报社当记者，耳目多，一定要帮他俩找到合欢树。我答应了他俩，回到我工作的陈仓市，向我的朋友放出话来，让大家都操上心，替我寻找一棵进城来的合欢树……功夫不负有心人，半个多月后的一天，高新区合欢饭庄的经理给我打了电话说，我找的那棵合欢树，进城来就栽在他们酒店门前。我喜出望外，赶去要看个究竟，我是看见那棵合欢树了，同时还在合欢树下看见了找来的冯岁岁和曹喜鹊。

生长在坡头村的合欢树，是有一窝喜鹊的。冯岁岁和曹喜鹊不知合欢树的去向，失去了合欢树而无枝可栖的喜鹊，却比人聪灵这么一点点，它们约略知道合欢树的去向。冯岁岁和曹喜鹊很偶然地发现了这一秘密，在他俩沉浸在痛悲之中、探寻合欢树去向的日子，无枝可栖的喜鹊，总是追着他俩，在他俩的头顶上叽叽喳喳说个不停。喜鹊说什么呢？从迷茫中猛然醒悟过来的冯岁岁和曹喜鹊跟着喜鹊走，经过一路的艰辛、一路的危险，在喜鹊的引导下，俩人找见刻着他俩名字的合欢树时，俩人不约而同地张开双臂，像对黄昏而恋的情人一般，紧紧地抱在了一起。

我把冯岁岁和曹喜鹊的这一幕很好地拍进了照相机里。

冯岁岁和曹喜鹊给我解释说，他们背了一辈子相好的名声，到今天，才算第一次，你抱了我，我抱了你……我相信他俩说的是实情，过去，他们虚有相好的名分，现在有了条件，是能够真的相好了呢。曹喜鹊的丈夫死得早，冯岁岁的老伴，也过世了几年，天造地设，他俩光明正大地相好，也没别人说的啥话了。

我支持鼓励他俩成为相好。

避开反对他俩相好的子女，他俩死心塌地，想要和进城来的合欢树，在城里很好地生活下去，当然还有引导他俩找见合欢树的那对喜鹊……喜鹊在合欢树上给自己垒起了新巢。冯岁岁和曹喜鹊也在合欢饭店里找到了自己的工作，一个新的、美满的生活场景，像一幅美丽的风景画儿一样，展现在了冯岁岁和曹喜鹊的面前。可是非常遗憾，转过年来，城里的树都发了芽，独独合欢树没有，还有合欢树上筑巢居住着的喜鹊，不知食用了什么有害东西，双双跌下树来。合欢树死了，喜鹊也死了，冯岁岁和曹喜鹊依靠着死了的合欢树，一人手里捧着一只喜鹊，眼里满含着泪水，他俩显得那么惘然无措，显得那么可怜无助！

没有进城的老皂角树，奇迹般地还活出了他们的第二春。

三人合抱不住的老皂角树，就生在颜秋红的家门前，空了的树身，不知为什么会突然地生出一股白烟，从树身的空洞里冒出来，直冲天际而去。颜秋红的娘就说了，黑煞神不高兴了。是谁惹了黑煞神呢？这可不好，赶紧给黑煞神看香呀！黑煞神不是别的什么，就是老皂角树自己，我们小堡子坡头村，无人不知黑煞神皂角树的厉害，它也就是我们村里的一尊守护神。我小的时候，贪玩把自己玩丢了，父母亲去求黑煞神，上了香，才祈求了两句，玩丢了的我，就从皂角树的空身子里打着哈欠爬了出来。

求黑煞神皂角树，是必须请了颜秋红的母亲来求的，她是我们坡头村一带声名赫赫的先生姐哩。我们坡头村那一带地方，男人家给人算卦看风水，被人就要尊敬地称其为先生，而女人家也天才地能够给人算卦看风水，就再尊敬地给她加上一个"姐"字，称她为先生姐。

是为先生姐的女儿颜秋红，却不那么看，她瞧不起她的母亲先生姐。就在我和颜秋红一起在村里读书的时候，她在我的跟前，没少诋毁她母亲，说她母亲装神弄鬼，把自己弄得都不是人了。她是不要做鬼的，她要做人。

发誓做人的颜秋红送埋了老去的先生姐母亲，和她的丈夫孙二平，带着他们的一对儿女，到城里打工来了。但为了一次肌肤之亲，他们惊恐不安，因此还使颜秋红诈死在殡仪馆里，悲哀地就要推进焚尸炉了，却自己醒转过来，口无遮拦地揭露着这个城市里一个罪恶的秘密，使这个城市威风八面的市委书记锒铛入狱。而颜秋红自己，因此而"华丽转身"，成为一个她母亲那样的先生姐了。

村主任冯甲亮可不傻，他组织起全村的力量，租借了一台花红柳绿的大花轿，张张扬扬地从城里请回了颜秋红。先生姐颜秋红没有让村里人失望，太多太多的人，求到坡头村来，来找先生姐颜秋红算卦看风水……四面八方而来的汽车和人流，填塞着坡头村，使坡头村成了远近闻名的农家乐经营村，村里人因此都富了起来。

我回到坡头村，很是惊异这样的变化。我站在黑煞神老皂角树下，抬头久久地凝望着，重获新生的老皂角树，被来人你一根红绸带子，他一根红绸带子，密密匝匝地拴了起来，让我都看不见老皂角树的绿叶了，涌入我眼睛里的，就全是一团火一样的红，飘飘摇摇，让我有种说不出的伤心。

坡头村里的梧桐树呢？还有苦楝树，都如我的榆树干大、合欢树和老皂角树一样，都有与人生死相牵的故事，这所有的故事，交响出一曲人与树，乡村与城市的现实活剧来，让我有机会用文学的方式和大家一起感受变革中的土地，以及民生的许多经典情愫，并因此而有所醒悟和思考。

梅花酒杯

　　酒浆扯成了线，叮叮当当地跌入一只彩绘了梅花的酒杯。我有太多的泪水，像这晶莹的酒浆一样，在眼的湖海里涌动、流出，清清亮亮的一滴，竟溅进了我面前的那杯酒液里，溅出一声惊心动魄的声响。我睁开婆娑的泪眼，看见了捏在手中的酒杯，奇迹般地壮大起来，特别是酒杯上的那株梅花，突兀在风雪漫卷的冬天，灿烂着满目的亮红。我看见敬爱的蒙万夫老师，从荡荡的酒液中走来，顶着风，顶着雪，来到枝摇花开的梅花树下。我晓得，他只能从酒液中走来，他的灵魂和精神，都闪耀着纯而又纯、粹而又粹的酒光。我还晓得，他将永远与梅花为伴，圣洁高雅的梅花，不求助绿叶的呵护陪衬，不需要春雨的滋润营养，全凭着抗风雪斗严寒的质本，在白雪皑皑的世界里，独自展现他自在的壮美与活力。

　　我独自坐在这个深冬的夜里，手捏着这只梅花酒杯，一口又一口地喝着辣得喉咙发疼的酒水。十分普通的一只陶瓷酒杯，因为上面烧制了一株凌霜傲雪的梅花，便深得蒙万夫老师喜爱，他把它送给了我，亦成为我珍爱的宝物。清冽的酒液从细圆的酒杯滑进我的口中，缓缓地流过舌面，再从喉咙透进肺腑，直达每一根血管，仿佛要经历十年百年的跋涉。

　　一个人的冬夜，一杯烧酒，一盏昏灯，我静静地回味纯粮酿制的佳酿，浓烈的如火的酒液，勾起我不尽的回忆。

　　到西北大学读书，对于我这个农家青年，已经是个破碎的梦。虽然我一边做着沉重的木匠活，一边还写了许多叫小说的文章，最使我扬眉吐气的，是我创作的中篇处女作《渭河五女》被《当代》选中，刊发在一九九五年第三期的头题位置，这使我更渴望能有一次深造的机会。这个机会就在蒙万夫老师的一封信中，寄给了还在乡下的我。当我读着信中那简约的几句话时，心里的激动，就像长了翅膀的雁雀，伴随着蓝天白云，呼悠悠飞往西北大学。我把使在手中的那把木匠斧，顺势斫在一块木板上，站起来，抖掉一身的木屑，毅然踏进了报考西大作家班的路程。

作为柳青研究专家的蒙万夫老师，那时是西大中文系的一名副教授。我在花团锦簇的西大校园里打听着他，想不到一下子打听到了他的当面。

我小心地问："知道蒙万夫老师在哪吗？"

他笑了，说："你认识他吗？"

我摇摇头，又点点头。

他还是笑着，说："找他有事？"

我把他写给我的信掏出来，交给了他。这时候，我已隐隐约约感到他就是我要找的蒙万夫老师了。可是我不十分肯定，因为他的衣着和他对人毫不拘礼的言笑，同一位很有建树的大学教授怎么也联系不起来。

只看了一眼信封，一种他所独有的慈祥，取代了他脸上的浅笑。他说："才来。"

紧接着又说："还没吃饭吧。"

接下来的一切，都在蒙老师的安排下进行。我们一起吃了一顿饭，简简单单的几个小菜，一瓶红西凤酒，两人便吃喝得很开心，而且十分地投缘，好像我们早就是一对相交很厚的师生，相隔数年，今天又喜获重逢。因此，菜吃得不多，酒喝得不少，你一杯，我一杯的，转眼就腾出了一个空酒瓶。考试、录取，让我害头疼的两件事，一下子变得也简单了。五日后，我便幸运地拿到了西大作家班首期学员通知书。

去学校报到，交上二千六百元的学费和一千二百元的宿费，便囊中空空，平日的生活用度立即成了问题。与我境遇相同的，还有几位同学，几乎清一色农家儿女，愁情困态只有自己来解决。

蒙老师从饮食上发现了我们的潦倒，他为之担心起来，因我有一手自觉不错的木匠手艺，他便出主意，让我把家伙（木匠工具）带来，由他出面在学校找个地方，课余和星期天揽活儿做。蒙老师的主意差不多已打动了我的心，决定回乡下取家伙时，渭南人李康美和我胡诌，言下之意企业有钱，我们有笔，何不到企业去给他们写点什么，说不定能换回几个子儿。此言一出，我甚欢喜，当下与李君找到蒙老师，讲了我们的设想，他大为支持，电话要通了未央区一位他的学生，三五句话，就谈妥了一本宣传企业的报告文学集写作合同。这一合同交给了李康美去完成，而我则孤身去了宝鸡，与当地的经委谈成了又一本报告文学的写作出版合同。于是我们几位农家子弟的学员各得其所，便大干了起来。

我领衔宝鸡那本书的操作。其间，蒙老师放心不下，偕同系上的李成芳老师到宝鸡来给我们助阵。来的那天，好像正是个芒种日，放眼宝鸡塬坡的小麦，已是熟得一片金黄，空气中，浮动着新麦诱人的馨香。在宝铁招待所我迎接来蒙老师一行。当晚，我们在招待所备了一桌酒宴，为蒙老师他们接风。作陪的除了我和厂方的几位代表，余下的都是分配到宝鸡工作的西大学友，且都聆听过蒙老师的教诲。于是，一桌饭吃得十分愉快，所有的人都敬了蒙老师的酒，他也有敬必喝，一点儿也不含糊。大家敬了一巡，他又过来敬大家，三敬两不敬，蒙老师的话多了起来，滔滔不绝，一桌人就他一个声音，预订好的一桌菜，还没上齐，他已醉得不能自已。及至客人走散，我把蒙老师扶到房间，他依旧大唱独角戏，言语既出，有对他新老学生的希望要求，有对社会的认识见解，还有对人生的辨析探微，说来不磕绊，洋洋洒洒，好不痛快，仿佛要在这一夜，把他心中的块垒全都吐露出来。这么倾泻着，大约到深夜十一时半，两行浊泪从他朦胧的醉眼中喷涌而出，随即大吼一声，同时跃身而起，直奔窗口，就要从三楼高的地方跳下去。

蒙老师的这一举动，大出我们的意外，在场的我和李成芳老师及另外一位同学都大吃一惊。毕竟我还年轻，手脚敏捷，先于蒙老师几秒钟，把他拦腰抱起，从悬悬的三楼窗口拖回房间。此后一个时辰，刚刚强强的一个大学教授，虚弱得如一个久病的大孩子，蜷缩在床铺上，嘤嘤地哭泣起来。他向我要了一支笔，一页纸，埋头写起什么来，黄豆大的泪滴，仿佛串串珍珠，纷纷坠落笔端，在雪白雪白的一页纸上，绽开重重叠叠的酒泪之花。

终于，蒙老师睡去了。我从他手里取出满纸未写完的酒话，细细品读时，心灵不能不为之震颤。字字皆珠玑，行行成肺腑，满篇忧国忧民情。他太热爱自己的祖国了，殷切希望我们的祖国强大起来，兴盛起来；他还希望人能爱人，以赤诚的心，对待生养自己的土地，对待这土地上生活着的自己的同胞。

匆匆三月时光，我主持的那本书稿业已编辑出来，交由出版社审读。几日无事，与蒙老师敞开胸膛拉了几回家常，彼此心仪相契，很是谈得投味。那一日晚饭已用，我正要出门闲溜，蒙老师又来了，他从怀里摸出一个瓷瓶的汾酒，并那只梅花酒杯。我原想他是又要和我喝一场了。可蒙老师并未久留，只说他过几日要和路遥诸君去一趟铜川，酒先放在你处，回来咱把它干了。

过了一日，我因出版费还待落实，就去了宝鸡，谁知就在他和路遥相约去铜川的那日清早，竟急病弃绝人寰。消息传来，我痴呆呆坐了很长时间，只觉苦涩的泪水，如决堤的洪涛，从翕动的鼻翼上滚滚而下。

我不相信蒙老师会离开我们而去。

火车轮摩擦铁轨的声音已不再铿锵，沉闷得像一头呜咽的老牛，驮着我从宝鸡往西安赶。还是这班火车，我与蒙老师有过一次同行，车行途中，蒙老师从他的怀里摸出一瓶存放得有些年头的红西凤，我惊讶蒙老师带了酒旅行，高兴得鼓起了掌，因为我知晓六十三度的红西凤酒，存放得年头越久越有滋味，启开盖，香了一节车厢。没有酒杯，我们对着瓶嘴吹，那一分豪气，那一分张扬，让人真有点忘乎所以了。

没有下酒菜，相互的言语便成了必不可少的佐料，以至于酒喝完了，话还没说完，下了火车，出了站台，也不急着回家，两个人漫无目的地走进了古城墙边的环城公园，其时太阳已经落尽，半轮月亮昏昏暗暗地挂在远处的西城门楼上。

不知高低、不晓深浅的我，向蒙老师海聊着自己的人生理想与追求，兴之所至，还会一个蹦儿跳起来，好一番手舞足蹈。说着，还说起我对一个女孩的暗恋，这个女孩现在已是又一个女孩的母亲和我相濡以沫的爱人。我不知该怎么感激我敬爱的蒙万夫老师，正是有了这一次掏心窝的倾谈，蒙老师便不遗余力地促成了我们的相恋相爱，而组成我们幸福美满的家。

蒙老师也说了他自己。分明有着长期压抑的情感，像垒积起来的一座山，让年届五十岁的蒙老师要喷发了。当我听到他喉咙里一声低吼才起，便有火山般挟雷裹电的岩浆喷薄而出，整个人颤抖得像是一场地震，他顺势抱住身边的一棵大树，那是一棵榆树，有碗口粗的样子，正是榆钱儿闹枝的季节，在蒙老师剧烈的摇撼中，榆钱儿像是星光洒下的雨珠，失魂落魄地坠落下来，落了蒙老师一头一身。

是什么让蒙老师如此痛伤？

我无助地盯着蒙老师，没有一句安慰的话，任由蒙老师自由地发泄。我也没有多问什么，从他断断续续毫不连贯的述说中，仿佛晓得了根由，日后回想，又仿佛什么都不晓得。

世上没有还魂药，我无力让蒙老师和我再说一句话。回到西大校园，严酷的事实告诉我，正值英年的蒙万夫老师走了。我记下了那个日子，一九八八年十月二日。我欲哭无泪，痛感除我父母之外，生命中又失去了一个亲人。

来读作家班的同学，在西大或多或少都得到过蒙老师的帮助和关照。他的英年早逝，在我们的心中激起的哀伤，犹如山倾海覆，大家或作诗，或写文章，写出来就找地方贴，一时间，竖起在校园喷水池两侧的布告栏，重重叠叠都是哀悼蒙老师的文章，实在没地方贴了，有同学就贴到教学楼的墙上，你贴我也贴，一下子把教学楼用纯白的纸张裱糊了一遍。仅此，还不能表达我们的哀伤，便扯了一条丈六白绫，手书"痛悼我师蒙万夫"几个大字，直直地悬挂在作家班同学住宿的大楼上。

一九八八年至二〇〇六年，掐指算来，蒙老师已和我们分别十八年。这十八年，蒙老师给我的那瓶汾酒还在，我在心里对自己说：我记着你的话，等你回来，咱们一起干了它。你给我的梅花酒杯还在，它已成了我所有珍藏中最牵肠挂肚的一个。有客人临门，我必取出梅花酒杯，斟上酒，恭恭敬敬地洒了，祭奠我酒泪迷茫的蒙老师。

今夜，我无客无朋，家人也出游去了，只我一个人在客厅里孤独地喝着酒，窗外是孤傲游走的风声，室内却是凝然静止的景物，只有我的思绪像窗外的风，飘散得细细碎碎，我不能自已地又往梅花酒杯斟酒，酒液叮叮当当注入酒杯里，却怎么也把小小的酒杯灌不满。这个发现让我吃了一惊，仔细看时，才知晓这只梅花酒杯原来残了一个小小的缺口，酒液默无声息地从缺口溢出去了。

　　我猜想，蒙老师为什么送给我一只缺口的梅花酒杯。是在他多个酒杯里随便取了一只送给我呢，还是有意选择了一只残了一个小小缺口的送给了我？我不得而知，只是固执地并且是徒劳地往酒杯里注酒。我多想把酒注满酒杯，但无论怎么努力，却都不能满杯……晶晶莹莹的酒光在我心头明亮着，我忽然明白了，这难道不是蒙老师对我的鞭策吗：

　　再有学问的人，也有自己的缺失，难有一杯满酒；

　　再完美的人生，也有自己的缺失，难有一杯满酒。

半个苹果

　　那或许是一块汉砖呢，虽然残了，也比现在的整块砖要大。这样的砖块在我启蒙的闯村小学还有许多，零星散在不是很大的操场上。平时这些砖块是我们在操场草习生字的小"凳"，开个大会什么的，搬来一块垫在屁股下也蛮受用。可那个下午，有一块这样的砖成了我手中的凶器，我红了眼睛（事后姐姐这么说我），追着我们小学的校长……当我又一次捡起砖块时，一双有力的手把我抱住了。

　　"把砖放下！"一声严厉的呵斥，我知道是班主任李树风老师抱住了我。我把砖块扔在地上，同时"哇"地大哭起来。伴着哭声，我依然愤怒地申诉着，"我没偷。我不是贼娃子。"因为家教的严格，在我幼小的心里，对那个"贼"字万分地痛恨，可一校之长仅凭和我同桌的他儿子的一句谎言（说我偷了他一支钢笔。事后证实那支他爸爸心爱的钢笔，是他自己不小心踩折，不敢实话告诉他当校长的老爸），便当着学校那么多老师同学，诬我是"贼娃子"。这个名说啥我也不能背，有了一个"贼"名，我今后还怎么做人？

　　李老师抱着我，半拥半推地把我带进了他兼做办公室的住房。这时候我的愤怒没有了，剩下的只是一个十岁孩子的恐惧，我知道这一回把祸闯大了，不仅校长饶不了我，家教在乡里严厉得出了名的父亲更饶不了我，有一阵子，我惧怕得浑身痉挛，筛糠般颤抖不止。我眼望着还抱着我的李老师，他铁青的面皮上，留着的山羊胡子如我身体上的一部分，也抖抖地颤动着。他听着我伤悲的诉说，脸上的颜色虽然还阴黑着，但我感到他的心已软了。他把我轻轻地放在他的炕沿上坐好，取了毛巾在盛着水的脸盆里拧了把，帮我擦着脸上的泪水。

要知道李树风老师新中国成立前曾在扶风县大地主冯华堂办的私立学校任过多年教，在当地以教风严酷名之，学生多有出人头地者，新中国成立后留在教师队伍中，在我们闾村小学教书已有些年头了。从二年级起，李老师就当了我们的班主任，他对我的学习比别人抓得还紧，课堂作业做完后，他还找来一些课外作业，他先讲，然后让我去做。李老师国文的底子很厚，因此他给我开小灶，多是古诗词一类。记得他给我讲曹植的《七步诗》：煮豆燃豆萁，豆在釜中泣……他自己讲着讲着，竟然隐忍不住满眼的泪光。他是投入、忘我的，我也懂得了他的一片心，是要我像他一样投入，一样忘我地遨游在知识的海洋。当年县上搞小学生作文速写竞赛，题目是《一棵小树苗》，我积极参加，想不到拿了全县第一，把奖颁到学校，李老师比我还高兴，他把作文向全班同学讲解，说我把小树苗拟人化成自己，小树苗需要光照，需要浇水，就像小同学需要知识一样；小树苗会长出枝枝杈杈，就像小同学也会犯这样那样的小错误一样……李老师说，小学生作文能有这样的立意，难能可贵。因为李老师的表扬，我学习语文写作文的积极性别提有多高了，虽然到一九六六年，我辍学只读了六年书，到一九七六年，自己拿起笔来，写了一些小说、散文、随笔的文章，其基础是李老师为我打下的。

当天晚上李老师没让我回家，布置了作业让我在他的住房做，而他自己去了我的家，与我暴跳如雷的父亲说了半夜话，等他回来时，我已困倦得伏在他的教案桌上睡去了。李老师把我抱上他烧得暖暖的土炕，帮我脱了衣服，和他一床被子睡下来。也许是白天受了惊吓，睡着了老做噩梦，口干舌燥，一阵冷一阵热，到一泡尿不管不顾地浇在李老师炕上时，我猛地醒来，同时惊醒了入睡不久的李老师，他捉了我的手，刚捉住又扔下，手又搭在额头上，吃惊地说："你发烧了。"当晚，李老师就背着我去了五里开外的公社医院。

因为病，更因为李老师上门做工作，严厉的父亲这一次没有打我，也没有骂我。第二天把我接回家，打针吃药，到第三天，李老师又到家来看我了，他告诉我的父亲，校长的钢笔（已经折断了）在他住房的炕席下找到了。我笑了，父亲笑了，李老师也笑了，他笑着打开提着的一个小手帕，亮出了一个红得晃眼的苹果。说实在话，不是李老师说那是苹果我真不知道是什么果子，因为在那之前，我只在描写苏联苹果专家米丘林的小人书上看到过苹果，现在一个真实的苹果出现在我的眼前，我能不被震惊？当下鼻子一酸，两股眼泪像冲出山间的小河，喷涌而下。

红红的苹果在李老师来前，他已切成了两半，他拿了一半，给了我的父亲，说你也尝个新鲜吧。另一半给了我，让我吃了提个神，烧一退赶紧到学校上课。父亲和我左推右推，怎么也不接受李老师的馈赠，直到李老师生了大气，我们父子才慌忙地留下了那个切成两半的苹果。我们父子也想尝那个新鲜，就召集全家人，只把半个苹果切成小牙儿，每人尝了一口，另一半包了，由我拿着，在去李老师住房上"小灶"时，又偷偷地还了回去。直到有一天，李老师在他的住房给我讲了一首古诗词后，拿书在我脸上拍了拍，又把那半个苹果拿出来让我看，结果干缩得已不能食用了。

这件事发生在一九六四年，过去了近四十年。现在想起来，仍历历在目。

第三辑

绮情难说

梅娘的手影

那幅手的照片，让我蓦地想起了梅娘。

不晓得是谁，把她的手拳起来，拳得不是很紧，因为不是和谁逞凶斗狠，没必要拳得很紧。她的用意是明确的，为了一种艺术创作，于是，她的拳有了一个造型，涂上了油彩，再画上眉眼、嘴巴和鼻尖，还有绒绒的金色斑点，活脱脱就是一只凶猛斑斓的金钱豹了！

金钱豹凝固在照片上，成了一幅颇具创意的摄影作品，不会再有变化了。

而梅娘的手影，岂止是一只金钱豹色彩斑斓的头颅？在光影的作用下，一双纤纤素手，只需轻轻一动，就会有各色各样的动物和人物变幻出来。在文化生活匮乏的关中西府乡村，梅娘的手影表演，成了大家一件不可多得的乐事。

原来在城里工作的梅娘，是跟着她戴了"帽子"的丈夫回到西府老家的。梅娘没戴"帽子"，她是有工作的，就安排在我们村的小学教音乐。记忆中，梅娘是与众不同的，同样的月白色衣裳，穿在她的身上，就显得更是白净，就真的有了月的色彩、月的曼妙；还有围巾，一条同样毛色的编织围巾，松松地圈在梅娘的脖子上，就有了不一样的效果，不一样的感觉。当时，我只是觉得不一样，有什么不一样呢？又不知道。现在想起来，那不一样，就在于梅娘的素养、气质和品格了。

初识梅娘，是在那个飘雪的冬季。

那个时候，冬季比现在冷，雪花比现在多。在我们村小二年级的教室里，同学们冻得又跺脚又呐喊，胡乱地看着窗外飘飘荡荡的雪花，就发现梅娘胸前挎着一架手风琴，手里拿着本卷成圆筒的曲簿，顶着漫天飞舞的雪花，向我们的教室走来了。剧烈的跺脚突然停了下来，尖锐的嘶喊也突然停了下来。乡村孩子童稚的眼睛，在那个时刻，全都粘在梅娘的衣裳和围巾上了，惊异地看着梅娘走进了我们的教室。

我敢保证，从那一刻起，班上的孩子全都毫无道理地爱上梅娘了。

同学们起立，喊："老师好！"

梅娘回了一句，说："同学们好！"

回忆大家的那一声喊，是孩子们进了学校的日子里，喊得最为响亮的一次。好像那一声喊也驱除了冬的寒意，大家端端正正地坐着，听梅娘给我们讲她挎进教室来的手风琴。乡下的孩子，都是头一回见识手风琴，就都期望梅娘给我们弹一曲。大家的心愿，仿佛已被梅娘所感知，她在简要地说了那堂课的基本内容后，就很投入地给同学们弹起了手风琴。

梅娘的手指纤细白嫩。美妙的琴声，就像从她琴键上舞蹈着的手指间流出似的，顷刻灌满了我们的教室。我们懵懂的心，在琴声里开启着，感受到了抚慰和温暖、点拨和启发。

冬去春来，阳光明媚，校院里几株新栽的木槿花树上，粉艳的花朵开得灿烂无比，还有蓬勃生长的芍药和月季、状元花和打破碗碗花，也都赶着时节，绚丽地开放了。这都是梅娘的劳作，她在课余时间，与我们一起劳动，栽种了这许多的花草，使得从一个旧庙改造出来的乡村小学，焕发出了鲜艳的生命活力。

是一个夕阳西照的下午，几个同学帮助梅娘抬水浇花，红扑扑的脸上，都有了明亮的汗珠。梅娘让大家歇会儿，她说让我们大家看手影动画。什么是手影动画呢？好奇的眼睛投向梅娘时，她嫩白纤细的双手握在一起，做了一个造型，在阳光的投射下，我们看见一只猴子，在光影里又搔耳朵又挠头，我们不能自禁地笑起来了。

原来黑得很慢的夜，在这个下午加快了速度，不知不觉已经华灯初上。梅娘要送同学们回家，而同学们还赖着不走，要看梅娘的手影表演。梅娘满足了同学们的要求，没有阳光不成问题，灯影的效果更好。同学们听着梅娘的安排，自觉待在窗外，看梅娘进了她宿办合一的房间，点亮了带着玻璃罩的煤油灯，就在粉帘纸裱糊的窗子上表演起来。亮白的窗纸上，小马蹚水过河去了，小猫钓了一条鱼儿，母仔双鹿回头顾盼……梅娘的手影表演，太好看了，太别致了。她给我们一边做手影，一边讲解着，每一个手影，都有一个很好听的故事，让我们幼小的心灵，得到了雨露般的滋润。

我们是好奇的，我们跃跃欲试，都想把梅娘的手影学下来。梅娘呢，也不保守，也愿意教我们手影。好几年的时光，在梅娘的指教下，我们满是污垢的小手，在有光影的墙上或地上，都很认真地学习着梅娘的手影，但我们没有谁能做得比梅娘好。极富创造力的梅娘，总是在我们学会她的一个手影后，她又会做出一些新的手影来。梅娘的手影，可说是一所学校，一所普通学校无法比拟的学校。梅娘用她的手影，教会我们许多小学课本上没有的东西，她做出一幅高尔基的手影，从此我们知道了高尔基，以及高尔基的许多事情；她做出一幅鲁迅的人像手影，从此我们知道了鲁迅，以及鲁迅的许多事情，还有列宁、斯大林、毛泽东、朱德以及保尔·柯察金、米丘林……领袖人物、文学大师和科学家的形象以及他们的故事。他们的人像也都在梅娘的手影上惟妙惟肖地呈现我们的眼前，使我们热爱领袖，感动于文学大师和科学家。

村上请了一台皮影戏，唱的是什么，我们听不懂，也不想听。就鼓动梅娘表演她的手影，因为幕布与光的效果要好过以往，梅娘的手影表演就特别成功，不仅我们学生在台下鼓掌叫好，村上的人也都鼓掌叫好了。请来的皮影戏，被梅娘的手影顿时压了下去，连他们也丢下锣鼓家什，跑下台来看手影了……猴子吵架、喜鹊恋爱、老农抽烟、情侣亲嘴……哎呀呀，台上，梅娘的手影变幻莫测，妙趣横生；台下，观众们笑口大开，前仰后合，不亦乐乎。

就在大家沉浸在梅娘手影的快乐中生活着时，晴天一声霹雳，"文化大革命"的风暴刮起来了。梅娘的手影，竟然成了她的一条大罪状。

没有了梅娘的手影，我们的日子是那么黯淡。有一阵，我们都变得粗野起来，像一群野狗，到处胡窜，打架斗殴，无所不为。只有接近梅娘的关押地，我们才会有所收敛，才会禁了声，捋了气。我们关心着梅娘，忍不住时，两个人架起一个人，爬上高高的窗台，去看我们尊敬的梅娘。看了梅娘的那个伙伴，下了窗台，脸上灰灰的，几乎都要哭了。

说："梅娘好可怜呢！"

说："梅娘的精神要崩溃了！"

我们一伙少年的心，便都挂在了梅娘的身上了。夜里睡觉，梦里出现的总是可怜的梅娘。好像又是一个深冬，像梅娘第一次走进我们生活的那个深冬一样，街道上没有阳光，只有狂暴的北风，卷起漫天的大雪，覆盖了村庄和田野。野惯了的我们，被肆虐的风雪封锁在了屋子里……小半夜的时光了，我被一声声凄厉的秦腔吼醒来了。

> 恨只恨无端的贼寇造反，
> 狠着心毒着手同类相残。
> 直杀得流泉咽愁云暗淡，
> 直杀得血成河白骨堆山。
> 繁花城变成了瓦砾一片，
> 荒村野也闹得鸡犬不安。
> 盼只盼有一日河清海晏，
> 奉高堂还故里菽水承欢。

那是梅娘的吼唱啊！过去，我们只兴高采烈地享受过梅娘手影的乐趣，不晓得梅娘还有一副好唱腔。然而，在这个风雪严寒的冬夜，听着梅娘悲凄愤懑的秦腔，谁还会有享受的感觉呢？正如梅娘所唱《庚娘》"奔丧"一折，谁听了，能不唏嘘慨叹？我就是不忍听下去，拉起被角，把自己的头埋在里边，任由心酸的泪水从眼角汹涌而出。

我敢断言，那个晚上，村里人都听见了梅娘咆哮着的秦腔。

梅娘被解放了。我们欣喜地去找她，却发现原来乐观好强的梅娘，变了个人似的，眼神呆滞，脚步蹒跚，一头乌发乱蓬蓬的，像一窝墙头的衰草。梅娘的精神失常了，那么迷人好看的手影一个都不会做了，两根断了的手指，在梅娘的心头，把她形神毕肖的手影也彻底地断除干净了。

梅娘唱着秦腔，每次唱都是那悲愤凄凉的几句，直到她的戴了"帽子"的丈夫平反昭雪，恢复职务又回了城里，梅娘的精神病都没能彻底好转。在梅娘夫妻离村回城的那天，我们都赶着去送，攥着渐行渐远的梅娘，我们梅娘当年的学生，都高高举起农业劳动磨出厚茧的手，向离别我们远去的梅娘做着手影。

梅娘回了一次头，她看见了我们的手影，轻轻地笑了一下。

梅娘的笑是凄楚的。那个笑留存在我的心里，就再也抹不去了。那个年代，梅娘把手影带给我们，她的手影像一股清澈的流泉，像一缕明净的阳光，抚摸着我们稚嫩的心灵，让我们感受到生活如诗如画般的美好。

感谢梅娘，你现在的日子还好吗？

时世如流水，往昔的许多事情都被流水所淹没，而梅娘的手影偏偏地鲜活着。我想不明白，纤弱柔顺的梅娘，在灾难的面前，怎么就那么刚强不屈？丈夫戴了"帽子"，被下放农村，她无怨无悔，跟着丈夫也下放农村；造反派让她表演手影，她竟断指拒绝。坚韧的梅娘啊，你难道就不能有另外一种选择？

是的，梅娘不能，如果能，那就不是梅娘了。

忽然就听到另外一个关于手指的故事。清朝的乾隆皇帝下江南，微服走访民情，走进一家茶馆中，被两名地方官发现了，他们惊出一身冷汗。俩人诚惶诚恐，下跪呢，又觉不妥；不下跪呢，亦觉不妥。便在茶桌上，一面给乾隆皇帝端茶倒水，一边屈起双指，胆战心惊地匍匐在桌面上，到皇帝离开，一直没敢收起来。

乾隆皇帝的地方官员，屈指行礼，未见正史记载，是真是假，很难判断。但我们还是应该为那俩地方官感动的，他们的智慧，在那个特定的时代，不失为一种绝妙的选择，既能给足皇帝的面子，又能保全自己的私益，何乐不为呢？

梅娘的手指，比起乾隆面对的那俩地方官，不知要灵巧智慧多少倍。他们都只会屈指致谦和致敬，而梅娘的手指，千变万化，无所不能。梅娘可以心甘情愿地给她的学生表演手影，可以兴致盎然地给广大观众表演手影，但绝不给造反派表演，其凛然的正气，在梅娘回城以后，仍然留存在历尽苦难的农村，叫大家念念不忘。

现在，我们的孩子都渐已长大。我们为孩子表演手影。虽然我们的手影没有梅娘表演得逼真，甚至很显拙劣，但我们还是要教给我们的孩子，并且深情地给孩子讲说梅娘的手影。

泪流满面的音乐

我是眼泪少于欢笑的那种人。虽然我的欢笑也很少，但我的眼泪尤其少。记忆中的几次，大多都流给了音乐。

窗外不远，就是大唐盛世遗留下来的西安城墙。早起的一场薄雪，在墙砖的退台上，塑起一条条洁白的色线，层层密密，从城墙的基石上排列，一直排到城墙顶上的堞垛，粗细有致，仿佛飘雪写在古城墙上的音符。天擦黑时，有位穿着传统古雅的老者，出现在了空寞冷寂的城墙上，举起一只红陶烧制的埙，极为专业地吹奏起来。

埙的声响空旷曼妙，仿佛一个走过高山大川的旅人，遥望繁华时的鸣咽。透过写字楼对着古城墙的那扇窗玻璃，我看了一眼吹埙的老人，自己的眼睛就是一阵酸涩，很快便湿淋淋的了。

出生在西府农村，当时闭塞的我，不可能聆听世界级的贝多芬、施特劳斯、莫扎特、德彪西……以及现世的帕瓦罗蒂……也没有听过这仿佛出土文物一样的埙乐，我所能听到的只有乡间小调和"社员都是向阳花""大红枣儿甜又香"一类的歌曲。这些歌曲和音乐要么滑稽幽默，要么喜庆欢乐，都不能使我感动，别人唱自己也跟着唱，嘻嘻哈哈、热热闹闹，倒也不失那个灰暗时代的一种生活调剂。直到我长大成人，有了自己的孩子，看到他拥在热烫烫的土炕上，粉粉嫩嫩得像是才从地里抱回的一个瓜扭儿，张嘴睁眼，哭出了一脸的梨花和杏花，老母亲就拍着小孙子哼起我似曾相识的歌谣：

咪咪猫，上高云，

高云高，掏雀雀。

雀儿红，雀儿花，

雀儿没有长尾巴。

能够想到，在我和我的儿子一般小的时候，母亲一定为我也唱过这样的歌谣，一定是千遍万遍地唱过。蓦然，我的心头像被一把火点着，忍不住的眼泪喷薄而出。我不想让母亲看见，背过身去，用手捂住了眼睛，然而眼泪又岂是手掌所能捂得住，穿透了我的指缝，仿佛山间小溪，磅礴汹涌地流着。

我很少流泪，不是没有泪，而是深深地掩藏在心里头。除我之外，我不想让别人看见我的泪水，即使在一些生离死别的场合，我心如刀绞，双眼冒烟，鼻子喷火，我都能很好地忍住眼泪，这使我在外人的眼里，看来不是太坚强，就是太生涩，太不到位。但我改变不了自己，越是悲痛欲绝的时候，越是哭不出来。有谁知道，而在悲痛发生之后，当我面前没有一个人时，我的眼泪是会流出来，而且会像决堤的洪水一样倾泻直下，不能自禁。

但我要强调的是，我所有的流泪都是无声的、默默的，像我听着母亲为我的儿子哼唱歌谣时一样，尽可能地把自己掩饰起来。

突然就听到了瞎子阿炳的《二泉映月》，那声音是由一架老旧的留声机发出来的，黑色的、草帽一般大的唱片在留声机的转盘上悠悠地转动着，有一根婴儿手臂一样的滑竿，顶端卡着一枚银闪闪的钢针，在唱片细密的槽纹里划着，如清风、如水流、如裂帛、如断木一样的二胡声，仿佛泣诉，仿佛歌哭，强烈地敲击着我的耳膜、我的心肺，我的眼泪便潸然横流了。

那是我告别故乡，穿着打了补丁的裤子和打了补丁的衫子，到县城参加"文革"后首届大学报名考试，在报名处的玻璃窗外听见的《二泉映月》。当时我并不知道这是一位盲人阿炳的杰作，只觉得丝丝缕缕的乐声，仿佛一记温柔的拳头，重重地打在了我的胸怀，我感到特别空虚和无助，不晓得前头的路铺满了阳光，还是铺满了荆棘，我就只有流泪了。

这样的流泪，我还能说出一些理由，而另一些眼泪，也是音乐惹的祸，可我想得头痛，除了想得莫名其妙，就是想不明白原因。

受人邀请，去看一场孩子们的演出。有位胖乎乎的小帅哥，在舞台上跳来跳去地唱着《最远的你是最爱我的人》。听得出来，他唱得很投入，不断地舞动着，祈求着台下的掌声。他是多么需要观众的鼓励啊！他还很年小，可台下的观众麻木不仁，十分吝啬自己的掌声。小帅哥就只有更加起劲地跳，起劲地舞，终至脚下一滑，一个屁股墩坐在舞台上，他还抱着麦克风，情绪高昂地唱着。其时，台下观众起了零星的掌声和笑声，听得出来，那样的掌声和笑声，没有半点鼓励的味道，有的只是一种淡然的嘲笑和倒彩。也在其时，我的眼泪不可抑止地流出来了，为了"小帅哥"？为了"小帅哥"的音乐？我不知晓，只见他仍然不懈地演唱着，直到演唱结束。这像极了一种人生的无奈，你竭尽全力地感动别人，到头来却只是感动了自己！

我为"小帅哥"流泪了，他自己会流泪吗？

接下来的演唱顺利地进行着，是又一位酷酷的小帅哥串唱张学友的《祝福》。过去没少听这首歌，尽管我很喜欢，也是张学友的原版，我却听不出多少感动。但在今晚，我被感动了，在"一切尽在不言中，这一刻让我们围着烛光静静地度过"的歌声里悄悄地流着泪。我扪心自问，我的眼泪不是为了那感伤的歌词，也不是为了那模仿的演唱，可能只是为了那婀娜缓行的伴舞者，她们是一群同样年轻的姑娘，身穿一袭白裙，手秉一颗白色的烛光，轻盈地旋着，飘飘的裙裾、闪闪的烛光，泄露出一种更为动人的乐章。

我感谢音乐，它教我感动于生命，感动于生活……

古城已坠入深夜，在西安日报办公四楼值班的我，推开了窗户，惊讶于黑黢黢的南城墙上，那一位古雅的老者，竟然还在。孤独的身影在暗夜初雪的光曦中，仿佛一位来自天际的远客，他还吹着那只陶埙，悠扬朴素的乐声在夜空飘荡，断断续续地撞进了我的窗口，我的眼睛又感到一种甜蜜的湿润。

我可尊敬的老者啊！你为什么吹埙？从初夜吹奏到深夜，绝不会只是赚取别人的一掬眼泪吧！

灯的历史

　　有光明的地方，就有人类文明。数万年前，人类就已经懂得使用自然之火来御寒、烧烤和照明。几千多年前，人类开始使用简单灯具承载火烛，书写文明史。从粗糙的石灯到青铜灯，从陶瓷灯到今天的电灯，灯的历史，烙印着深刻的时代气息，也是一个时期社会经济和文化的缩影。

　　回溯历史，灯与火是分不开的。有了火就有了灯。远古的时候，人类的祖先用树枝烧起一堆火当灯。这就是人类历史上最早的灯。在当时，火把就算是最先进了。到了新石器时代，以油脂为燃料的油灯开始出现。先用野兽的脑盖骨、蚌壳或石槽做灯盏，后来又出现了用陶瓷和金属做成瓷灯、铜灯、铁灯，每盏灯内都有灯芯，以便充分燃烧，少生黑烟。为了使油灯不冒烟，人们发明了装有灯罩的灯。再后来，人们发明了用凝固油脂做成的蜡烛，使用和携带都比较方便。到了十八世纪，人们对油灯进行改进，把油灯的油池升高，用一条输油管使灯头与油池连接。因供油充足，灯焰旺盛，明亮。一七四五年，人们制造了煤油灯，不久又出现了煤气灯。十九世纪初，人们发现了电。此后，灯与电结下了不解之缘。

　　最初的灯，是从豆演变而来。豆的形状就是一个碗，而灯也就是个碗形的照明工具。后来碗底又多了个小小的尖锥，这个尖锥叫支钉，小小的支钉就成了豆与灯的分界线。战国时期，最早的蜡烛开始出现。可当时的蜡烛和现在的蜡烛不一样，外形并不是很规则，怎么支撑使其站立？聪明的古人在豆的底部做一个尖锥，把不规则的蜡烛插在这个尖锥上，蜡烛就能稳稳当当地站立了。支钉的出现正式拉开了灯具的历史，自此，灯具历史完成了从豆到灯的转变。

战国时，灯大多由金属或陶土制成，犹以青铜为主体，多为贵族实用灯。陶质灯因与传统的陶豆无异，往往被当作陶豆，并没归于灯类，这类灯为下层社会所用。玉质灯则非常少见，但其造型之精美又实属罕见。我们能够看见的，除了个别多枝灯外，大致可分为人俑灯和仿日用器形灯两大类。多枝灯（又称树形灯）实物较为少见，最具代表性的是十五连枝灯，形制如同一棵繁茂的大树，支撑着十五个灯盏。灯盏错落有致，枝上饰有游龙、鸣鸟、玩猴等，情态各异，妙趣横生。人俑灯是战国时期青铜灯最具代表性的器物，这些灯的人俑形象有男有女，多为身份卑微的人物形象。持灯方式有站立两臂张开，举灯过顶；有的踞坐，两手前伸，托灯在前。仿日用器形灯，基本上是一些生活实用器的演变，主要为仿豆、鼎和簋等，以豆形陶灯居多，但也有一些仿鼎和簋的形制的青铜灯。

秦代铸造的灯也是极其华丽的。雁足灯，形制为一大雁之腿，股部托住一环形灯盘，上有三个灯柱，可同时点燃三支烛。到汉魏时，灯的种类越来越多，有铜灯、铁灯、陶灯等。后来，以纱葛或纸为笼，点烛其中，称之灯笼。《南史·宋武帝纪》有"壁上挂葛灯笼"的记载，用细篾作骨，糊以油纸。唐宋时，灯作盛行，每当元宵灯节，奇巧纷呈，竞相争妍。故有"东风夜放花千树""火树银花不夜天"诗句。早在一千五百年前的梁代，已有走马灯。在《荆楚岁时纪》中提到："灯以火运"，剪纸为轮，以烛嘘之，则车驰马骤，团转不休。

汉代是大一统朝代，政治、经济、文化各个方面达到了一个里程碑般的高度。在造灯艺术上就有非常丰富的表现，其中人物造型的灯就很注重刻画生活细节。匈奴人造型灯记载的是当时汉朝和北方少数民族之间发生战争之后，汉朝俘虏的匈奴人被当作官员的家奴。妇人灯以戴着高帽的妇女为造型，体现了当时社会妇女的地位并不低。挂釉的塔形灯则说明了陶器开始演变为瓷器，工艺逐渐走向成熟。一九六八年河北省满城县出土的"长信宫灯"，是最为典型的一个代表，在中国的灯具史上，达到了一个很高的水平。这种灯是供宫廷贵族使用的青铜灯，灯的火苗上方带有连着烟管的烟罩，灯烟可以经由罩和管排入蓄水的灯身里，达到"取光藏烟"的环保效果。这种灯在汉代末期因战乱而绝迹，以后历代宫廷均没有享受到这一"创新成果"，不得不说是一个遗憾。

唐代还出现有节能省油灯，不能不说是一个伟大的创新。唐朝中晚期时，四川成都附近的邛窑烧制的省油灯就很有意义。我在宛平的一位老友那里就见过这种宝贝，碗形的模样，有夹层，上层和豆一样，像个小碗，下层是空心的，里面可以用来装水。这是因为当时用的是油料燃灯，而油料遇热后会挥发，所以唐朝工匠们采用灯具腹内蓄水来降低灯油温度，减少油料的挥发。有人做过测试，发现省油灯的确能够节省灯油百分之二十五至百分之三十，小小的奇思妙想真正给老百姓带来了实惠。在全国各地的考古中，自唐以后，历朝历代都有省油灯出土。

宋代陶瓷技艺的发展，促使各种青瓷灯、白瓷灯等的出现。陶瓷灯的大量生产，让寻常百姓普遍地享受到了灯光的绚丽。以至元、明、清，灯越来越成为人们日常的用具。

进入二十世纪后，西方科技发展迅速，美国人爱迪生发明了电灯。随着中国与世界交流的不断增多，电灯也进入了古老的国度，逐渐取代了以蜡点灯的时代。随着新中国的成立和现代化建设的发展，中国民间古灯，逐渐成为一种见证历史的古玩而为人们所热爱。薛勇先生就是这样一位有心的人，他积十数年的潜心搜寻，收藏了上百件中国古灯，此前就曾结集出版过一本精美的图画书。此次，他把后来搜寻收藏的一些古灯，添加进来，要重新出版展览，嘱我写一段话，我是他的朋友，还是他古灯收藏的支持者，他不嘱托我，我也是要写这篇文章的。

灯的历史，如人的历史一样丰富漫长，一样灿烂有趣。

高跷腿

　　结对子扶贫帮困活动，分给我的对象是一对下岗夫妇，他们都还年轻，四十岁不到的年纪，养着个十来岁的儿子，有自己的小家不住，都住在爹娘的老屋，吃喝就靠老人了。我得了时间，带着单位准备的米、面、油，还有我自己省吃俭用抠抠搜搜出来的八百块钱，去了城市北郊的他们家。在我递上米、面、油的时候，下岗的年轻夫妇，没有一个伸手的，都是他们年迈的爹娘来接。可在我从衣服口袋里掏出装在信封里的钱，满头都是塑胶卷儿、花红柳绿地卷绕着头发的下岗妻子，捅了一把下岗的丈夫，下岗丈夫趋前一步，手脚飞快地接过我递上去的信封，连头都没回，从腋下塞给他身后的下岗妻子。

　　对这样的下岗夫妇以及他们的行为，我是不好说什么的，脸上挂着毫无表情的笑，和他们家的人程序化地拉着家常。恰在这时，在电视屏幕上，我看见了一个人，一个我熟悉热爱的人。

　　小时候我们玩在一起，他一条腿长，一条腿短，我们戏谑地称他为高跷腿。

　　高跷腿是我乡下家里的邻居。他父母太能生养了，大的还抱在怀里吃奶哩，小的就又怀在肚子里，危危乎急着往外生，这么不歇气地生育了四个儿子。在他的前头，有三位哥哥，哥哥们全都胖胖壮壮的，既健康，又健全，偏偏是他，就得了小儿麻痹，落下了后遗症，成了一个瘸腿的人。不过，他虽然瘸腿，却不耽搁他的淘气，跑起来，就是我们两条腿相当的人，也不一定跑得过他。我们在街头游戏，谁都可以落下，唯独落不了他。到了后来，村子里闹元宵，或者是别的什么集会，要组织惊险迷人的高跷队，我们腿脚相齐的人倒玩不过他。他给自己特制了一副高跷，一根长，一根短，长的高跷踩在他的短腿上，短的高跷踩在他的长腿上，这么一来，倒是很好地解决了他瘸腿的问题，让他的两条腿平衡和谐起来。走在高跷队里，一点没有什么不适应，而且是，大家都还走得小心翼翼，生怕摔了跟头什么的，偏偏是他，走得非常自信，不经意间，还要做出一些高难度的动作来，譬如空翻、劈叉那样的花样。我们村上的高跷队，就只他一个敢做、会做，因此，还吸引了村里一位公认的美女，死活嫁给了他，做了他知冷知热的好婆娘。

他高跷腿的称谓因此风靡了我们村，大家这么称呼他，他是不以为意的，到最后，村里人把他的真姓实名几乎都要忘记了。

我和高跷腿一起读书，我上大学离开了村子，他却不能。原因不是他读得不好，而是因为他的高跷腿。政策上的障碍，把读书比我不差什么的高跷腿挡在了大学门外，也自然地挡在了大城市门外。我为高跷腿伤心不平，他倒没有太自卑，只是在我离开村子时，他来送我，给我说，他以后有了事，到城里找我，我是要给他准备一口喝的。我点头应承着他，还说什么一口水，咱俩就睡一个屋，我不嫌你脚臭，你甭嫌我打呼噜。

话是这么说的，做起来并不容易。

我把自己安顿在了西安城，像高跷腿一样，也娶了妻，生了孩子，但混得实在一般，除了能码几堆汉字，换取两个汤饭钱，是没有什么大能耐的。高跷腿却还记着我们当年的承诺，他提着一筐苹果找我来了。在我家里，他说着他的故事，我烧水冲茶给他喝，但我没能留他住宿，他自己也坚决不留，拉扯了多半下午的话，到晚饭时，我是想给他做饭吃的，他依然不允许我做，还拉着我去了街市上的大酒店，点了一桌子的酒菜，你敬我，我敬你，吃喝得甚是豪迈。我得承认，残疾了腿脚的高跷腿，他的精神世界一点都不残疾。他发财了，在家乡建了很大的冷藏库，赶着季节把苹果收进冷库，又赶着季节把苹果批发出去。一进一出的，就让他成了我们老家那一带有名的苹果大王。他收苹果时实诚，不拖欠果农的钱，但又在质量上很讲究，不符合质量要求的，又坚决不收。对来批发他苹果的客户，非常负责任，价钱可以谈，质量是绝不马虎的。他的苹果生意做得顺风顺水，为了本乡本土的果农着想，他要筹建一个果汁加工厂，把苹果中品相不是怎么迎人的苹果，收起来榨汁，对果农和他，可又是一笔收入哩。高跷腿信心十足地干着，在西安城定下了设备，拉回家，安装在了厂房里，试车倒说得过去，但人家的技术人员一撤，情况就不容乐观。高跷腿找我来，是想让我协调他与果汁机械供应商之间的分歧，把他要办的这个好事办好。

我知道自己的办事能力，但又不能不答应他，硬着头皮给高跷腿跑。跑了几天，没跑出啥眉目，就想起自己在法院的朋友，征求了高跷腿的意见，一纸诉状，把果汁设备供应商告上了法庭。法庭的判决下来了，高跷腿胜诉，可在执行时，困难又来了。现在的事太复杂，法院执行难，不只是对高跷腿一个人，他在申请两次后，不抱太大希望，拉着我在西安城里又吃喝一顿，呵呵乐着，说他是见识过城里人了。还劝我把这件事忘了，没啥大不了的，不就是一台不合格的果汁设备吗？我拆了它，满世界跑，非要弄台合格的果汁机械回来，给果农和他自己争上这口气。

高跷腿说到做到，他果然成功地办成了果汁加工厂，招收的工人，像他一样，又都是农村里的残疾人。在我的扶贫对象家里，我看见的便是报道高跷腿的事情。省电视台的记者，就站在他的果汁加工厂里采访他，在他的身上，有大汽车出出进进，装载他冷藏的苹果和他榨取的果汁。省台记者，显然做了很好的案头准备，进入采访前，向电视观众先做了一通激情洋溢的介绍，夸赞高跷腿是致富乡邻的企业家，自己富裕起来后，不忘公益事业，几年时间，自掏腰包，给村里硬化了街面，修了一条进村的公路，改造了村小学的教学环境，为村里六十五岁以上的老人，设立了一项养老基金……我的眼睛盯着电视荧幕，突然地有些心酸。

我心酸一个乡村残疾人，一条腿长，一条腿短，但他的心劲却没有因为腿的残疾而消减，他的心胸更没有因为腿的残疾而收缩，他让自己的生活过好了，还又帮助乡里乡亲往富裕的道路上奔。那如果一个健全的人，健全的腿脚走起来都要力不从心呢！可他做到了，我钦佩高跷腿的同时，把自己的目光从电视荧幕上稍稍挪开了一些，发现我要扶贫帮困的这一家子，他们的眼睛也都盯在电视荧幕上。但我从他们的眼神里看出了一些不相信，这让我有些不愉快，就向他们讲了电视上的高跷腿，是比省台记者更细致、更深情的讲述。

我给我的扶贫帮困对象说了高跷腿后，站起身要走了。我走出他们家的楼门，他们跟出来送我，给我说："再来呀。"

我挥了挥手，一句话也没再说。

时髦的草鞋

在重庆的街市上，迎面走来一个挑担的棒棒客是不奇怪的，但是在横平竖直的西安街头，要是碰见一个挑担的人，我就不能不奇怪了。

而且是，这个迎面走来的挑担人，挑的不是什么稀罕物，而是一担子的草鞋，我就更加奇怪了。

奇怪拽着我的眼睛，瞅着这位挑着一担草鞋的人。我估摸着他，觉得他该有五十多岁了。他腰身有点弯，但不是挑担压弯的，那一担草鞋压不弯他的腰，他所以腰弯，是因为他长期的乡村生活造成的。我还估摸，他挑着的草鞋都不大，差不多在三十五码至三十八码之间。这个尺码的草鞋，他不是给他编了穿的，他要把他挑在担子上，进城来当作商品，卖给城里的时髦人物穿！这个念头，在我的心里刚一冒头，就被生生地压了下去。时髦的城里人，谁会脱下脚上的时髦皮鞋，去穿乡野之间的人物穿用的草鞋呢？就说我吧，在乡下讨生活的时候，是穿过草鞋的，不仅自己穿过，而且还自己动手编过草鞋呢。

多少年了？有三十年了吧，乡村人还是很惜爱有双布鞋穿的。但现实的问题是，有一双布鞋是多么的不易呀！侥幸获得一双布鞋，不是走亲戚，不是赶集上会，是舍不得穿的。那么，穿什么鞋呢？自然是草鞋了。我们家乡那里，北靠着北山，山上有种草，我们是叫毛胡子的，生得细细瘦瘦，又筋又韧，秋后脱去绿色，就又变得又白又柔，是编草鞋的上佳材料。村里人，赶着季节，是都要上到北山去，割回一大捆的毛胡子，来为家里人编草鞋的。

我是编过草鞋的，但编得一直不好。

村上与我年龄相仿的草神仙，是此手艺的佼佼者。他不仅编的草鞋好，还能用毛胡子编织蚂蚱、知了、蝈蝈什么的，编什么像什么，栩栩如生。村里人叫他草神仙，就是因为他的草活儿绝，别人学不来。

前些日子，我回了一次老家，还见到了草神仙。和他拉着话，他问我："城里人穿草鞋吗？"他这一问，把我问得哭笑不得，我拿话呛他，说："你还编草鞋吗？"他抬了一下脚，说："你看我的脚呀。"这让我有些发窘，感知自己进城工作几十年，把头昂得高了，看不见脚下的事了。为了掩饰自己，我笑话草神仙："你呀，还能把草鞋穿进坟里去？"草神仙回答了我，说："我还就要穿着草鞋入土哩。"他这么回答了我后，还说："我不瞒你，我家的娃子进城打工，给我买了不少鞋，你们城里人爱穿的皮鞋、运动鞋什么的，我都有，但我穿不惯，穿了老捂汗，捂了汗就臭，倒不如我的草鞋好，没有那些毛病。"

我不能说草神仙的话说得就不对，但也不能赞成他的话，就和他拱了拱手，自个儿在村子转悠着。我转悠了大半晌，在我又一次转到草神仙的家门口时，发现他在门道里编草鞋。我只瞥了他一眼，没想再和他说什么，他倒非常热情，丢下手里编了个大概的草鞋，把他身边毛胡子草编的一双草鞋提了来，塞到我的手里，说是他刚给我编的。他不忘我当时草鞋编得不好，向他虚心求教的事，把草鞋塞给我后，还说："这双草鞋是我特意编给你的，你知道，当年你可没少问我编草鞋的秘密。编草鞋嘛，能有啥秘密呢？只要用心，就能编好。"

嘿！草神仙的话说得呀，可是大实话。我当年在村里，把心啥时候往编草鞋上用过，我是咬了牙，把心都用在读书上了。

我谢过了草神仙，提着他给我编的草鞋走了。我走出了很远，还听他给我说，过些日子，我要挑担草鞋进城哩。

在西安街头，迎面走来挑草鞋的人会是草神仙吗？我们走得越来越近，我仔细地辨认着，这个不吆喝，也不左顾右盼，稳稳当当走在大街上的人，不是我热爱的草神仙。

他是谁呢？遇到了红灯就停，遇到了绿灯就走，他走得不急不缓，不紧不慢，胜似闲庭信步。我知道，一担子的草鞋，分量不会很重，他挑在肩上，如此从容地走着，像极了舞台上出色的演员，那样淡定自然，那样本色悠然，换个人，装都装不出来。

我遗憾担草鞋的人不是草神仙，与他擦肩而过后，我忍不住回头去看他。正是这一看，让我不能自禁地追着他而去，那是因为，担草鞋的人被两个身穿城管制服的人拦下来，要罚他的款。这是什么道理呢？尽管他挑着一担草鞋，走在越来越现代化的西安，是与这个城市不甚协调，但也不怎么影响观瞻呀？至于要罚人家的款？我撵过去，是想说服城管人员，不要毫无理由地乱罚款。但我的说辞，对于城管人员而言，像碰在了石头上，一点作用都没有。好在西安的大街上，不乏好看热闹的人，也不乏好管闲事的人，在我与城管为挑草鞋的人争辩时，呼啦啦围上来一圈人。其中有些穿着时髦的人，掏出自己的腰包，往挑着草鞋的人手里塞，塞罢了，从他的草鞋担子抽双自己看好的草鞋，当街脱下脚上的皮鞋，把草鞋换穿上，兴奋地直说时髦。

受了时髦人物的影响，围上来看热闹的人，有许多照着时髦人物的样子做，使得挑着草鞋人的手里纸票子在增加，他担子上的草鞋在减少。我怕下手晚没了草鞋，就也抢似的，给挑着草鞋人的手里塞上钱，也从他的草鞋担子上取了一双草鞋。两名城管岂敢惹得众怒，他俩悄悄退到一边，看着众人把脊背驼着些的那个挑了草鞋进城人的草鞋瓜分殆尽。他俩糊涂了，不知这是为了什么，呆呆地发着傻。

我把我买到手的草鞋拿回了家。我上高中的女儿回来了，她把沉重得有些夸张的书包往客厅沙发上一扔，这就看见摆在客厅墙角上的草鞋。她像发现了新大陆一样，雀跃着奔了去，甩掉她脚上的鞋子，把草鞋穿起来，快活地在客厅里走着圈子。我见女儿高兴，就给她说，我像她那个年纪的时候，是经常穿草鞋的。我的女儿听了，有点不相信似的盯着我看。

女儿看我不像说假话，就说："可真时髦呀！爸爸你真时髦。"

在鸡鸣声里醒来

　　小堡子的认识是清晰的，说一个人老了的时候，不说这个人老，而是说他走进"爱钱怕死没瞌睡"的年纪了。不想隐瞒自己，我生活在大堡子里，这些年口袋里爱装钱了，做梦脚趾头痛，天明爬起来就往医院里跑，更要命的是，睡觉成了一个问题，躺在沙发上看电视，专拣那些很烂很烂的电视剧看，看着看着两眼发涩，有了些睡意，我闭眼睡着，但是不能关电视，就让电视剧那么不咸不淡地烂着，我会睡得很好，踏踏实实地，不做梦地睡一觉。可是家里人把电视关了，这一关，把我的瞌睡一扫而去，睁开眼睛就甭想再睡着。

　　我把我的这一情况说给朋友听，居然有和我一样的人，依赖着电视里的烂烂电视剧，哄得我们睡觉。为此，我真的是要感谢那些一部一部制作出来，卖到电视台播放的烂电视剧了。

　　把人能哄睡着，是人类产生以来，一直在解决，却一直都没能解决得很好的问题。我们小堡子人把这一问题归咎于年龄，年龄老的人瞌睡少，睡不着。此说是有道理的，但我不敢完全苟同，譬如我，在大堡子的西安睡不着觉，而一旦回到小堡子来，我一定会睡得很踏实、很过瘾。打春的日子，我回到小堡子，晚上吃了大嫂给我烧的汤，说了一阵话，没看电视，我便瞌睡得一下一下点着头，大嫂就安排我在一盘热热烫烫的土炕上睡着了。

　　我睡得很是踏实呢。如果不是右邻猪经纪三成家的公鸡打鸣，我不做梦，不起来小便的话会睡到大天亮。可是三成家的大红公鸡叫起来了，喔喔喔，喔喔喔……按时按点地于四更天啼叫了起来。

城乡差别，与此是最为典型的呢。在大堡子里，把人从睡眠中叫醒来的，大多时候是飞驰在街头上的汽车。制造废气、污染环境的汽车，既是城市文明的一个标志，也是城市文明的一大祸害，城市因为汽车，让人就别想睡得好，吃得好。而小堡子的乡村，公鸡的啼鸣是把人叫醒来的最可爱的声音，像天籁一般自然、环保。为此，我想东拉西扯一个段子出来，让大家开一开笑口了。

这个段子是我晚上睡觉前，右邻的猪经纪三成过来找我闲说出来的。他说菊村西街你是知道的，前些天出了个车祸，是县长的车轱辘惹的事，把西街一只大红公鸡轧死了。轧死的只是一只鸡，又不是人，县长没当一回事，下车来看了看，让司机从车轱辘下把轧得血刺糊拉的大红鸡拽出来，往路边一撂，就想驾驶小车离开。恰在这时，有个穿戴邋遢的小伙儿来了，他一见死在地上的大红公鸡，当下便流出一串泪来，大声质问谁害了他的鸡。县长没了奈何，他从身上摸出二十块钱，让司机给流泪的小伙儿，言说是赔偿他的鸡钱。二十块钱到了手，小伙儿没把眼泪憋回去，一下子流得更多了，像是穿了线的珠子一般，一股一股地在他脏兮兮的脸上流着，嘴上喃喃地轻唤着，鸡呀，我的鸡，可怜的鸡……菊村西街是啥地方嘛！一个方圆百里有名的大镇子，片刻的工夫，围上来一圈一圈的人，七嘴八舌，说啥的都有。县长不敢在人圈里久停，他想从人圈里钻出来走掉，有位鬓发斑白的老者堵在了他面前，和颜悦色问，你是咱们的县长吧。县长忙不迭地给老者点着头。老者笑了，转脸批评起小伙儿来，说你要疯了吗，没见过钱啊，你不看砸死你大红公鸡的人是谁，是咱县大老爷哩，你知道吗！赔啥嘛赔，快把钱退给咱县长。老者的话让县长的脸上浮出一层喜色，可这喜色刚爬上脸没多会儿，就又消退得没了踪影，是随着老者下来的话褪去的。老者说，一只大红公鸡不值几个钱，但这只公鸡对菊村西街可是不能少的，全村多少只母鸡呀，就都守着这只大红公鸡，大红公鸡有个三长两短，村里的母鸡就都成了寡鸡，下的蛋就敷不出小鸡，没有鸡仔，村里的鸡就可能绝种。这是真正的土鸡呢，现如今可是不好找了。关键还不在这里，全村人都靠这只大红公鸡报时过日子，特别是村主任、村支书，鸡叫头遍时，村主任、村支书不管在哪儿喝酒，有大红公鸡叫鸣提醒，他们会放下酒杯走人；鸡叫二遍时，村主任、村支书不管手气好不好，有大红公鸡提醒，他们会推倒牌走；鸡叫三遍时，村主任、村支书不管在谁炕上，有大公鸡提醒，他们会掀开身边的热身子穿衣走人……大红公鸡是村主任、村支书的提示钟。到了鸡叫四遍时，村里的女人都知道爬起来生火烧饭，再到鸡叫五遍时，村里上学的娃娃会爬起来，吃了家里饭去上学。这下好了，大红公鸡死了，菊村西街的人可咋过日子呀？我想了，咱的大红公鸡好像还没咽气，咱就抓紧时间抢救鸡，到县医院去，给大红公鸡先做个 B 超，能抢救过来就成，抢救不过来再给做个 CT，总之，菊村西街少了谁都成，还就真是不能少了这只大红公鸡。

三成的段子太逗了，把我听得笑了，笑得几乎岔过气去。

这就是我熟悉的猪经纪三成了。他现在是这样好笑，而过去似乎更加幽默顽皮，从来都不会俯首听命于他人。就在全国"工业学大庆，农业学大寨"的日子，小堡子除了他，大家都一样，把东山的日头扛在背上，一直扛到西山落了坡，没人不敢不这死心塌地地做，就他一个人例外，偏与当时的形势拧着干，不出工，不下地，撵着菊村街三六九日的大集去了，撵着法门寺二五八日的大集去了，撵着天头镇一四七日的大集去了，今日从菊村街买来两头克朗猪，明日去法门寺倒掉，接着又在法门寺买两头克朗猪，跟着又去天头镇倒掉，他贱买贵卖，从中渔利，是小堡子生活得最为洒脱浪漫的一个人。

自然了，猪经纪三成四处浪荡，让他成了我们小堡子最有见识、最有故事的一个人。他在小堡子难见踪影，一有踪影出现，前三后四，围上来的尽是我们那些满眼好奇的半大小子。半大小子缠着他，是要他讲故事的，讲一个不行，还要讲两个、讲三个……所以说，他是小堡子最受碎娃家欢迎的人。

碎娃家欢迎他，不等于小堡子的大人都欢迎他，像当时的村支部书记他们，逮不住猪经纪三成算他走运，逮住了他，就一定没他的好果子吃，罚他钱是轻的，开他的批斗会，给他戴牛笼嘴糊的高帽子，让他手提一只烂铁盆，一路敲着游街，还要高腔大嗓门地控诉自己，说他投机倒把，是猪贩子、猪游游……这时候的他，是极乖觉的，非常配合村支部书记他们的行动，不折不扣，像是过年耍社火一样，在小堡子的大街上，游得幸灾乐祸，他在前头游，跟在后边的半大小子，一群一伙的，他控诉一声自己，半大小子呼应着，也要喊一嗓子。

"我是猪贩子。"三成敲一下烂铁盆喊一声。

"我是猪贩子。"半大小子没有烂铁盆敲，就都拍着巴掌应。

"我是猪游游。"三成继续着他的自我控诉。

"我是猪游游。"半大小子继续拍着巴掌应。

在三成游过的地方，不断有小堡子的人走过来，把嘴凑到他的耳朵边，给他认真地叮咛，我家槽上没猪了，麻烦你下一集去猪市场，给我瞎好捉一头回来。

小堡子人需要猪经纪三成，不管他自我控诉时把自己糟践成"猪贩子""猪游游"，大家不改他的正式职业猪经纪和正经的名字三成。正因为此，他对大家的嘱托都很上心，谁附耳嘱托他捉一只猪回来，他是绝不客气的，肯定会完成嘱托人的任务，给他把猪换回来的。奇怪的是，只要是他捉回来的猪，这头猪的胃口就好，肯吃长膘快，换了别人还就是不行。因此，村支部书记让三成游街，斗过了，游过了，他照样不出工、不下地，照样菊村街、法门寺、天头镇转着圈子跑，在猪的世界里大展身手，让自己活得依然的洒脱、依然的浪漫。

就是这么一个洒脱浪漫的人，在婚姻问题上却颇不顺。经过父母之命，以及媒妁之言，猪经纪三成是说了一个姑娘的，见了面，下了彩礼，计划着要结婚了，三成的母亲的肚子里结了一个疙瘩（今天说来就是癌症），总是吃不进饭，后来连汤水都灌不进去了，吃药打针的，折腾了三个多月的时间，把他母亲折腾得瘦成了一张皮，嘴里念叨着我要看着我娃的媳妇进门来，却是永远地看不到了，老人家带着无限的遗憾，去了另一个世界……新丧怎么能要媳妇呢？不能了，拖下来一年多的时间，重新准备，重新提说给三成要媳妇了，他的爹却又赶着点儿出了问题，去生产队的大田里挖崖平地，丈七八的高崖塌下来，把他爹埋了个严实，在场的人，七手八脚地把他爹从土里刨出来，只见他爹的嘴里鼻孔和耳朵眼里全都塞满了土，一句话给三成没留下，就撒着他的老伴儿走了……这以后，别说女方悔婚不嫁了，三成自己也没了娶那家姑娘的心，小堡子风言风语，说那姑娘命硬，自己还没进门，就先把家里的两个老人克死了。这下倒好，她一来就当家，真是划算呀！

风言风语往三成的耳朵里钻，自然也要钻进人家姑娘的耳朵。那姑娘的性子烈，把三成家下的彩礼、送的衣物，卷吧卷吧，收拾起一个大包袱，托媒人往三成家里一送，从此互不见面，各奔了东西。

三成懒于农口劳动，不爱出工，不爱下地，也许与他老爹的死不无关系。他泡在了菊村、法门寺和天头镇的猪市上，练着自己的眼光，填着自己的肚子，日子过得倒挺滋润，但就是因为当时的形势，他落得了一个赖名声。有人给他操心说媳妇，先说他手头活泛，女方会眉开眼笑；再说一进门就当家做主，女方更会眼笑心欢；但一说他不出工、不下地，只在猪市上混，眉开眼笑、眼笑心欢的人儿立马会拉下脸子，说他们可不想闻着猪臭味过日子。

猪经纪三成的婚姻大事拖了下来，拖到我从小堡子走出来，进了大堡子，有人来大堡子瞧病，找了我，和我拉话时说起了猪经纪三成。这时已改革开放，农村实行了土地承包责任制，三成把承包的土地荒着，依然故我地在菊村街、法门寺、天头镇的猪市里泡着。他这时泡在猪市上，没人抓他批斗，也没人逮他游街，但他把地荒着，还是不被小堡子人所看重，以为他就是个不务正业的二流子。小堡子人眼里看他不起，心里却是要嫉妒他的，他不翻地、不种庄稼，却比谁的腰包都鼓，比谁都吃得好、穿得好，这便引来了媒人，踏破铁鞋般给他说着女人，这其中就有邻村一个姑娘，比他小了十二岁，答应和他见面嫁给他。

锅底里等肉？还是天上掉馅饼？这么好的事让猪经纪三成逮住了。在媒人的撮合下，三成和那姑娘见面了。不能说这姑娘像天宫里的七仙女一样漂亮，但也绝对齐整大方，有模有样，高高挑挑，捋捋直直，把三成看得很是有点儿自愧形秽。他只是把姑娘看了一眼，就心跳得似乎心能从嘴里爬出来，给姑娘看。三成怕人家姑娘看不上他，结果出人意料地顺利，姑娘没有不同意见，她借媒人的口传话，意思是“年龄不是问题，身高不是距离”。

好了，猪经纪三成就等着置家具、办嫁妆，娶得美人归了。可问题跟脚摆在了他的面前，见面后要分离了，说了好几遍回头见，高挑个子的姑娘却不转身走，搓着自己的手，在她的衣角上搓搓捏捏……三成心里暗喜，姑娘和他见了一面，就这么难舍难分，实在是他们的缘分呢。三成在心里下着决心，日后圆了房，他是一定要好好地疼爱姑娘的。三成美美地想着，媒人转来传话了，说是姑娘要见面礼哩。嗨！三成的手伸进了他的衣兜里，摸着他刚从猪市赚来的三百块钱，掏出来往媒人的手里递，媒人躲开了，说你拿得出来？猪经纪三成愣了一下，三百块不少了呀！见个面嘛，还能给个山的情、海的礼不能？感情漂亮的姑娘的不是找婆家，而是在找钱罐罐！

三成把三百块钱又装进了他的口袋里。他往口袋里装钱的刹那间，发现姑娘的眼睛一直盯着他的口袋，那眼神仿佛伸出来的一只铁勺子，盯着他的口袋，要把口袋扯破似的。猪经纪三成笑了，他把钱装进口袋，没有再往出掏钱，却在口袋上拍了拍，二话没说，转身就走了。媒人撵了两步，喊了两声，三成没有回头，也没余回话。

过了一些日子，别人埋怨他把那么好的一桩婚姻拿脚踢开了，怀疑他要打一辈子光棍时，猪经纪三成在法门寺的猪市上混了半天。猪市散了，他揣着从猪市上赚的五百块钱，转到法门寺街头一家卖羊肉泡馍的饭馆门口，打算进去叫一份羊肉泡馍来吃，却见羊肉泡馍馆的门前，坐着个年轻的女娃儿，她的怀里，斜抱着个年纪很老了的老大娘。老大娘的脸惨白惨白，显见是身上有病。猪经纪三成挤进来看时，正有围观的人议论，说什么现在人太会骗钱了，什么花样都使得出来，弄个老人出来，拥在怀里让人可怜，这也太把老人不当人了。议论往三成的耳朵里钻，他却听了很不舒服，是为议论不舒服，还是为拥着老大娘一副欲哭不能、不哭又两行清泪汩汩流淌的年轻姑娘？三成糊涂了，糊涂了的他把身上刚赚回来的钱掏出来，全放在姑娘身边的一个破草帽里，二话没说，从人圈里走出来，走进了羊肉泡馍馆，给自己叫了一份羊肉泡馍，没吃一口，端起来走到门外，送给了拥着老大娘依然坐在原地的年轻姑娘。那姑娘似乎认识他，接过羊肉泡馍碗，扑闪着泪汪汪的毛眼睛，问了三成一声，你是小堡子的猪经纪？三成点了点头，接下来又做了件让他自己都匪夷所思的事。他把口袋里作为本钱的一卷钱也掏了出来，放到姑娘身边的破草帽里，伸手招来一辆人称"大皮鞋"的出租车，帮助姑娘抱着她怀里的老大娘坐上去，让"大皮鞋"司机帮忙，把姑娘和她怀里的老大娘一并送到法门寺当街的地段医院里去。

　　猪经纪三成的习惯就是这样，在衣裳内衬里边，缝了两个口袋，一个口袋装他倒买倒卖克朗猪的本钱，一个口袋装他倒买倒卖克朗猪的利钱，他把两股钱都给了年轻姑娘，算下来该有近千元了呢。这件事他做得大方，做过了，心里不后悔是装出来的，他事后一直在心里悔着，想要把他散出去的钱捞回来，就更殷勤在菊村街、法门寺和天头镇的猪市里倒腾着。这么过了一些天，一次他从猪市上回到小堡子的家里来，但见他家门口坐着年轻姑娘和她那天拥在怀里的老大娘，此外还有村里的一些人，围着年轻姑娘和老大娘，热烈地与姑娘和老大娘拉着话。

　　姑娘这天穿得可是鲜亮呢，一件大花格子的上衣，一件黑色的涤纶裤，都是十成新的样子，使姑娘看上去，要多好看有多好看……三成的回来，让村里围着姑娘的人把脸转过来，全都兴高采烈地祝贺他，说你赶紧把大门打开，把你的新媳妇和丈母娘接回家。

　　成家立业这么大的事，就这么蹊跷、这么意料之外地解决了。

　　成了家的猪经纪三成，还是追着小堡子周边的猪市，倒腾着克朗猪，他年轻漂亮的媳妇儿和慈爱的丈母娘，守在家里，又是喂猪，又是养鸡，还把承包到户的责任田也种了起来，他们家的日子，像吹一只彩色气球似的，一下子就红火壮大了起来。

　　我是梦都不做地在大嫂家的热炕上沉睡着，倏忽被猪经纪三成的大红鸡叫醒过来，想着他的大半生，就有一种冰火两重天的感觉生发出来。进而想着他媳妇养着的那只大红公鸡，在暗夜中不由得窃而笑之。我怀疑这是小堡子里唯一的一只公鸡，如不然，在它啼叫过后，全村的公鸡是都会跟着来一场大合唱的。我在小堡子成长的时候，是很熟悉那样的情景，而且也还受用那样的情景，仿佛公鸡在夜里的啼鸣，就是一种对人的安慰，它越是啼鸣得声势大，人们睡得越是安心、越是踏实。自然，它从三更啼鸣起，一次一次地啼鸣，啼鸣到五更的时候，小堡子和小堡子的人，都会从公鸡嘹亮的啼鸣声里醒来，开始新一天的劳作和生活。

　　猪经纪三成的大红公鸡啊！我不知该怎么说它，好像是，我对它怀着好感，它却一点都不领我的心情，从我大年初二的日子，回到小堡子，与它在大嫂家见了面，它就和我做上了对，好像我是它在这个世界上的大仇家一样，左看我不顺眼，右看我不顺眼，因此还明目张胆地向我发出攻击。我的大嫂吆喝它，它都不听，依然抖擞着精神，勇武豪迈地飞腾着，向我一遍一遍地挑战……三成年轻漂亮的媳妇儿听出了动静，从隔壁他们院子撵出来，呵斥着大红公鸡，这才使它收起自己的尖喙和利爪，乖乖地顺着墙角走了。

　　我是个不记仇的人，何况是只大红公鸡，到我躺下睡觉后，把与大红公鸡发生的不愉快全都撂到了身后。它要赶着点儿鸣叫，那是它的职责，它不会顾虑人睡觉没有，它该啼叫时，绝不会闭口不叫，很守职责地啼叫着，或者使人睡得更踏实，或者把人从觉中唤醒过来。

鲜花与麻辣烫

　　离家不远，是一排破墙（砸掉的旧围墙）围成的小店，上班下班，都要一路走过，有洗衣店、杂货店、小吃店、小药店和一些美发美容厅，琳琅满目，煞是热闹。情人节的日子，路过那一排小店时突然地眼前一亮，发现那些非常世俗的小店之中，却也开出了一家雅致的花店。凝目望去，发现一个身材小巧的女子，在花店中忙碌着，我便想她该是花店的老板娘了吧。

　　穿着格子衣裙的小老板娘，也就二十岁出头吧，从她侍弄花枝的动作中，发现她很有些小家碧玉的味道。她好像注意到了我的凝视，停下手中的活儿，回头朝我润润地笑着，说出的话也透着甜甜的味道。她微启朱唇，问我情人节了是要给嫂子买一束玫瑰吗。不瞒人说，和妻子结婚十数载了，还从来没有送过她一枝玫瑰花呢。在小老板娘的指示下，在今年的这个情人节里，我不由自主地掏出钱来，为我的爱妻买了一束香水玫瑰。

　　回家来，妻子接过玫瑰，眼里满是疑惑。我告诉妻子，那排小店中间开了一家花店，路过看着新鲜，就为妻子买了一束。妻子捧着香水玫瑰，心里是欢喜的，可她嘴上说，该不是花店的老板娘让你动了心，面子上掏钱给我买玫瑰，实际上支持她的生意哩。

　　我没有驳斥妻子的猜想，甚至为妻子的猜想惊讶，我之所以买回一束玫瑰，真的是受了老板娘的鼓励的，也确实是支持了她的生意。而这样的支持，在以后的日子里，经常地发生着了。她的花店里进了新鲜的康乃馨、波斯菊、马蹄莲什么的花儿，我买回来换插在客厅的花瓶里，使我们家的色彩丰富起来，终日都能感受到鲜花的馨香。

朋友的儿子要结婚了，想着应该送上一份礼的，从橱柜里翻出一套精美的瓷器，却发现包装已很陈旧了。妻听了后，欲找到一家可以换个包装的地方，找了半天，却未能觅得一家。我灵机一动，何不去那家花店试试呢？这一试，问题便迎刃而解了。花店的小老板娘接过瓷器，翻着看了看，就拿出一叠淡雅闪光的包装纸，认真地包装起来。瓷器活讲究个细心，干了一会儿，老板娘的粉脸上竟沁出汗水点点。妻过意不去，有话无话地与她搭讪。老板娘的巧手，一边做着一个漂亮的蝴蝶结，一边告诉妻子花店的生意不好做，想换换手。

说话间，活儿干完了。妻子是满意的，给老板娘费用，却被老板娘挡了回来，说她受了我们很多照顾，这点小事，就算酬宾了。说着就把我和妻子送出了店门。

果真如老板娘所说，来日再从门前过，就看不见那家温馨的花店了，让人不免生出些许叹息，觉得这排小店顿失了一种难能可贵的韵味。

又过了一些时日，我与妻子傍晚散步，发现小老板娘的小店又开张了，远远地能嗅到一股泛着油烟味的辛辣，一大堆人聚在小店内外，各自守着一口铁锅，在翻滚着的浓汤里涮着一串串的荤菜和素菜。而小老板娘的装饰也大为变样，腰上挂着个油渍渍的围裙，正高腔大嗓子地招呼食客用餐。在她的旁边，多了一个像她一般年纪的小伙儿，趿拉着一双不辨颜色的拖鞋，听从着小老板娘的指挥，在一个塑料桶里，一勺一勺地舀着红油辣汤，向一口一口的铁锅里添加。他会是小老板娘的什么人呢？男朋友吗？有点像……围在锅边的人群，却像饿了多日的馋鬼，你一支肉菜，他一支素菜，抢似的从老板娘的手上接过来，立即就汆进了辣汤滚滚的铁锅里烫着吃了。

小老板娘关了花店，开了个麻辣烫的店。

我和妻在一边瞧着，心里觉得不是个滋味，为小老板娘的转行而不解，惋惜雅致美艳的花店，怎么就抵不过一个烟熏火燎的麻辣烫店呢！

忙碌着的小老板娘突然发现了我们，招呼我们也烫几支，而我和妻拒绝了，以后从这个麻辣烫的小店门经过，发现生意真是不错呢，来迟了的客人，还要等在一边，等着翻台哩！

一颗饱满晶亮的牙齿

　　初生的儿童，都会长出一嘴乳牙，一旦断了乳，渐渐地又都会脱落掉而生出一嘴的老牙。西府人的传统，孩子换下来的乳牙，父母是不作兴乱扔的。一颗一颗地收集起来，到孩儿长大成了婚，便要郑重其事地还给自己的孩子，直到老死，与自己的肉体一起埋掉。

　　在我收集乳牙的布囊里，有一颗特别大的、饱满晶亮的牙齿。医生说，这是一颗智齿，没用的，还惹事，医生就给我拔掉了。

　　记得非常清楚，给我拔牙的医生很年轻，当我心惊肉跳地坐在口腔手术专用椅上时，他还虔诚地向一位头发花白了的老医生请教问题。他那认真的工作态度和他诚实的求知精神，使我微微颤抖的肌肉平静了许多。他的动作轻灵准确，麻药针扎进牙肉里，即刻就感到凉津津的药液扩散开来，一会儿，半边脸便没了知觉。我用手使劲掐了一下腮帮，仍然没有什么感觉。我僵硬地张开大嘴，任由年轻的医生手术了。

　　年轻医生说话了，声音轻轻地，柔柔地，告诉我先要在牙肉上切一个小口。随即我就听到了像割纸一般的响声，咂摸咂摸嘴巴，没有什么感觉，吱吱的声响，割肉切皮的声音这么轻松，让我日后想起，还是非常感激这位年轻医生的。随后，就迎来锤敲钳子扭的大动作，看着举起的铁锤落下的一瞬间，我的眼睛闭上了……铿锵声中，我的意识里，年轻的医生成了一个孔武有力的铁匠，又是锤子敲，又是钳子扭，对付的却是生长在柔软牙肉上的一颗多余的牙齿。我的思维便跑了锚，想着下辈子托生成人，也做个医生，研究出一套科学的办法，取代这种原始拔牙手段，让患者尽享治疗的温柔。

终于，牙被拔出来了。

接着就是"穿针引线"。我感觉得到一根弯弯的织针，在我的嘴里游走着，牵着一根细细的线条，很有章程地飘来荡去。感觉医生还使用了两次剪刀，每一次都会把打成一个结的线条剪断。这就是说，医生在我的牙肉上缝了两针。他的针线功夫好吗？会不会像个心灵手巧的绣花女，在我柔嫩红润的牙肉上，绣出两朵不错的花儿来？

年轻医生的声音还是那么轻柔。

他说："好了。"

他像征求意见似的说："感觉怎么样？"

我只是觉得嘴里还是麻，便说不出话来，旁边的医生却夸他手术好，牙齿拔得利索，线结打得漂亮。我相信其他医生的赞美，我对年轻医生感激地笑了笑。

年轻医生端来一个白色瓷盘，里面放着我被拔出的那颗牙齿，牙根处鲜血淋淋。年轻医生看出我的异样，取来一团棉纱，把牙齿上的血污擦净了，送给了我让我做个留念。当时我就想起儿时的乳牙，如今父母已交还给了我。把这一颗拔下来的叫作智齿的牙收藏进去，会是一个什么样的景象呢？

因为缝了针，因为麻药的劲道过了，拔了牙的地方疼了起来。不管这颗智齿的牙有用没用，我原来是不想拔的，可它没用不说，还老是兴妖作怪，时常搞得牙神经疼，而疼痛起来没完没了，最后，才下了决心，坚决地到医院拔掉了。疼就疼吧，忍了两天，肿起来的牙肉和下颌骨处明显地消了下去，再过两天，又去医院拆了线，嘴里疼痛顿时隐去，自然地便感觉到一身的轻松。

找到收藏乳牙的布囊，把其中的牙齿倒出来，与新拔的智齿放在一起。我的眼睛即刻睁大了，原来的乳牙，一个一个的又黄又小，而这颗费了力气拔出来的智齿，却出奇地好看，肥大饱满，光洁如玉，透着一股珍贵的瓷的光彩。

我简直要被这颗智齿惊呆了。感叹美好的东西，怎么就成了多余的！

人活一口气

曾经亲历过一件事。一九七六年八月十七日，在扶风县城工作的我，搭乘一辆班车，回北山脚下的村子。能坐三十多个人的班车，却挤进了六十多个人。车滑到法门寺南的一处缓坡上，前头有一个转弯，车滑着，迎面来了一个骑自行车的妇女，车后座上还带着一个孩子。我刚好坐在司机旁边的座位上，瞬间发生的事情，看得十分真切，如果司机不打一把方向，滑行中的班车冲上去，自行车上的母子必定成车轮下的怨鬼。我惊得大喊了一声，就在我大喊那声时，司机本能地打了一把方向。自行车上的母子安然无恙，满车的乘客，却随着班车翻下一个三米深的土壕。原来在地上转动的四只轮子，这时翻到了车顶上，依然风一样地转动着。神情甫定，我才知晓，在车翻下土壕的一刻，我从窗口出来，车翻过了，我落下来，不偏不倚地蹲在了四轮之间，而我买的两只大西瓜，还提在我的手上，如我一样，没有一点损伤。

窝在车厢里的乘客，不是断了胳膊，就是断了腿，没有谁能幸免。抢救的时候，我也参加了进去，抬出一个断了肋骨的汉子，他认出了我，我也认出了他，是我小学时的教导主任。

教导主任讪笑地说："你真幸运！"

我说："主要是一口气。"

谁不相信，可以做个实验，不是瞬间的那一口气顶着，是绝对做不到从车窗翻出去，又在空中腾跃着免去受伤。当然，这样的事没法儿试，也不能试。

可以进一步证明的是，听同事讲，一家储蓄所突然起火，开始还水浇拖把打，火却越燃越大，顷刻充满了整个空间，大家拼命地往外逃。女出纳逃在最后，逃出的人都大喊着她的名字，看着她也从火海里逃了出来。大家惊呆了，女出纳的怀里，抱出了储蓄所存钱的保险箱。

平时四个大男人抬的生铁保险箱，她怎么就一个人抱出来了？出纳成了火海英雄。事后，她试着再抱那个保险箱，别说抱起来，让她推都推不动。女出纳给人说，当时就凭着一口气。

有人就总结了，情急之中，人所焕发出的那一口气，能量是巨大的，不是平常所能比拟的。其根本前提是：人活一口气。

不仅是人，草木也一样。到山东的绎山游览，发现那一块块大石叠加起来的山势，甚是奇特，而更奇特的还是那许多的山上松，高高大大的，蓬蓬勃勃的，都长在石头上。在这个非常的环境里，松树不仅把根扎进重锤钢钎都难穿透的石头里，树干也坚强地穿石而生，让一块块的石头支撑起来，紧紧地抱着树活。

辽阔浩瀚的大海，在非常时刻，同样会出现让人匪夷所思的景观。赶海的人都知道，风和潮和涌，拧成一股合力时，就会沧海倒竖，几十米深的海水陡然见底。

草木有生命，海洋也有生命，一切有生命的东西，都在于那一口气的激励和鼓荡。人不激不奋，水不激不活，就是这个道理。关键就在自己了，要想成事，必须鼓起那一口气，坚持不懈地努力，冲破原来的规律和思维，还有什么事做不出来！还有什么事做不成功！

请将不如激将，所激就是那一口气。人发现自己不行了，才肯往上使劲。百请不到，不如干脆地说你根本不行，请谁也不能请你了，用谁也不能用你了。结果你受刺激了，不请自己到，干得比谁都好。

这就是古人所说的"哀兵必胜"。你已经输了，输得没有谁看得起了，你焉有不鼓起这一口气，来个鱼死网破的胜利呢！

自我调动起来，把自己逼到绝境，用灭顶的大水浇灌你，用炽热的火焰烧灼你，不拒绝来自任何方面的挑战，接受非人的刺激。每个人都有潜力，生命待焕发，把那一口气释放出来，你一定会拥有无限灿烂的彩虹。

离婚酒

　　生日喝酒，结婚喝酒，高升喝酒，发财喝酒……我们喝酒的理由有千种万种，而离婚了喝酒，难说算不算理由。总之，这几年来，我却受邀参加了几次离婚的酒宴，当然，我们都是清一色的男性，大家和离婚者击掌，拥抱，然后碰杯，喝酒，席间弥漫着无尽的解脱了的轻松。

　　喝的其中一场离婚酒，男主人公是我的一位私企老板朋友。酒席宴上，老板朋友大吐苦水，说得鼻涕两把泪两把。但我看得出，老板朋友的鼻涕眼泪，是那种痛极之后的欢喜表现。他与妻子在大学里相爱，毕业后结婚成家，生了一个如花似玉、聪明伶俐的女儿，他们怎么看，都是一个幸福之家。问题是老板朋友辞职下海了，在海水里苦苦挣扎时，夫妻俩倒也相亲相爱，相濡以沫。后来就干出了些名堂，生意越做越大，公司里的员工也越雇越多，出于业务上的需要，几位品相才貌不错的女孩也进了他的公司，妻子的心揪紧了，不能看见丈夫和女雇员坐一辆车，吃一桌饭……看见了，都要问个不休，丈夫说什么她都不相信，逼得丈夫发了火，说他和女雇员拥抱了，接吻了，上床了。妻子便大哭大闹，从此打了六年的离婚大战。丈夫把公司里的女雇员全都辞退了，生意也有一搭没一搭的。妻子还不罢休，用匿名信的方式，向媒体和丈夫合作的单位公开所谓的隐私及商业机密，十年的情缘最后成了一对冤家，老板朋友说起来咬牙切齿。

　　昨天又去喝了一次离婚酒。这位朋友开着一家不错的广告公司，年盈利百万以上，给他们家购买了别墅，购买了小车，一心一意地经营着他们的小家，朋友念念不能忘记，在大学期间，他到校游泳池玩水，因为不习水性，玩到深水区，浑身的力气用完了，想着歇一歇，便沉入了水底，喝了几口水，呛得他都要昏过去了。一只纤纤小手，抓住了他的头发，把他拖到了岸边，他得救了。校游泳队的女同学，成了他的救命恩人，一谢再谢，俩人成了恋人。结婚了，泳池相救这个本该成为他们结婚基础的事件，最终却成了他们离婚的导火线。丈夫把妻子的恩深埋心间，他还想得到妻子的情。但妻子老是以恩压他，让他抬不起头，大吵了一架后，和平地离了婚。房子车子存款，全都给了妻子，喝着酒，朋友说他全身心地放松，空守一段有恩无情的婚姻，不如当时淹死在校游泳池里好。

朋友的离婚酒喝着，让我有了一个体会：了断一份变质的情缘，绝对是一种解脱。婚姻进行到那个样子，已经没有意义了。而获得很多金钱，或者中伤报复，就更没有作用。一切的一切都无法挽回变了的心、断了的情，那就让风吹走算了。回过头来，再树立一个全新的自己。

施寄青离婚前碌碌无为，无奈地离婚后却潜下心来写了一本《走过婚姻》的书，使她一跃而成为台湾的"离婚教主"，她的书很畅销，坦白地讲了她和丈夫离婚前的困境。要离婚了，她没有怨天尤人，自己到商场去，精心选购了一身漂亮的衣裳，还配了皮包、首饰和高跟鞋。她以一副全新的面貌，和丈夫去办离婚手续，当时在场的人，都由衷地对她说你很美丽。

施寄青懂得自爱，所以她美丽。她非但没有被失败的婚姻所击溃，相反因为这一变故，她成了一个出色的作家。

苏格拉底说，你有权发怒，有权对你应该发怒的人发怒，在你应该发怒的时间发怒，在你应该发怒的地点发怒。问题是，发怒之后呢？

也许我们已经明白了，人是可以肉身涅槃的。

有人狂奔

人最无羁的时候，是在狂奔中。

当然，一路的狂奔，会让一边看着的人不理解，甚至讥笑，就像我偶然读到的那首诗一样，诗的名字不记得了，还算不错的诗句却深刻地记在心里：

大雨说来就来
我骑着车子在雨中狂奔
跑过广场跑过大街又跑过一棵大树
路边屋檐下的人
冲着我笑
还大声地说瞧吧那个落汤鸡
雨水模糊了我双眼
我似乎产生了幻觉
哪年哪月哪日
我还曾有过这样地狂奔

狂奔着的人和狂奔着的其他动物，其动机也许只有一个，就是超越自己。

虽然我未能身临其境地到非洲大草原上去看斑马狂奔，也未能到内蒙古草原去看野羊的狂奔，但现代化的摄影技术，配合画面效果不错的电视机，坐在家里，就能大饱眼福地看到斑马和野羊一群群地狂奔。就在动笔写这篇短文前，我在电视屏幕上，又看到了蒙古野羊狂奔的镜头。一辆吉普车在草原上轰鸣着前行，车上装载着一架摄像机，摄影师对着还在内蒙古草原上静静地吃着青草的野羊拍摄着，突然，野羊便奔跑起来了，数百只的野羊，如离弦的箭镞，没命地向前飞奔。起初，还以为野羊的飞奔是为了躲避汽车，但很快就意识到猜测错了，电视画面明白地告诉我，野羊是在和汽车赛跑，像一阵风刮过，野羊超越了拍摄它们的吉普车，向前已跑出很远了，突然地折回头来，迎着吉普车追来的方向，又狂奔而来。有个电视特写镜头，是野羊狂奔中的眼睛，那双双眼睛，透露出一种特殊的庆幸和欢乐。

是什么激起了野羊的欢乐呢？会不会像人一样，都有一团幽禁在胸中的烈火，千方百计地寻找着机会，突然地燃烧起来，纵情地释放着亢奋，纵情地宣泄着激情，用四蹄奔跑起来，奔跑出一种风景，一种精神？

狂奔的瞬间，使人感受到了生命本源的冲动，体会到了生命本源中神秘的喜悦。

然而有一种狂奔，却让人大惑不解。

那一日傍黑，我上街去购物，闹市区里人山人海，摩肩接踵，匆忙的脚步声里，时而会有一声两声小贩的叫卖。这是大家所习惯的，夜色渐浓的时候，不远处传来一声巨大的爆裂，震惊了闹市上的人群，大家都有一个瞬间的迟疑，不知道那声爆裂是怎么回事儿。正迟疑时，有人奔跑起来了，好像大难临头的样子，慌慌张张地往前狂奔。

一个人狂奔起来，一下子振奋了身边的几个人，跟着一起狂奔起来，几个人，又振奋起更多的人，参与进了狂奔者的队伍。仅仅只有几秒钟的时间，奔跑的信息迅速传染给了闹市上所有的人，大家都莫名地兴奋起来，跟着狂奔者的脚步也狂奔起来。

我亦不能例外，虽然不知道为什么狂奔。是因为那爆裂声吗？是什么东西爆裂了？不知道。有人狂奔，大家都跟着狂奔，不需要追究原因，不需要追究理由。大家狂风一样向前奔跑，裹在其中的人，不跑也不能了。不跑就可能挡了奔跑者的路，就可能被奔跑者撞倒在地，就可能被千脚万脚踩踏，就可能丧失生命。那就只有跟着狂奔了。

有人把鞋子跑丢了，大喊着我的鞋子，我的鞋子。

有人把帽子跑丢了，大喊着我的帽子，我的帽子。

有人就问跑什么跑。

问话者是最先奔跑的那个人。他跑到公共汽车站上，刚好赶上了一趟班车，身子一斜便挤上去了。大家也就相继停下了狂奔的脚步，望着挤上公共汽车的那位领跑者。

那人嘴里叽咕着，我想撵上这一趟班车。

后面跟着跑来的人，也恍然大悟地说，那一声炸响，是一辆汽车的轮胎破了。

真相大白，但狂奔了一阵的人们，并没上当受骗的愤怒，脸上都嘻嘻哈哈地乐着，好像大家早就期待着一次狂奔，而这一次突如其来的狂奔，庆幸他们赶上了。

狂奔，是动物（包括人）一种本质的需求。

靠天靠地不如靠自己

女儿是学着钢琴的。一年半载的，都要请个调律师来，对每一个琴键上的每一个音律，认真调试一回。原来有个调律师，我们有他的联系电话，随叫随到。这一次，女儿音院的老师，给我们推荐了一个人，约好来到家里，才知道他是个盲人呢。

我不怀疑盲人对音律的敏感。古今中外，都有非常杰出的盲人音乐家。著名的二胡独奏曲《二泉映月》，是我的最爱，它不就是无锡阡陌间走出来的盲人乐师阿炳的创作？但我怕来去路上的困难，在他仔细地把钢琴音律都调了一遍，他满意，女儿也满意，这就要走了时，我执意要送送他。来时我不知道，也就罢了。现在知道了，怎么能不送呢！可他坚决不让我送，甚至对我动了气，说："放你的心，西安城一年撞汽车的那么多人，有一个盲人吗？"

我被他说得乐了起来。

此后，再给钢琴调律，就都是他了。一来二去，知道他的兴趣爱好十分广泛：有正经的调律活儿了，他就去认真地做；空闲的时候，就到少年宫，义务为儿童教授音乐知识；再有空闲；就到体育馆去，从师学习柔道，学习跆拳道。他是个乐观的人，说他眼睛看不见，就一味地进攻，完全破釜沉舟的架势，和谁练谁就怯，无人能敌哩。

与盲人调律师交往着，我的生活里又闯进了另一个盲人。这人在一个阳光很好的日子，不期然地走进了我们居住的小区。

小区里原来有个卖鸡蛋的中年汉子，隔着几日，就会开着一辆农用三轮车，拉着一车摞得整齐的鸡蛋到小区来卖。应该说他的信誉不错，大家也乐意买他的鸡蛋，但是惧怕他的农用三轮车，噪音是太大了，那惊天动地的响声，像是鬼子进村打的迫击炮，让人真是受不了，家里有老人或病人的，被他那农用三轮一吼，不是吓得失眠，就是病情加重。有人与他交涉，汉子大不咧咧乐着说，都是城里的工厂造的，他有什么办法，他也不受噪。

就只有将就着他了。月累月，年累年，小区人几乎已适应他，却又来了卖鸡蛋的盲人。这人是提着一个大竹笼走进小区的，他走得很慢，走得很小心，每一步都搓着地，哧拉一声，哧拉又一声……发现他的人，很惊奇他原来是个盲人。他两个眼珠看上去，骨碌碌地转动，与常人无大差异，但他看不清前头的路，什么都看不清，他挎在胸前的竹笼里，溜尖溜尖装着的全是鸡蛋。竹笼边，还挂着一杆秤。他就这样地来到我们小区，在草坪边找了块空地，放稳了他的鸡蛋笼，随后直起身子，喊了两声卖鸡蛋。他喊的声音很小，但许多人都听到了，好像不是用耳朵，而是用眼睛听见的。大家就围了上去，买鸡蛋是一个原因，看稀奇是另一个原因。这个身材不高、年纪很轻的盲人，给大家称鸡蛋，用手摸着秤星，报出的数量一点也不差。要付款了，硬币不用说，纸币给了他，用手扭捏摸摸，能摸清楚的，当即找零兑现；一时捏摸不清，他会举到头顶上，对着阳光照。终有一次，一位买鸡蛋的常客，给了盲人一张百元大钞，他对着阳光照着，照出了那张纸币是假钞。常客急了，要和盲人争，旁边的人就劝他到小区外的银行去验，验的结果确实是假币。常客服了，说是昨晚打牌找给他的；大家也服了，明眼人也为假币所骗，他一个盲人，却能把假币分辨得那么清楚。

小区里的人很照顾盲人的生意，盲人便天天到小区来。

盲人的家在郊区长安县的杜曲镇，每天都坐同村一个司机的班车，那个司机很关心他，风雨无阻，准点准时地都会把他拉到我们的小区外，放他下车。时间长了，他和车上的人熟了，也和小区的人熟了。有人就问盲人你咋就想起卖鸡蛋了？盲人的脸就红了，腼腆得像个大姑娘，说父母给他教的办法，让他在家里摸着钱玩儿。他眼瞎识得了钱，他还能窝在家里吗？人这是，靠天靠地靠父母，终了还得靠自己。

开着农用三轮车的中年汉子，还来小区卖鸡蛋，大家明显地冷淡了他。生意不好做，渐渐地就不来了。现在的小区，就只有盲人一个卖鸡蛋的了。

一个调音律，一个卖鸡蛋，两个操持不同职业的盲人，以他们各自的魅力，赢得人们的尊敬和信任，他们也为自己赢得了自爱和自信。因为他们都懂得，最终的一切，都还要靠自己。

人可以貌相

　　东西方文化中，尽管有诸多差异，但有一条大致是相同的，那就是"人不可以貌相"。然而在实际生活中，绝大多数人并未遵循这个铁的准则。美国的心理学家、行为学家和犯罪学家，联合做了一个调查，发现在公司和企业中，相貌好的人显然更容易受到上司的赏识和重用，他们晋升的机会多，速度快。在学校里，相貌好的学生，也较易得到老师的宠爱，打分时会比一般学生高出几个百分点。即便在托儿所，漂亮的娃娃亦更能得到阿姨的欢心。还有家庭里，同样是亲骨肉，父母也更喜欢相貌好的孩子，给他们的拥抱和亲吻要多出其他孩子许多。

　　追求自由平等的美国社会是这样，其他国家能例外吗？就以我们生存的中国社会来看，相貌好的人，总会易于他人而占到便利，贴得满大街的招聘广告，以及发布在媒体上的求职广告，都忘不了提出一个"相貌端正"，或"相貌较好"的界定词。相貌好就能求得职位，相貌差就难求得职位。而这只是冰山一角，人的相貌好与差，对这个人一生的影响将表现在许多方面，如婚姻生活，如工作提拔等不一而足。

　　古希腊哲学家亚里士多德，早在数千年前，便一针见血地指出：虽说人人都承认"人不可貌相"，但实际上，在任何场合，一个陌生人的美貌，往往胜过任何介绍信。前不久，在海南省三亚市举办的世界小姐决赛上，一个打工木匠，捡了一个货真价实的记者采访证，挂在脖子上走进现场时，却被保安拦住了，原因是他不像记者。深入地一查，他果然不是记者。那么记者该是什么样子呢？虽然没有一个标准，但绝对不会是一个打工的木匠那副模样。

本人就曾遇到一件事，把中学同学的合影照片拿出来让人看，不等本人介绍，看的人就指着相片上的人说，哪一个当兵了提干了，哪一个上了大学当官了，哪一个进了工厂下岗了……都让人家指认得不差分毫。本人觉得奇怪，问他是怎么看出来的，他说只是一种感觉。

这个感觉是很有道理的。就说活跃在电视、电影里的特型演员，把毛泽东、周恩来、邓小平等老一辈领袖人物演得惟妙惟肖，活灵活现，但仔细去看，还是有破绽，无法乱真，原因是特型演员唯有其型，而缺少其神。

我们甚至可以做个实验，让几十个人都在老板椅上坐一坐，其中只有一个是老板，那谁是老板呢？在人人都坐下去的一瞬间，就能分辨得出来。不是老板的人，坐上了老板椅，不免会有一时的惊慌，或一时的装腔作势；而真正的老板，其表现无疑会是从容的、大气的。电视上热播的皇帝出宫微服私访的戏，看得我乐乐呵呵，但要较真地去推敲，则肯定是站不住脚的。皇帝的本色，岂能是一身微服就掩盖得了的？要么是皇帝也太庸俗了，连皇帝的尊严都要荡然无存，要么是老百姓也太愚蠢了，连帝王气息都嗅不出来，否则，皇帝的马脚肯定是要露出来的。难道不是吗？张国立扮演的康熙微服私访戏，其中就多次被人看穿了他的把戏儿。

人可以貌相。所相就在一个人散发的独特信息上，他的一举手一投足，以及喜笑忧伤的脸上，想要假装是很困难的，因为一个人的学养和性格，职业和习惯都是日积月累形成的，如魂似魄，附着在一个人的身上和脸上，要改变，非得一个很长的时间不可，有句古话说得好，近朱者赤，近墨者黑。这该是佐证"人不可貌相"的一个很久远的科学论断。

电话本丢了

　　戚友亲朋的电话号码，我是用手抄的方式，一笔一画地写在一本硬皮小簿子上的。因为不是一次抄上去的，今日一条，明日一条，新交故知，济济一堂；所用笔墨又不尽相同，蓝、墨、绿、红、黄五色杂呈，热热闹闹，泱泱大观。慢慢地，慢慢地就写满了一本子，翻查起来，虽煞费周章，但看着那积累起来的号码，竟满眼都是肝胆，满心都是情义。

　　后来掌上电脑之类的东西接二连三地侵入人的生活，随身携带，记个电话号码什么的，即方便，又快捷。说实话，那玩活真是不错，手指轻轻一点，电子为人代劳，扑花花一串号码闪烁而过，定格的那一条，肯定是你要的号码，省时省事，便利清楚，差点儿让我都要动心了。然而，当我拿起已经很旧了的手抄电话本，触摸着那几张翻烂了的纸页，却有一种牵肠挂肚的隐痛，迫使我放弃了换个掌上电脑的决心，坚持使用我日久年长的手抄电话本儿。

　　可是我把电话本丢了。丢到哪儿去了呢？几天时间里，我神魂颠倒，满脑子都是丢失了的电话本，企盼着一个奇迹的出现。但是，这个奇迹一直未能出现，我痛苦地寻找着，把一切能找的地方都找了，就是找不见我的电话本，好像那本与我朝夕相处了许多年的破旧电话本，根本就没有存在过，或者是虽存在过，但现在化作一缕青烟，随风飘散了。

　　不能就这么飘散啊！

　　分明地，电话本中积累的那些号码，其主人都鲜活地储藏在我的大脑里，我有许多事要与他们联系；就是没事，也要问候一声的。电话，无法取代地成了人与尘世相连的第一热线。我在痛苦地寻找电话本的期间，回忆着还能记起来的号码，每一个号码的背后，都是一张熟悉的面容。阿拉伯数字组合的、千变万化的数字，有如一本别样的人生词汇，记录了一个别样的人生。我想起一个电话号码，就拨通一个，如果是他呢，我在电话这边就聊上了。聊的内容是不很重要的，重要的是我可以把他的电话号码记录下来，重新积累起一个新的电话本。

一个新的积累，却也涉及一个敏感的取舍问题。这同样是一件痛苦的事情，像我丢了旧的电话本一样，丢失了是一种痛苦，要取舍是另一种痛苦。我先是核实记得起来的电话号码，每一次核实都会勾起一段段的情，友情、亲情、爱情、长辈情、同事情，走马灯似的在脑子里转。转着时，心中有大悲亦有大喜，有大痛亦有大爱，曾经的青梅竹马，相濡以沫；曾经的肝胆相照，山盟海誓；曾经的祸福与共，泪眼相投。几天时间，我神魂颠倒，满脑子曾经的……啊啊，全都历历在目，恍如昨天。这使人心惊肉跳，大有肝肠寸断的感觉。

然而，让人心惊肉跳、肝肠寸断的电话号码，曾几何时，在那本旧了的电话本里，竟都成了一堆躺在其中的毫无意义的符号。现在要重新收集整理了，感觉却发生了极大的变化，剔除掉结在一个个电话号码上的岁月尘网，多少旧恨新愁，多少旧怨新爱，一齐涌上心头。情生、情忘，缘起、缘灭，一些人的电话号码又公公正正地上了我的电话本，一些人的电话号码却从此绝迹于我的电话本。这是谁的责任呢？我自己不想推卸责任，而对方也难辞其咎，双方的恩恩怨怨，怎么能说得清呢？

悲欢离合，就这么发生在电话本丢失之后。新的电话本正在收集整理中，以后会不会再丢失？会不会再取舍？但愿不要有那样的重复，因为我已迈进了知天命的生活门槛，知道了世事的变化是难以预料的，今日的朋友，可能就是明日的陌路人，而昨天的宿仇，也可能是明日重圆的明镜。现在，我所必须要做的是，珍惜每一条在我电话本里留有迹象的缘分，努力地使那缘分保持得长一些、久一些。

把窗子打开

　　妻女回家来，头一件事就是开窗，而清晨起来的头一件事，更是开窗了。一年四季，每时每刻，她们都喜欢把窗户开得大大的，即使是冰封雪舞的冬季，不便把窗户开得太大，却也要留出一条线来。妻子说窗是家的眼睛，倚窗而望，是雪，是雨，是灿烂的阳光，是如水的月辉……都历历在目、清清楚楚；女儿说窗是家的环保通道，花开了，草绿了，蓝天上飘荡的白云，悠悠吹拂的清风……都爽爽朗朗，赏心悦目。

　　花黄烂漫的迎春花、在小区的那座悠然亭周围，最先漏泄了春的消息。这是妻女所喜欢的，清晨睁开眼，首先扑到窗口，看着大大小小、高高低低的窗子是否开着，若没有开的，或是半开半闭着的，就都统统地打开来，高的窗子够不着，还会搬来凳子搭脚，爬上去，也要把它们打开来。

　　窗开了，让花枝招展的春姑娘，飘飘然走进我们家，顿时，满屋春意荡漾。张嘴吸一口空气，也是甜甜的春的气息，闭上眼睛，思绪在想象的脑屏幕上，穿越了层层水泥楼的封锁，来到广阔无垠的四野和山川，那里更是一幅春的美景，杏花儿开了，桃花儿开了，牡丹花儿开了……你不放过我，我不让开你，争先恐后地丰富着春的绚烂，艳红的，嫩白的，淡粉的……色彩浪漫，扑朔迷离，仿佛游魂漫入花海，成了花丛里的醉鬼，在心里不由自主地默诵起来：

> 春风先发苑中梅，
> 樱花桃李次第开。

春雨像丝一样，抽得细细的，若有若无的样子，斜斜地从窗口游到家里来，脸也为之湿润起来，心也为之湿潮起来。伫立窗前，细雨的轻响美妙极了，有什么乐器能演奏出这样的乐章？没有，这是自然的馈赠，只有静静地用心体会，才能感受到那柔曼的雨声，有时像是母亲曾给你唱的摇篮曲，期期殷殷，妙曼柔美；有时却像春蚕咀嚼桑叶一般，嘈嘈切切，韵味悠长。低头从高楼上的窗口看出去，楼后草坪上原本枯枝瘦桠的几株紫薇和丁香，业已透出嫩嫩的黄绿色来；还有那棵高高大大的雪松，比以前更加显得翠绿葱郁。三三两两的孩子是小区最先出门的人，有读小学的，有读中学的，从他们穿的校服上看得清清楚楚，一个个匆匆忙忙的脚步，使清晨的小区多了一种喧腾，多了一种活力。

黄昏，上学的孩子们回来了。

窗外却飘起了绵绵春雨。撑在孩子们头上的伞湿着，红黄蓝绿，粉黛紫白，五颜六色，仿佛一朵朵硕大的带露的鲜花。几个晚归的女孩子，躲在鲜艳的伞花下，喃喃地私语着，隐隐约约听得见她们心头花一样的幻想。幻想也是一个春雨霏霏的日子，走来了一个帅呆的男孩，为她们撑出一片爱心，撑出一片蓝天。透过窗，看着细雨蒙蒙中的故事，只觉心里好笑，清纯天真的孩子们，让窗外的景色多了缕缕烂漫的青春气息。

> 今春花事了，
> 从此雨声多。

这是谁的诗句呢？一时记不起来，但那种湿湿的润润的感觉，特别适合我南向瞭望窗外的心绪。

过去的年份，我生活的这座古城总是特别缺水，曾有好几年，城周八条水，差不多条条皆干涸，人畜的吃水都成了问题。到新世纪，情况为之大变，雨水突然地多了起来，春天多雨，夏天多雨，秋天更是多雨，让习惯了干旱的人，很有些不习惯了。我则不然，尤其是临窗外眺时，能有雨的点缀，心情就会特别好。但下得太多了，下涝了，城市倒也罢了，临水而居的农村人家，却遭了雨的灾，房子塌了，庄稼收不回来，小区就有组织地开展捐赠活动。募捐点就在窗外的亭子间，我和妻女，翻箱倒柜地翻找着，女儿先找出她上学时用过的两个书包和她穿上嫌小的几双鞋子，都是半新不旧的，装在一个大纸袋里，取了根绳子，从窗口吊了一下去，喊着募捐的叔叔阿姨，让他们取了去。女儿的行动点亮了我们的灵感，学着她的样子，把收拾出来的衣物打了包，也从窗口吊下去了。

蓦地，天空飘下来的水滴，就激成了一片一片的雪花，纷纷乱乱地落在了窗外的每一景、每一物上，丁香树和紫薇树，好像变成了春天的梨树，朵朵白花缀满枝头，阵阵料峭的寒风吹来，一树树的雪花儿，时而坠落，时而飘飞。过一会儿，艳红的冬阳升起在中天，染得积雪一片绯红。

这是冬天的夜晚，睡觉时不好再开着窗子了。天亮了，妻女和我，无论谁先下床，还都会急不可耐地打开印着冰凌花的玻璃窗。窗开的一瞬间，因为冷，常会禁不住打一个寒战，仿佛这寒战是一种奇妙的享受，任谁在寒战时，都要快活地啸叫几声，心情立即会开阔起来。什么困难，什么不如意，全都流泻得远远的了。

把窗子打开，其实就是打开了自己的心，让心与自然、与青春、与爱展开通通透透的交流。

别相信眼睛

社会公认的一句话：眼见为实。

然而，无数的生活实际却在颠覆这一真理，让我们别相信眼睛。一九七二年，瑞士北郊山区的一位农夫，误将废弃在葡萄园里的油罐，看成是只空罐，想在里面不受干扰地小憩一会儿。没想到，农夫一钻进"空"油罐，就再没活着出来。

农夫被自己的眼睛"欺骗"了，付出了生命的代价。农夫用他的生命，在欧洲引起了一场很有价值的诉讼。

眼睛"欺骗"了农夫的油罐里，填充了满满的一罐不易挥发的气体。这种气体无色无味，一眼就能看到底。惯常的经验，让农夫得出了这是一个空罐的结论。这起诉讼，使全欧洲的人，都明白了两个惊世骇俗的观点：空的东西并非真是空的！再是，小心所有加盖与不加盖的容器。

无独有偶，我国也发生了一件类似的事。二十世纪一个随车押货的年轻人，从广东的韶关坐上一列闷罐子车到河南的信阳去。车在湖北境内，一刻不停地往前飞奔，年轻人无奈了，到闷罐车的一角小解。岂料，数分钟后，年轻人严重心力衰竭，伴随深度虚脱性休克。到医院尸检，才发现死因就在那泡尿上。闷罐车装运的货物，挥发出的气体与尿液中的某种成分混合后，形成致死物质，导致年轻人中毒毙命。

真的让人要不寒而栗了。事件的过程中，我们那么信任的眼睛，却一点儿也帮不上忙，怎么办呢？我们就需要长个心眼了，将看得见、看不见的东西，都输送到头脑里去，来个综合的分析和处理，得出个"非单纯视角认识"的正确结果来，我们才能不受眼睛的欺骗，以至失去自己宝贵的生命。一些自诩身具特异功能的人，也在社会上大演欺骗眼睛的闹剧，弄得上当受骗的人，把他们崇敬为神。中国科学院院士何祚庥先生，为此费了不少心血，到处去和那些"神人""大师"斗法，好让善良的老百姓，识别真相，相信科学，免得招灾惹祸。

姓严的自称"大师"的那个家伙，与何祚庥就有一次当面锣对面鼓的挑战。姓严的说他在广州发功北京的人都能接得到，说得兴起时，竟自诩他能改变导弹的方向。

何老就笑了，说："是，大师既能改变导弹的方向，就能改变足球的方向，中国男足把球老踢不进对方的大门，让'大师'到赛场上去，发个功，让足球拐个弯，弯进对方的大门岂不更好？""严大师"被问得张口结舌，无话可说。

"京城奇人"是自诩的又一个大师。弄出一台报告会，表演在封闭的瓶子里倒出药丸的把戏，当真把在场人的眼睛给骗了，大家信以为真，惊叹之声不绝于耳。何祚庥不慌不忙，把他随身带来的一个药瓶，交给"京城奇人"，让其把他药瓶里的药也能不启封地倒出来。结果可想而知，"京城奇人"傻眼了，他自己的药瓶事先是做了手脚的，何老的药瓶没做手脚，就只能让"京城奇人"丢丑了。

但是，眼睛又是欺骗不了你的。二〇〇三年的秋天，到曲阜参观"三孔"地，听说那里遭受了一场水洗之灾。有家很大的媒体派员采访，写出的文章称"本社记者实地采访发现，并没有令人信服的证据显示曲阜'三孔'遭水洗已造成难以弥补的损失"。而我们参观"三孔"，已是事件发生后一年多了，仍能看到被水洗的痕迹。"三孔"的人为灾害，严重地损坏了圣地文物的真容，怎么能大睁着眼睛说瞎话呢！

当地的文物部门在事件发生后，也难掩饰自己的过错，在巨大的舆论压力面前，通报了他们水洗"三孔"的教训。

如此说来，我们的眼睛有很大的局限，眼睛不能识辨的事物是一种，大睁着眼睛说瞎话的又是一种，而且是最为有害的那一种。

良妻胜于师教

"枕边风"历来为人所不齿，民间把心无主见，唯枕边之言是听者，讥为耳根软，没出息。到了朝堂之上，干脆为枕边之人定下一条规则，后宫不得干政。因此而触犯规则的后宫女人，被打入冷宫、废为庶人者比比皆是，更有甚者，殁了性命的也历历可数。但辩证地说，枕边风，不一定都不好，老婆的话，不一定都是错误。

《中国通史故事》讲述"大脚皇后"的几件事情，就颇为耐人寻味。大脚皇后与朱元璋的婚姻说来也是包办的，而他自己偏偏长了一双大脚，人又长得有些丑，这在那个崇尚小脚的时代，就先输了一着。但她聪明伶俐，又有远见，特别在朱元璋落难被关禁闭，不许有饭吃的关头，时称马大脚的她，不畏艰险，偷着给朱元璋送吃的。一天，刚烙好大饼，还没收拾好，听见有人来了，她便把烙饼揣进怀里走开。等到偷送给朱元璋时，胸脯已被烫伤了一大片，当时把朱元璋感动得涕泪交流。这事朱元璋记了一辈子，到他登基之日，很干脆地把马大脚封成了皇后。

明太祖易怒好杀。这位大脚皇后就给朱元璋吹"枕边风"，实在不听时，就解开衣服让他看她乳下烫的那块伤疤，因此救了不少功臣良将的性命。李希颜是明太祖几个孩子的教师，他不管龙子龙孙那一套，谁不好好学就训斥体罚谁。有位小皇子仗着老子的威风，调皮捣蛋，李希颜就在他的头上敲了几下。他哭着找老子去告状，明太祖一听就火了，马皇后在一旁却说："你干啥呀？老师教孩子，是自古以来的规矩，你生什么气？"一句话提醒了明太祖，冲上脑门的火也消了下去。还有那个宋濂，他是大明江山的开国之臣，后来又做过诸王的师傅却被定成了死罪。马皇后力劝太祖勿滥杀无辜，而太祖坚持非杀不可。无奈，马皇后在与太祖同桌吃饭时，不吃肉，不喝酒，也不说话。明太祖以为皇后身体有恙，待询问时，马皇后才说："宋先生就要死了，我们没有按照对待教师的礼节对待他，我只能为他祈祷、修福。"明太祖听了，想起宋濂的种种好处，心里也不好受，第二天便赦了宋的死罪。

还有一个元载，他的起家发迹，亦与听老婆话大有干系。曾任唐肃宗、唐代宗两朝宰相的元载，青年时是个潦倒的书生，而他的老婆，却是佩四将印、劲兵重地、控制万里的大将军女儿王韫秀。王家姐妹个个富贵，从钱眼里看人，小两口自然要受冷眼了。王韫秀不管那些，一味地劝诫元载苦读圣贤，求取功名，长安城大比之年，王韫秀又劝元载去赶考，临别时元载挥泪作诗言情："年来谁不厌龙钟？虽在侯门似不容。看取海山寒翠树，苦遭霜霰到秦封。"王韫秀见他那凄凄落魄的可怜样，为壮其心志，毅然决定同往。为此，王韫秀亦做了首《同夫游秦》的诗："路扫饥寒迹，天哀志气人。休零离别泪，携手入西秦。"

元载这一次入秦，有了妻子的鼓励，果然策入高科，获得官阶，且一路攀去直至登峰造极。

然而人一阔，元载脸就变了。当了宰相的他，在长安城的宅第就有两处，府中倡优，公演黄戏。亲族围观，不知羞耻。这时候，老婆的话他是听不进去了，还觉得王韫秀多嘴多舌，元载干脆很少见她，另建府宅，广蓄歌妓，美人之多，连皇宫都有一比了。其中有一位宠姬薛瑶英，玉骨香肌，能歌善舞，平日深藏闺中，从不露面，只有他的亲信王炎、贾至等人见过。王炎在惊叹薛瑶英的艳质之余，作诗描述，"雪面淡眉天上女，凤箫鸾翅欲飞去。玉山翘翠步无尘，楚腰如柳不胜春"。这些还只仅仅是元载生活的一面，另一面是那些趋炎附势之徒，纷纷向他靠拢，日日车马盈门，醉饮狂歌。当此之时，王韫秀虽然无奈，心里仍然放他不下，一有机会就劝谕元载，实在无用时，还做了一首诗送元载，盼他悔悟。诗曰："楚竹燕歌动画梁，春兰重换舞衣裳。公孙开阁招嘉客，知道浮荣不久长。"

很难说元载读了老婆的劝谕诗后有什么想法，总之在皇上也当面警告了他以后，也未收敛多少。于是下狱问罪，诏赐自尽，连预知"浮荣不久长"的王韫秀以及一家老小都未能幸免。到今天，我们替元载设想，假如他当时还能听进老婆的话，何至落下如此悲惨的下场？

疲倦的裤子

老娘在八十岁的时候，要送一件念想给我。

打开了她的箱底，叫我惊讶的是，老娘的箱底如她本人一样地老了，翻翻拣拣的，没有一样满意的东西给我。老娘叹气了，絮絮叨叨地说，把我娃刻苦得，在外边挣的两个钱，不够妈的药罐罐熬。这是老娘过去常要絮叨的，我听不惯，常要阻止她说下去。但老娘的话我是挡不住的，特别是家里来了人，老娘更是要说，说我从小就吃苦，出外念书，连一床褥子都缝不起，薄薄的一条被子，铺一半盖一半；吃饭了，也不敢要一个带肉的，总是白菜冬瓜，冬瓜白菜地熬。现在熬出息了，还不得好吃好喝，好穿好戴，实实地苦了我娃咧！

老娘这么絮叨得多了，我突然明白，老娘这是检讨自己呢！她是说自己没本事，可她的孩儿有本事啊，这么想着，我的心不安起来，感觉自己实在没有老娘应该骄傲的。

我听惯了老娘的絮叨，以后就不再阻止，任她说去，爱怎么说说去。可这一回，老娘没有太多絮叨，只是埋头在她的一堆箱底里，给我挑选可以留作纪念的物件。我嘴上不说，心里却打着鼓，不晓得老娘何以要固执地给我挑一件念想。是老娘觉得她太老了，就要离开她的子女了吗？乡间的老人都说，他们老了，知道老天什么时候收人，天意嘛，谁又能违背得了。我不敢往下想，便顺着老娘的意愿，也在她的箱底翻找起来。

有一条绣彩的大红缎子腰裙和一件大红素面的绸袄，想来是老娘初嫁时的物件了，但我一个男孩儿，是不好留作念想的，但在老娘的箱底，也就这一套像样的物件。老娘抖开来，还在她身上比画了一下，说就是这身了，拿回去，给你媳妇留着。啥日子想妈了，让你媳妇穿起来，就能看见活着的你娘咧！

我忍不住笑起来，嗔怪老娘胡思乱想，自己的媳妇怎么好与老娘比呢？

老娘却不恼，也不笑，还说她讲的是真心话。

我能有啥办法呢？只好把老娘初嫁时的衣裙很慎重地接过来。因为慎重，伸出的双手不仅接过了大红的绸缎衣裙，还把老娘的一条黑布裤子带了过来，在我数十年的生活中，见惯了老娘的黑衣黑裤，觉得实在没有什么稀罕的。可这一条裤子，还是很敏感地吸引了我，原因是黑布裤上的补丁，一个摞着一个。我便很有耐心地数着，一、二、三、四……数到最后，统共有四十一个补丁，而那一年，我刚好四十一岁，这就是说，老娘裤子上一个补丁，就是她儿我的年纪，我于是坚决地也要把老娘的黑布裤子留下来作了念想。

老娘起先不同意，一条补丁裤子有啥好念想的？像人老了一样，疲了，倦了，没有用处了。

但老娘拗不过我，于是，老娘的黑布裤子被我也带回西安的家，和老娘初嫁时的大红绸缎衣裙一起，成了我的念想。

不久，老娘亡去了。

我扶着老娘的灵柩，一声声地哭着老娘，感觉老娘真是太不容易了。她的一切不容易，都在于她的明白，就连她的死亡，都知道得那么明白，安排得那么明白。而作为她的儿子，我觉得自己太粗心了，常常是听不懂老娘说的话，看不懂老娘做的事。等到有点儿明白时，老娘像她所说，如她的黑布裤子一样，疲了，倦了，疲倦得离开我走了！

记忆中的老娘，温情脉脉地料理着家务，料理着农活，料理着亲戚邻里的关系。老娘尊重着别人，别人也尊重着老娘。即是自己的娃娃，也不高声呵斥，老娘说，雀儿也知指甲大的脸。老娘不呵斥她的娃娃，是她独有的教育方法，和声细气地给她的娃娃讲故事，让她的娃娃从故事中得到启发，受到教育。

老娘的故事太多了，有些纯是为了教育的需要，自己苦心地杜撰一个出来，可在讲说的时候，老娘都会加上一句"上古时候，有个……"的开头话，然后娓娓道来，很能吸引人，感染人。老娘如果识字，凭她杜撰故事的能力，绝对会成为一个杰出的文学家。

老娘昨夜到我的梦中来了。

我看见梦中的老娘是那么个年轻，穿着她初嫁时的大红绸缎衣裙，款款地向我走来，母子俩的手都握在一起了。突然地窗外一声雷响，大红绸缎衣裙的老娘不见了，我大睁着眼睛，看着窗外的斜雨。下床后，取出老娘留给我的念想，推醒了妻子，顽固地让妻子穿上老娘初嫁时的大红绸缎衣裙。将近一个世纪前的红缎裙子红绸袄，穿在现代意识强烈的妻子身上，竟然一点也不过时，仔细地看，还有一些更新鲜的东西，在那雾一样的红晕中弥漫着，泛滥着。

妻子知道这一身大红绸缎衣裙的故事，也懂得这身大红绸缎衣裙的意义。妻子端坐在床沿上，像个新嫁娘一样，还向我要来了那条黑布裤子。

妻子说："黑布裤子，疲了，倦了。"

呵护好的心情

　　看到一个外国的情节漫画，说的是有个小男孩心情不好，在路边偶遇一条小狗，抬脚踢了去，吓得小狗狂窜逃避。小狗无端受了惊吓，心情像小孩一样不好，见到一个西装革履的老板，便没好气地汪汪大吠。心情同样不好的老板回到办公室，逮着他的女秘书，就是一阵雷霆电闪。女秘书下班一进家门，满腔怒气直冲脑门，对着莫名其妙的丈夫骂了个够。第二天，身为教师的这位丈夫如法炮制，对自己一个犯了点儿小错的学生，劈头盖脸的就是一顿臭批。挨了批的学生，恰就是前一天放学归途踢了小狗的小男孩，这一天被老师批得心情依然不好，偏又碰见了那小狗，眼皮不眨，抬脚又是一踹……看到这里，你一定忍俊不禁地乐了，那一份幽默，对疗救人们的坏心情，不啻一服良药，从中会多有收获的。

　　看来人的情绪有其特别的传染性，对一个家庭来说，处理好这一矛盾至为重要。现实中有不少这样的家庭，夫妻间因孩子生气，因家务生气，因在外不顺心，憋着回家生气……总之，洗个碗，扫个地也会爆发一场战争。他们拿生气当"娱乐"，三天一小气，五天一大气，轻则争吵，吼骂，重则连摔带砸，搅得夫妻失睦，四邻不和，孩子不能安心学习，老人跟着操心叹气，何苦来哉？

　　防止不良情绪的污染，应该是我们大家需要认真对待的问题。除了加强品格和心性的修养，使自己多些理性，少些蛮性，遇事善于克制和忍让外，重要的是要学习培养自己的好心情，呵护自己的好心情。医学研究也证明，人的心情愉悦了，就能分泌更多的人体咖啡（内啡肽），这个东西在体内的作用可使人精神快乐，健康长寿。而长期压抑生气，就很容易生病，导致人的神经系统紊乱，免疫力下降，诱发疾病的风险是常人的两倍。为此，有专家撰文呼吁：生气等于自杀。

怎么培养自己的好心情，呵护自己的好心情呢？

人的性格千差万别，说话处事的方法千差万别，兴趣爱好千差万别，就像一把钥匙开不了千把锁，一个药方治不了百样病那样，我们是很难找到一个标准模式和答案的。不过读了一篇《喜欢是自己的》小文章，觉得颇多启发。

文章是一位丈夫用第一人称写的，说他一次下班后回到家里，妻子人在盥洗间洗头，盥洗间便有歌声飘出。他正在看电视，看着看着就乐了，捂了嘴哧哧地笑，而他挪近了电视，才发现自己干巴巴看着一个毫无创意的广告。他觉得妻子快乐得蹊跷，追问再三，妻子才告诉他说。

"我们办公室后面，有一棵树。"

"人参果树？菩提树吗？"

"不是，是法桐。"

"法桐也值得这么乐呀？"

"树上有两只鸟，筑了一个窝。"

"孔雀鸟吗？金丝鸟吗？"

"就燕子，很普通的两只燕子。春天来时两只，天天在我们窗外，啾啾喳喳，这两天就更勤快了。你猜怎么？他们有孩子了！"

这位妻子的好心情，来自一对燕子。而自然界比对燕子有更丰富的内容，有更多彩的事物，就看我们怎么去体会，怎么去享受了。这位妻子受到窗外燕子的感染，她有了好心情，并把好心情传染给自己的丈夫，使自己的家庭也沉浸在好心情中。而我们为什么就不能呢？这位妻子因为燕子有了好心情，我们也可以因为花儿呀的什么，心情好起来。因为好心情是生命旅程上的雨露和阳光，她会在人倦怠时，振奋起积极的脚步，抖一抖身上的尘灰，破冰踏霜，翻过一座山，再翻一座山，蹚过一条河，再一条河……

人生漫漫，昼短夜长，就每一个生命而言，很难都能圆满，都能心想事成无怨无悔。幸好我们能保持自己的好心情，那是我们自己的权利。我们甚至可以不去看别人的眼色，只要我们愿意。还可以不论时间与地点，只要自己觉得开心，就捂着嘴乐吧，为一滴水、一粒沙、一片树叶、一缕风动、一声鸟鸣……渲染我们的好心情。

出租车上的贫嘴

雨后春笋般崛起的出租车司机一族，是一个城市血脉中最为活跃的群体之一，他们在大街上一年四季马不停蹄地流动着，巡视着，与四面八方的人相接触。不知道大家可有相同的体会，在出租车上，与司机不说话是不可能的，你不说，出租司机逼着你说，南腔北调，莺声燕语，说出来的话毫无顾忌，反映出来的问题尖锐敏感。当然，城市与城市不同，出租车司机的谈话内容在本质上也有很大差别。

因为工作性质使然，我去过不少的城市，碰到过不少的出租车司机。比如天津市的出租车司机，大多关心的是社会生活交通啦、下岗啦、足球比赛啦、住房啦等等；北京市的出租司机大多数则对政治生活特感兴趣，伊拉克战争啦、反腐倡廉等；昆明市的出租车司机，所谈离不开他们的民族风情等；而呼和浩特的出租车司机，关于草原和酒，关于沙漠和沙尘暴，是两个说不完的话题；广州市的出租车司机，相对要沉默寡言一些，忍不住说到生意、股票和福彩足彩之类的话题，语言的闸门立即提得高而又高，滔滔不绝，没完没了。

总之，出门在外，一个人寂寞无聊，打的碰上个同样绕着城市转圈圈的出租车司机，谁都不会浪费那短暂却也难得的交流机会。唠唠叨叨的贫嘴中，既消磨了时光，活跃了乘车气氛，又能了解当地的风土人情，还真是会给人不少的收益和联想。

那一次去大连，打的上的是一位女司机的出租车。车开出不远，一身清爽、两眼流波的女出租车司机不无得意地问我："先生，你说咱大连的街道，为啥这么干净？"没等我反应过来，她已手指着车窗外便道上的柳条筐说："因为有了它！"

她这一说，让我豁然开朗，这才想起，几天来走遍大连市的大街小巷，还有公园海滩，星罗棋布，到处都是那样的柳条筐。它里边被罩着黑色的塑料袋，只要你手里有纸屑果皮什么的废弃物，走不了几步，就有一个柳条筐静静地等在一边，十分方便。即便在人头攒动的旅游季节，也看不见扔在地上的冰棍纸屑和飘在空中的塑料袋。

俊俏的女出租车司机还夸赞了他们大连市种种的好，末了说："一切都要养成习惯。"

此后又去上海打的，碰上的是位很有头脑的中年司机，人长得白白净净，讲起话来一板一眼，精明中透出几分矜持。上车后刚一落座，他就微笑着问："北方来的？"我跟着反问："北方人长得粗糙吗？"他也不急，依然一副笑的模样，"还没坐稳当，车门已被你重重地关上了"。听得出他没嘲笑北方人的意思，我也便释然了许多，与他聊起上海人的做派来。他的观察真可谓入木三分，让人不赞佩是不能了。他说上海人又精明又狡猾，职业感强，办事不含糊，自我感觉特别好，排斥外地人，但做事情又显得小气，抠抠掐掐，绝不吃亏，小市民气……说着连他自己都惹得哈哈大笑起来。

不错，他的话是有很大的代表性，心里当时就有些服了。可他话题一转，却直夸他们上海的好来："随着开放和发展，上海人的眼光越来越远了，心胸自然开阔起来，多了一些包容性。不知你们北方人现在怎么看上海人，有些很市民气的东西，在市场经济中，其实并没有错。就说斤斤计较，会算计，也就是我们上海话中的拎得清，咱们想想，做生意拎不清行吗？不行。这就是你们北方人的缺点了，大大咧咧，讲义气，豪爽热情，这都没错，可真要摆在生意场上，不吃亏才怪！"

应该承认，这位上海中年出租车司机的分析、对比是大有道理的。回到老家西安，想着在上海几日的感受，打心眼里承认上海人是大气的！

贫嘴的中年司机，有几句话在我心里总是萦绕不去：在上海打的，动作尽可能缓慢优雅一些，拉车门之前，不要忘了漫不经心地四下望望，然后再舒舒坦坦地坐进来，如此方显你的素养。说实话，在上海的几日，我还真是按他的话来做，收效也是不错，可我在生活工作的西安打的，便怎么也从容雅致不起来。

不可否认，我们西安的个别出租车卫生问题有待提高，而个别司机的素养问题也有待提高。也是从上海回到西安，在飞机场打的进城，到北门外塞车，走一阵停一阵，像是一头乌龟在爬。戴着一副深色墨镜的出租车司机很不耐烦，骂骂咧咧不停口，骂道路，骂交警，骂气候，骂环境，骂官员，骂市民……恰巧有一骑自行车的老者抢道，从他的车前急速驶来，他猛地一踩刹车，我的头撞在了车内的隔离网上，好一阵地疼痛，而他不管不顾，摘了墨镜，头伸出窗外，冲着已经过去的骑车人破口大骂。

当然，不是西安的出租车司机都那一副模样，但与其他城市比起来，还是逊色不少。什么原因呢？想来绝不是一句北方南方的差异就掩盖得过去，我们最好还是从管理上找一找差距，如此，受益的不仅是我们开放发展的城市。

家的样子

居住在钢筋混凝土结构的楼宇内，在装饰布置上，可谓费尽了心思，却总是感到难尽如人意，不仅活动的空间小，而且缺少阳光的清明和地气的爽朗，尤其在炎炎的夏日，更感到热浪滔滔，苦闷难挨。不由怀念起绿荫匝地的农家小院，集纳着乡野的灵气，洒落着沁凉的清新，那是一种怎样舒心惬意的享受啊！

黄土平夯的院落里，有一棵枣树，有一棵桑树。枣树下置了一方捶布石，黑油油的石面上，光洁如一面镜子。母亲和姐姐织下土布，用心地浆了，在太阳下晒得还余一点潮气，收起来，折成一厚叠的布坯，平铺在捶布石上，母亲和姐姐便会轮换着举起两根枣木棒槌，很有节奏地在布坯上捶打。即使不在小院，老远也能听见母亲和姐姐的捶布声，节奏忽儿紧，忽儿慢，听着不啻一曲美妙的打击乐曲。听母亲讲，布坯只有浆了捶了，才更耐穿呢！桑树下置了盘石磨，二十世纪七十年代以前，石磨还很忙碌，隔不几天，母亲会借来集体的牲口，套在磨道里拉磨，沉重的石磨转起来，轰隆轰隆地响。不知道为什么，我特别讨厌石磨转动的声音，也怕见牲口戴着暗眼，绕着石磨转圈的样子，感觉一个鲜活的生命，非被那低沉的声音碾碎了不可。但极喜欢磨缝里不断流出来的碎麦粉，母亲用簸箕收起来，倒进磨道旁的一个面柜的箩儿里，咣啷咣啷箩出细细的面粉来，那可是养命的蒸馍和面条啊！更细的面粉飞扬起来，扑在了母亲的手上和脸上，使母亲看起来白了，漂亮了。后来通了电，石磨子不再用了，可是到我离家而去时，石磨还在桑树下盘踞着，显得很沉默的样子。

枣儿熟了会落下来。

桑葚熟了也会落下来。

一个在夏天，一个在秋天。桑葚枣儿落地的日子，最是小院热闹的时候，母亲会招呼几个大人，撑起一个布帐，摇着树枝，让桑葚或枣儿落下来，接住了，收在一个篮子里，送给一村的人，都尝上一口。

小院里还开着一方小菜园，找来一块一块的半截砖，沿着菜园的周边，狗牙似的栽起来。春上的日子，母亲给小菜园先是施上底肥，把土刨得虚虚的，点上两行豇豆，栽上两行韭菜，又种上几窝丝瓜和油葫芦，以及三两株的向日葵，地表的土一干，母亲就浇一遍水，菜苗长出来，扯出蔓来了，母亲就搭起架子来，到入夏至秋的一段日子，小菜园的收成，让母亲的锅灶上，总是特别丰富多彩。来客人了，也不用着急，摘一把豇豆，割一撮韭菜，还有丝瓜、葫芦什么的，也采来一些，或清炒，或干煸，或油焖，凑在一起，就是一顿好饭了。如果是朋友稀客，还会摆上酒杯，亲亲热热地碰了，一口喝下去，脸上便都起了红晕，嘴头上也就放得开了，说一说久不见面的相思之情，聊一聊听来的乡间趣事，这样的日子，是怎样的逍遥自在啊！

好读闲书的我，时常就坐在小院里，任凭蝉儿在树梢上聒噪，任凭蝴蝶从头顶飞过，我喝一口凉茶，翻开一本喜爱的书，钻进墨香四溢的文字中去，有滋有味地品读着，一忽儿可能手拍膝盖，怒骂出声，一忽儿又会眉喜眼笑，呵呵自乐……这才是家的样子啊！

离家太久了。怀念家的样子，感觉又清晰又模糊，意识里乡下的家便成了一幅绝好的水墨画。

豆棚瓜架、蝶飞蝉鸣的农家小院，宛若世外桃源，梦里已回去了许多次，和已经仙逝的母亲，还坐在枣树和桑树下，母亲忙着她的家常，我在一旁读着书。梦醒了，我给妻女说，真想远离喧嚣的城市，抛开碌碌的功名，作别蜗居的楼屋，回到母亲留下来的农家小院里，让心通通透透地安静下来。

日历

　　印刷考究的月历、年历、万年历，以及电子的、液晶的什么历，咱都喜欢不起来，偏偏地顽固地喜欢着纸质并不怎么漂亮的日历。

　　每年的元月一日清晨，咱做的头一件事，就是更换书桌的日历。厚厚的旧日历，从日历牌上的金属卡环里卸下来，换上厚厚的一本新日历。换的过程中，心头总会生出一种无法言说的惆怅，觉得那一页一页重叠起来的日历，就是一页一页重叠起来的日子。翻一遍换下来的旧日历，就像翻着过去了的日子，是虚度，是充实，细思起来都是一个味：伤感。信手还要翻一遍新日历，哗哗的纸页里，顷刻会流泻出一股饱满的油墨的芬芳。一刹那间，芬芳的滋味让咱又十分地快活了，觉得咱又有了这么一大把的日子！这些个日子都是咱的明天。风和日丽的、充满期待的、生机勃勃的明天向咱迎面而来。

　　魅力无限的"明天"啊！不像"未来"，太过遥远了，太过缥缈了。而"明天"就不同了，犹如等待在窗外的一朵鲜花，沐浴着月光和珠露，天亮了，走出门来，会有一个新鲜的发现，会惊异地去采撷。当然，必须是小心翼翼地去接近，小心翼翼地去采撷，否则，花枝上的尖刺，会扎了咱的手呢！

　　好了，侥幸采撷到开在窗外的鲜花，也不要太高兴；不幸被花枝上的尖刺扎了手，也不要太沮丧。安静下来想一想，鲜花一样的这一天，咱是怎么过来的，想清楚了，其实都在咱自己。咱是快乐的，这一天就是快乐的；咱是无聊的，这一天就是无聊的；咱是忙碌的，这一天就是忙碌的；咱是充实的，这一天就是充实的……咱明白了，明天会变成今天，今天会变成昨天。咱无法改变昨天，咱却可以决定今天、憧憬明天。咱发牢骚了，说咱很被动，奈何不了自己，奈何不了日子。是啊，人人都有无奈，生活在一个一个的昨天，一个一个的今天，一个一个的明天，咱被一日一日的生活所选择，而咱也在一日一日地选择着生活，咱说是不是呢。

来也匆匆的日子，去也匆匆的日子，所有的日子都神秘地隐现在一页一页的日历上。那薄薄的日历纸就很沉重了，每翻过一页，那一叶就成了记忆，遗憾也好，满意也好，确实是无可奈何的了。也许正是这样，咱面对日历，才会感受到岁月的紧迫和虚无，总想抓住些什么。

急吼吼伸出手来，是一双磨着厚茧的农民的手，瞅瞅多会儿到清明！农谚说得好，清明前后，种瓜种豆。种瓜得瓜，种豆得豆，看了日历，心里有了底儿，开始施肥了，开始整地了，播种前的一切准备都不敢马虎。人哄地一时，地哄人一年，到头来一场薄收，饿了肚子找谁喊冤枉去？找翻过去的日历吗？日历是沉默的。

急煎煎伸出手来，是一双城里人的嫩白的手，瞅瞅今日个是几号，是周几。双休日了，把脱下来的脏衣服洗了，到老人家里去问候一声，安排孩子早上读英语补习班，下午读数学补习班，自己也盯空儿读读书，充充电，好在未来的日子去拼搏。日历成了人的参谋和助手，手翻着日历，把日子过得张弛有度，把生活安排得祥和愉快。

然而，这实在是一个太过奢侈的愿望。不要说翻过一页日历时，咱可能是忧伤的；不要说翻过一页日历时，咱可能是懊丧的；不要说翻过一页日历时，咱可能是失望的；不要说翻过一页日历时，咱可能是悲痛的……就是那重复着的庸常的日子，也让咱够受了，回想起来，既空洞无物，又黯淡无色。越是人到中年，或者人过中年，这样的感觉会更强烈。于是乎，咱就不能不说那个话题——记忆。庸常的日子，是很难被记忆的。好在咱有一本一本的日历，可以帮助咱记忆，咱因为记忆，咱就有了积累成厚重的智慧和理智。这是一种生活阅历和经验，是咱自己独有的，别人拿不去，花钱也拿不去，不是你不想出售，实在是个人的阅历和经验，都记录在了你的日历上，都是你曾遭遇的、面临的、经受的，以及咱自个儿的所作所为，改变了咱的和被咱改变了的。咱想卖都卖不出去，只有跟着咱本人，像秋天的落叶一样，一起发黄变老，变成泥土，孕育出一个新的明天。

是啊！咱不能老是被动地去记忆，咱应该尽可能地主动一些，用咱的行动，咱的情感，咱的忠诚，咱的责任感以及创造性，来记忆日历上的每一个日子。如此，咱的日子就有了深度和分量，就会日新月异，丰富多彩，充满活力。

知性（代后记）

何为知性？列出这个题目，我即有种老虎吃天无法下爪的喟叹。

在哲学意义上，关于"知性"就有非常深远的表述，柏拉图可说是其说辞的"祖宗"。他把普世的这一概念，细分为想象、常识、科学和数学知识、哲学等四种类型，相对于这四种知识的，亦即人所具有的想象、信念、知性和理性四种心理状态，以及认识能力。到了亚里士多德那里，他又把知性称之为"被动理性"，以为整个认识，可以分为感性、被动理性、主动理性诸个方面。被动理性是与感性知觉相关联的理性，它赋予处理感性材料的能力，无法脱离感性而存在。文艺复兴时期的布鲁诺，又明确地把思维区分为理智和理性两个阶段，而库萨尼古拉则进一步把认识，区分为感性、知性和心灵。到了近代，伟大的康德又把知性理解为主体对感性对象进行思维，把特殊的没有关联的感性对象加以综合处理，并且联结成为有规律的自然科学知识，即一种先天性的认识能力。

知性在哲学家的笔下，还有很多阐释和理解，我是不好再罗列了。不过我们似可结论，知性是人的一种思维方式，其中涵盖着某种神秘的品格。

生活中，我们最习惯的方法，是说知性的时候，总喜欢用在女性角色的身上，如果还不能表达自己对某个女性的赞誉，就还要轻松地扯出一个"美"字，说这位女性具备使人着迷的知性之美。

知性的女子，所以使人着迷，在于她们的言行，无不充满女性特有的柔婉和温煦，她们眉目纯净，举止优雅，感情清晰，自知自己的社会责任和家庭责任，娇俏又不无知，娇媚更不褊狭。这使她们脱离开一般化的女性，而上升到知性的美。知性美是淡定，是成熟，是自觉，想装都装不出来，介乎于感性和理性之间的那一种品性。杨澜主持的一档《天下女人》电视专栏，有次她说，"完美女人有三条，其一貌美，她在社会审美标准中是美的；其二高贵感，不是指贵族气质，而是她有知识、修养；其三是性感，不是指搔首弄姿，而是一种女性魅力，一种从内而外流露出的气质"。

在西北大学的老校区里，有一块很有规模的草坪，偏北朝南地建了座露天舞台，我们首届作家班的开学典礼，与当年入学的全体新生，列队在这里，由时任校长的张岂之先生主持进行。站在我们作家班队列前的，就有后来成为我老婆的陈乃霞。当然，她在队列前一站，我听到我的心在说，她就是咱老婆。我所以有此心语，到后来她真的成了我的老婆，我才想到，概因为她的知性以及知性之美。

作为丈夫，我很想赞美她生得漂亮，长得美丽，但我说不出口，特别是当着她的面，就更说不出口了。一次在家开玩笑，她问我她漂亮吗，她还问我她美吗。我几乎要顺着她的问话说出那两个她想听到的字眼，可我依然没能说出口。我应付地说了，你是大方的，你是生活的。我很欣赏我的回答，她确实是大方的，特别是在处人的方面；她又确实是生活的，特别是在处事的方面。我这人有个毛病，对上门来的人，知道人家登门来是冲着我的，如果是真朋友，平时说得在一起，我会泡一壶茶，很友好地聊他一个大开心。到了饭时，与朋友聊得还不能尽兴，就还会牵了朋友的手，到小区门口的小饭馆，点两个小菜，酌几杯水酒，倒也舒心惬意。如果来的人和我只是面熟，而平时又很少交集，我就提不起精神，自己手上在做什么活，就还继续做我的……这有点冷落登门人的意思，为我老婆的她看不过眼，给我使眼色，我还无动于衷，她就会自觉插进话来，帮我来圆人情的场子。日子长了，是我的朋友，不是我的朋友，只要人真诚，登过我家的门，就都会成了我老婆的朋友。

二〇〇五年，我要出生平以来的头一套书，因为与著名的贾平凹先生处得相熟，我给先生电话里说一句，他没出两日，就把他手写的一篇序文，通过穆涛老弟交到了我的手上。我喜欢贾先生的序文，但我还想我的老婆给我写一篇序。是日傍晚，我和老婆还有女儿，一起吃喝老婆烧的晚汤，到她洗碗时，我向她提出了我的要求。她没有推拒，应得十分爽快，说她洗罢锅碗就写。

要知道，西北大学熟知我俩的教授们，直到现在，说起我的创作，还不忘说我的老婆，说她的文字，是不输我的。

熟知我俩的教授们是这么说的，而我内心也是这么认为的。她洗罢了锅碗，便坐到电脑前，也就三十分钟时间吧，一篇千余字题名《兄》的序言就写成了。她离开电脑，让我自去阅读，我读着忍不住眼眶发湿，以致读完，更无话说，忍着即将喷洒而出的眼泪，从家里走出来，沿南二环绿化带走了有一个小时。书出版出来了，贾平凹先生看了我老婆写给我的序，他安排了一桌饭，请了我和我老婆，还有穆涛等几个人。席间，贾平凹说他设宴，是请我老婆的。大家愕然，我亦不解。贾先生就说了，克敬出书，要我作序，我作了。我自豪我写短文，还是写得不错的，但这一次，我输给了陈乃霞，为她先生作序，我没她写得好。

贾平凹先生的短文，偌大中国，他是首屈一指的，我极喜欢他写给我的序。我本来要先表态的，穆涛的反应快，张嘴问了贾先生一个问题。

穆涛问了："为什么？"

贾先生回答："我没有和克敬睡过。"

满桌皆笑，并且连喝了两杯酒，贾先生还不能善罢甘休，还逼着我和老婆吃了一杯交杯酒。

知性的，知性而美的老婆啊！

2016 年 11 月 10 日西安曲江